高等学校小学教育专业系列教材

儿童文学阅读与教学指导

主　编　蒋　燕　伍小梅
副主编　李建平
参　编　杨　芳　郭艳霞　王英蕊

南京大学出版社

图书在版编目(CIP)数据

儿童文学阅读与教学指导 / 蒋燕，伍小梅主编. -- 南京 ：南京大学出版社，2020.8(2022.1 重印)
ISBN 978 - 7 - 305 - 23613 - 6

Ⅰ. ①儿… Ⅱ. ①蒋… ②伍… Ⅲ. ①儿童文学理论—高等学校—教材 Ⅳ. ①I058

中国版本图书馆 CIP 数据核字(2020)第 131848 号

出版发行 南京大学出版社
社 址 南京市汉口路 22 号 邮 编 210093
出 版 人 金鑫荣

书 名 儿童文学阅读与教学指导
主 编 蒋 燕 伍小梅
责任编辑 黄 睿 曹 森 编辑热线 025 - 83592123

照 排 南京南琳图文制作有限公司
印 刷 南京新洲印刷有限公司
开 本 787×1092 1/16 印张 13 字数 309 千
版 次 2020 年 8 月第 1 版 2022 年 1 月第 4 次印刷
ISBN 978 - 7 - 305 - 23613 - 6
定 价 38.00 元

网址：http://www.njupco.com
官方微博：http://weibo.com/njupco
官方微信号：njupress
销售咨询热线：(025) 83594756

前　言

本书是为适应高等师范专科院校、高职高专教育专业学生系统学习儿童文学的需要而编写的。笔者认真研究了各种儿童文学教材，分析了我国儿童文学的教学实际，并结合自己多年的儿童文学教学经验，从有所突破、有所创新的理念出发，在确保学科内容科学性、系统性的前提下，贯彻少而精、理论联系实际、面向教师的原则编写了本书。其内容严格按照小学教师的现代化培养目标和规格要求，与小学教学实践活动相结合，充分体现了教材的实用性，为小学教师提供所需的儿童文学理论和知识。

本书分为上下两编，上编为基本理论共4章，主要内容包括基本原理、儿童文学与儿童教育、历史与发展、儿童文学的学习；下编为基本文体共9章，主要内容包括儿歌、儿童诗、图画书、童话、寓言、儿童故事、儿童小说、儿童散文、儿童戏剧文学等主要文体的知识，并在每种文体后安排作品选读，每篇作品基本上选自小学语文教材，供教师教学和学生鉴赏。要求教师讲读其中部分作品，具体篇目由教师自选，其余作品由学生在教师指导下自学。

本书由蒋燕（江西师范高等专科学校）和伍小梅（吉安职业技术学院）担任主编，李建平（江西师范高等专科学校）担任副主编，杨芳（江西师范高等专科学校）、郭艳霞（江西师范高等专科学校）、王英蕊（江西师范高等专科学校）也参与了本书的编写。具体分工如下：杨芳编写上编，下编由蒋燕编写各章第一、二节，伍小梅编写各章第三节，郭艳霞编写各章第四节，李建平和王英蕊共同编写各章第五节。

由于本教材中参考、引用和借鉴了国内外许多专家的著述和读物，其中部分作品的著作权人未能及时联系上，在此说明并表示诚挚感谢。

由于笔者精力和水平有限，书中不当之处在所难免。希望广大读者与专家批评指正，以及时完善本教材。

编者

2020年6月

目　录

上　编　基本理论

下　编　基本文体

上编

基本理论

扫码获取
本编资源

第一章
基本原理

1762年，法国思想家卢梭出版了一部在教育史上具有划时代意义的著作《爱弥儿》，这部著作的出版被人们认为是儿童被发现的开端，尊重儿童、关注儿童的现代儿童观因此树立。从此，儿童文学的艺术自觉和独立进程也开始了。直至今日，探讨儿童文学的含义、思考儿童文学的美学特征和功能价值，成为一项饶有意味的研究课题和学习内容。

第一节　概念和范围

走进儿童文学，学习儿童文学知识，我们面临的第一个问题就是：什么是儿童文学？与一般儿童读物相比，它有哪些独特之处？与成人文学相比，又有怎样的界线？这些问题是我们认识儿童文学的起点，也是我们打开儿童文学世界的钥匙。

一、概念

什么是儿童文学？

我们先来读一首林焕彰的小诗《日出》：

早晨，
太阳是一个娃娃，
一睡醒就不停地
踢着蓝被子，
很久很久，才慢慢慢慢地
露出一个
圆圆胖胖的
脸儿。

日出的景致是很壮观的。而这首诗明显是以幼儿的眼光观察日出，以幼儿的心灵感受这一自然现象，把日出描绘成一个娃娃踢着蓝被子，慢慢地才露出一个圆圆胖胖的脸儿。这种描绘新鲜别致、清新优美、浅显易懂、童趣盎然，以一个五六岁的儿童的眼光来抒发对日出这一自然现象的独特感受。因此，这首诗是一首典型的儿童诗。像这样的作品，就是儿童文学作品。

在整个文学系统中，儿童文学是与成人文学密切相关同时又相对独立的子系统。因此，当我们研究儿童文学时，既要看到它在文学系统中与成人文学的共同规律，又应该看到它区别于成人文学的独特的规律。

儿童文学与成人文学所共有的一致性和普遍规律，也就是文学的一般规律和特殊性。例如，从文学的基本特征来看，儿童文学与成人文学一样，都是通过具体生动的形象和真挚丰富的情感来反映社会生活，表现作者的审美理想并打动读者的；从文学所运用的材料看，儿童文学和成人文学一样，都是以语言为物质材料的，都是语言艺术……文学的这些普遍规律，是普通文学理论所要研究的理论课题。这些研究及其成果，为儿童文学研究提供了理论基础或前提。

在儿童文学研究中，对儿童文学含义的揭示，就意味着我们要在普通文学理论的基础上，进一步探讨和揭示在文学系统中儿童文学区别于成人文学的特殊含义和特殊性。换句话说，我们关注的不是"文学"与"非文学"的不同，而是"儿童文学"相对于"成人文学"来说所独具的内涵。

那么，怎么理解儿童文学的含义呢？儿童文学，顾名思义，是由"儿童"因素加上"文学"因素糅合而成的。在"文学"这一点上，儿童文学和成人文学没有太多、太大的差异，它们的差异或差别集中体现在"儿童"这一因素上。

儿童文学的最大特征是富有儿童情趣，有无童趣，是区别儿童文学作品与成人文学作品的最重要的分界线。儿童心理学、儿童教育学以及一般的常识都告诉我们，儿童对外界事物的关注，很大程度上取决于事物本身的趣味性。儿童喜欢听有趣的故事，做有趣的游戏，对枯燥乏味的事情漠不关心，甚至反感。如果说成人文学的趣味性对于某些读者不可缺少，那么可以说儿童文学的趣味性对于所有的小读者都是必不可少的。

趣味性强的儿童文学作品，即使成年人读了也会受到感染、陶醉，甚至忘情大笑。严文井的一篇童话《小松鼠》，写的是调皮的小松鼠最怕被爸爸训斥。每次爸爸训斥他时，妈妈都很心疼，有一次趁小松鼠睡着时，妈妈责怪爸爸："你小声点，他睡着了。你不要老吓孩子，他自己会变好的。"其实当时小松鼠根本没睡着，听了妈妈的话，他高兴得差点笑出声来。这样的作品，不仅小读者听着有趣，也会使大读者开颜莞尔，深受教益。难怪儿童文学作家任溶溶在翻译《木偶奇遇记》时，竟然一面译一面笑得要命，并深切体会到"非常的'逗'，又无一处不是在教训了"。可以说，优秀的儿童文学作家大多是在增强"趣味性"上下功夫。

我们不妨再通过两首诗比较一下：

浪

是落魄的醉汉
踉跄在海边
呵，那一片温暖的港湾
能收容这漂泊无定的浪子……

浪花

浪花、浪花，
哗，哗，哗

蹦蹦跳跳跑来了，
好像娃娃跟我耍。
浪花，浪花
露白牙，
咬着我的小脚丫，
赫然藏起来不见了。
浪花，浪花
哗，哗，哗
跟着风婆婆回家了，
它把玩具给我啦。
浪花、浪花
送的啥？
新螺像面小镜子，
海星像块花手帕……

很明显第一首是成人诗，第二首是儿童诗，它们最重要的区别就在于有无童趣。从对比中，我们可以看出儿童文学与成人文学的区别在于艺术视角、有无儿童趣味，以及作品深层的思维方式和创作心理。

儿童文学属于文学的一个具体范畴，其“儿童性”与“文学性”的结合，使得儿童文学具有独特的文体特征和文学品质。

首先，儿童文学是文学。

其次，它的读者对象主要是儿童，它是为儿童创作、编写并为儿童服务的。

可以说，儿童文学包括两部分内容。

第一部分：以少年儿童为主人公，或是从少年儿童的视角出发观察世界，反映他们对世界的认识，以描写他们的生活为主，为少年儿童所理解、所喜爱，有利于他们身心健康发展的文学作品，这类作品是儿童文学作品的主体。

第二部分：以成人为主人公，反映成人的生活内容和描写环境。但是这类作品或采用了神话、童话等形式，或因其表现手段的生动多样、通俗易懂而且富于情趣，为少年儿童所理解、所喜爱，有利于他们的身心健康发展。

所以说，现代意义上的儿童文学正是现代社会为满足儿童的独特精神需求和成长需要而专门为儿童创作和提供的特殊文学品种。“儿童文学”概念的基本含义应该包括：

(1) 儿童文学是指为少年儿童所理解、所喜爱，有利于他们身心健康发展的各类文学作品的总称。

(2) 儿童文学是文学作品中最富儿童情趣的那一部分作品。

(3) 儿童文学包括幼儿文学、童年文学、少年文学三大层次。

综上所述，儿童文学是适合于各年龄段儿童阅读，有助于他们身心健康，用符合儿童心理特点、接受能力和审美要求的表现形式创作的文学。其中包括部分有益于儿童成长、受儿童喜爱的成人文学作品。

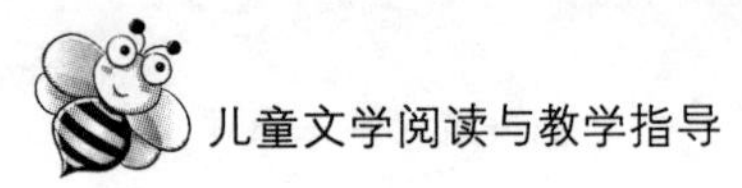

再明确一点说，儿童文学就是使用儿童视角，选用儿童熟悉的社会生活题材，采用适合儿童欣赏趣味和接受心理的文学表现手法而创作的作品。

二、范围

理解了儿童文学概念的含义，是否就能明确地划出儿童文学的范围呢？既然儿童文学有别于成人文学，它们最大的区别在于有无童趣，那么儿童文学与成人文学的界限是否很鲜明呢？但是我们在阅读儿童文学论著，特别是阅读许多儿童文学史著时，常常发现有些成人文学作品，如《西游记》《鲁滨逊漂流记》等不是专为儿童创作的，看似不属于儿童文学范围，却作为论述对象来研究，原因何在？

其实，儿童文学与成人文学同属于文学范畴，并没有截然的界限，它们之间可以说是互相渗透的。比如儿童文学中的精品，像《安徒生童话》《伊索寓言》《格林童话》《希腊神话故事》《拉·封丹寓言》《一千零一夜》《木偶奇遇记》《阿凡提笑话大全》等也是成人欣赏的佳品，作家宗璞在一篇题为《也是成年人的知己》的文章中写道："童话是每个人童年的好伴侣。近年来更体会到，真正的好童话也是成年人的知己。"的确，我们可以看到许多成年人如痴如醉，为儿童文学作品而神魂颠倒的阅读事实。英国作家格雷厄姆的童话《柳林风声》，据说是作家在为他儿子讲故事的过程中写成的，作品出版后，却受到了广大读者的欢迎。曾连任四届美国总统西奥多·罗斯福在读完作品后，写信告诉作者，他把《柳林风声》从头到尾一口气读了三遍。可以说，儿童文学作品为成人提供了一种全新的看世界的方式。

而成人文学中的一些作品，由于采用儿童熟悉的生活题材，或者运用了儿童十分喜爱的拟人、讲故事的方式，或者作品的艺术趣味十分接近儿童的心理状态，也会受到儿童的关注，并尝试着进入这个对儿童来说十分新奇的世界。比如成人文学中的我国历代笔记故事、传奇小说：《西游记》中的"三打白骨精"、《水浒传》中的"武松打虎"、《封神演义》中的"哪吒闹海"、《聊斋志异》中一些富于童趣和幻想色彩的故事等。又如外国的《福尔摩斯探案全集》《鲁滨逊漂流记》《十日谈》《白马王子》等。从某种意义上说，成人文学是儿童们渴望进入的世界，一个十分神奇、今后将生活其中的世界，对不断成熟的儿童来说，它有着巨大的诱惑力。那么这类作品能否纳入儿童文学范围，一般来说取决于是否为少年儿童所接受和喜爱，同时还有一个是否得到历史的、传统的，即约定俗成承认的因素。

现代意义上的儿童文学作品是作家在现代自觉的儿童文学观念的指导和影响下创作出来的，所以其范围和界限要相对明晰一些，只要是符合前述儿童文学概念及其含义的作品，都可列入儿童文学范围。在此，我们还有必要认清儿童文学和儿童读物这两个概念。

广义上的儿童读物，其范围相当广泛，其中也包括了儿童文学读物。在儿童文学研究中，儿童读物则是一个狭义的概念，即指除儿童文学读物外的各类适合儿童阅读的出版物，如思想品德读物、自然科学读物、文史知识读物等。儿童读物常常也采用一些形象化的文学手法，但它与儿童文学仍是性质不同的两种事物。在"适合于儿童阅读"这一点上，儿童读物与儿童文学是一致的。在内容上，儿童文学作品中常常也包含着一定的知识信息。但是，儿童文学并不是以介绍知识为主要目的，而是将有关的知识有机地融入作品整体的审美之中，并诉诸儿童读者的审美心理世界。因此，儿童文学的文学性是由有机的、整体的审美所构成的。而儿童读物可以是非文学的，也可以借鉴、采用一些文学手法，但并不具备独立的、完整的艺术品格和审美价值。因此，儿童文学与儿童读物是两个内涵和外延都不相同的概念。

我们在前面把儿童文学定义为少年儿童所理解、所喜爱，有利于他们身心健康发展的各类文学作品的总称，这就意味着儿童文学自身所包括的作品范围是相当广泛的。如从读者对象上看，儿童文学包括幼儿文学、童年文学、少年文学三大层次；从体裁上看，有诗歌、童话、故事、寓言、小说、散文、报告文学、戏剧文学等不同文体。这些内容，本书将一一阐述。

第二节　儿童文学的特征

一、儿童文学的基本特征

由于受少年儿童读者特殊性的制约，儿童文学有着不同于成人文学的独特之处，其基本特征主要表现在以下方面：

（一）韵文性

在儿童文学中，阅读对象的年龄越小，作品的韵文性特征也就越明显。这是因为幼儿的语言正处于发展阶段，他们开始学习或正在学着运用连贯的语言表达自己的思想和情感，所以简短、易懂、易记、富有韵律的作品（主要是儿歌），便在幼儿文学中占有相当的分量。

儿歌是儿童最早接触到的文学样式之一。母亲或长者哼唱的摇篮曲，婴儿虽不一定能听懂其中的含义，但优美悦耳的歌声、缓慢和谐的节奏，使孩子在被爱抚的惬意的感觉中，进入甜美的梦乡，这可谓是对孩子最初的情感熏陶和美感教育。

而后随着年龄的增长，渐渐学会说话的幼儿便可在父母、老师等长辈的传授下，一边嬉戏一边吟唱儿歌。《坐火车》《排排坐》等一类游戏歌，能激发和增加幼儿游戏时的乐趣；《五指歌》一类的以数字为线索组织内容的数数歌，能帮助幼儿掌握一些数的概念；用诗歌体写成的谜语歌，能满足幼儿的好奇心，培养他们推理、判断和联想的能力；《太阳西起往东落》一类的颠倒歌，诙谐幽默、意味深长，能训练幼儿分辨事物的能力；《高高山上一条藤》一类的绕口令能训练幼儿的发音能力……正因为儿歌内容浅显而又种类繁多，节奏明朗而又易记易诵，适宜这些虽不会阅读但会听、会跟着朗读的小读者，所以作家往往注重寓教于乐，把一些常识、道理等编入儿歌，让幼儿在欢乐的气氛中不知不觉地接受启蒙教育。与儿童的发育阶段相符合，儿童文学的韵文性特征呈现逐步减弱趋势。

（二）直观性

直观性也就是形象性、具体可感性，由于少年儿童的抽象思维能力比较薄弱，具体形象思维是他们认识世界的主要形式，因而对儿童文学作品提出了"直观性"的要求。

和韵文性的特点一样，儿童文学的直观性特征，也和阅读对象的年龄成反比。年龄越小的儿童，对儿童文学的直观性要求越强。由于幼儿审美心理处于较低层次，决定了幼儿在欣赏作品时，出于感知的本能，他们往往更注意作品对形状、声音、色彩等外部特征的描绘，对人物的刻画则不在意，对富于动感的描写感兴趣，对静态的叙述则厌烦，对新奇的形象情节十分喜爱，对平常的人物故事则提不起精神，因此幼儿文学和童年文学要注意直观性。

对于低幼时期的儿童，他们接受儿童文学作品只能借助于图画来进行阅读，同时还需要成人的帮助，通过成人带有表演性的朗读和解释，来间接地阅读儿童文学作品。对儿童来说，直观性的作品，总能格外博得他们的欢心。即使是到了小学低年级，虽然已经开始识字，并有了初步的和一定的文字阅读能力，甚至是中年级学生，仍然对图文并茂的动画(卡通)、连环画、充满奇幻想象的木偶剧、美术片等艺术样式格外青睐。

(三) 幻想性

幻想在成人文学中只是众多艺术手段中的一种，而在儿童文学中，却往往是创作思维的基本形式，构建情节的主要方式，形成童趣的重要途径。幻想性有想象和幻想两种形式。

儿童文学之所以具有鲜明的幻想性特征是由儿童的心理特征所决定的。幻想是孩子的天性，尤其是幼儿期的儿童，在他们的头脑中每时每刻都充满着奇异的幻想，尽其所能，无奇不有，他们在想象的王国中任意驰骋。孩子幻想的最大特征是童话式的，因为孩子的思维与原始思维相通，泛灵性是其显著特点，即认为万事万物都像人那样有生命，同人一样有感觉和意识。如樊发稼在《小雨点》中写道：

小雨点，你真勇敢！
从那么高的天上跳下来，
一点也不疼吗？

在幼儿看来，宇宙万物都是有灵性、有感情的，“小雨点”也不例外。“小雨点”不怕疼的勇敢精神，令孩子们钦慕不已。泛灵观念使儿童易于把外界事物的审美特征融合到自己的心灵之中，得到极大的审美愉悦。因此，在童话中，鸟能言、兽能语、石头能说话，在孩子们看来是自然而真实的，而且年龄越小，越信以为真，就像马克思说道：“如果你给儿童讲故事时，其中鸡儿、猫儿不会说人话，那么儿童们便不会对它发生兴趣。”就像处于童年期的人类——原始人须编造种种神话，“用想象和借助想象以征服自然力，支配自然力，把自然力加以形象化”一样，处于童年期的孩子，一方面向往创造光明的不平凡的事业，另一方面又受智力、体力和时间、空间的极大限制，由此引起的矛盾，也只有借助于幻想来寻找依托，满足欲望，取得化解。关于这一点，高尔基曾深有体会地说：“神话开导了我模糊的信念，在八岁不到时，已经感到了这种力量。这种力量是自由的、无畏的力量，向着美好的生活前进。那些飞行毯、回生水……在我面前打开了通向另一种生活下去的希望。”

幻想和想象，有着内在的联系，又有着一定的区别。想象是在生活中以一定的事实根据为基础，然后进行想象和补充，带有一定的现实性，而幻想则是更多的依据作者自己的愿望和理想，进行的艺术虚构，体现出浓厚的理想色彩。

比如想象的例子，王春花《女儿与诗》中的一段：

我惊叹女儿的想象。
有时她会慌慌张张拉我向厨房：“妈妈，快！”
“怎么了？”
“你看锅哭了！”

锅里的水开了，水溢出锅外。

看到天空下雨。她会点点下巴，忧心忡忡地说："天又出汗了。"月亮没出，她说："月亮吃饭去了。"

比如幻想的例子，谌容的《总统梦》原文如下：

"胖胖快起来！"

"天还没亮呢。"

"你昨晚保证了，早晨起来把作业做完呀！"

"嗯……嗯，人家刚做了个梦……"

"别说梦话了，快穿衣服，看你爸打你！"

"妈，我真的做了个梦嘛！"

"好，好孩子，听妈的话，快着，抬胳膊！"

"我梦见呀，我当总统了！"

"算术不及格，还当总统呢？伸腿儿！"

"不骗您，我还下了一道命令呢？我……"

"伸脚丫儿！"

"管学校的大臣跪在我面前，我坐在宝座上，可威风了。我命令：给老师的孩子作业留得多多的！"

这段生动具体的对话描写，传递出当代学生的强烈的心声：作业负担太重，我们快要不堪忍受了！

以幻想为基本特征的优秀儿童文学作品对儿童具有强烈的艺术吸引力，它能使抽象的道德观念和枯燥乏味的科学知识变得生动形象，使儿童乐于接受，并进一步激发他们的想象力，帮助他们认识生活，获得美的享受。

（四）叙事性

叙事性几乎可以说是儿童文学艺术样式的总体特征。这是与少年儿童直观形象性的思维特点相一致的，因为叙事更利于出形象、出故事。正像贺宜说的："我曾经问过一些小读者喜欢什么样的儿童诗，他们的回答，无一例外都喜欢叙事的、有情节、有故事而又充满激情的诗。原因就在于叙事诗较之单纯的抒情更有利于出形象。"诗歌尚且如此，其他文体更不用说。无论是以幻想为核心的童话、科幻小说，还是源于生活又高于生活的儿童小说、儿童生活故事，或是写实的传记、报告文学等无不讲究以情节曲折、形象生动为主要特征的叙事性。散文在成人文学中多以抒情见长，而在儿童文学中，深受孩子们喜爱的还是那些有着具体生动的故事片段的叙事性散文，如任大霖的《我的朋友容容》就是由容容四段日常生活中的趣事——喂养蟋蟀、给"我"送心爱的金铃、送报和寄信、学习数数——构成的，这些趣事生动地再现了一个天真纯洁的可爱的幼童形象，给人留下十分深刻的印象。

儿童喜欢叙事性的作品，这就要求儿童文学作家既要有坚实的生活基础，又要有出色的想象力，能将所要表达的主题思想借助曲折有趣的故事情节、鲜明生动的人物形象表达

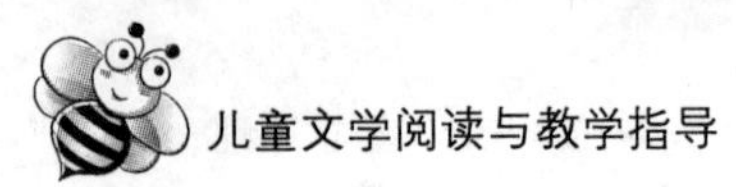

出来，从而吸引儿童的注意力，使他们在享受文学带给他们愉悦的同时，潜移默化地受到思想上、认识上、审美上和知识技能上的教育。

韵文性、直观性、幻想性和叙事性是儿童文学样式上的四大特征，也就是儿童文学的基本特征。其中，韵文性明显地体现在幼儿文学中，直观性是幼儿文学与童年文学的主要特色，幻想性在童话和科幻小说中最为突出，叙事性则普遍存在于所有阶段的各种文学样式中。

二、儿童文学的美学特征

儿童文学的美学特征即儿童文学的基本审美特征或艺术品性。儿童文学与成人文学都是文学，它们具体的美学特征肯定有某种相关性，但是由于儿童文学读者的特殊性，使儿童文学显示出有别于成人文学的美学特征。

那么儿童文学表现出怎样的有别于成人文学的美学特征呢？我们先看一首小诗——

鼠年·致老鼠

阎　妮

我喜欢你们——
机灵的眼睛，
绯红的耳朵，
虽然爱做坏事，
可我还是喜欢你们。
如果我到了你们的王国，
一定要你们洗脸、洗手、洗澡、刷牙，
还要教会你们自己劳动，
干事不要偷偷摸摸。
我还要给你们介绍一个朋友——
它的名字叫猫。

很明显，这是一首富有浓郁儿童情趣的儿童诗。

所谓儿童情趣，就是作品中所反映的儿童特有的行为、心理、性情、兴趣、爱好、思想、感情等，其根本特征是儿童以自己的独特方式来感知外部世界。典型的儿童语言与儿童式的想象，充满童真童趣。全诗给人一种特殊的成人文学所没有的审美感受，即童真美、童趣美，这就是儿童情趣。由此可见，儿童情趣是儿童文学的美学特征，它基于儿童文学作者的特殊性，是儿童审美心理的独特性在儿童文学中的反映。儿童情趣作为儿童文学的美学特征，使儿童文学表现出和成人文学相迥异的美学特征，即儿童情趣的稚拙美、纯真美、欢愉美和质朴美。

（一）稚拙美

"稚"与"拙"是儿童的天性。儿童由于生活经验不足，喜欢用自己有限的经验来解释世界，所以儿童所产生的想法和行为就充满了童真童趣。这就使儿童文学总是表现出一种稚气而拙朴的艺术风格。稚拙对于儿童文学来说，是一种艺术本能，一种美学天性，当然，也是一种富于魅力的美学特征和形态。

儿童文学的稚拙美不仅表现在内容上，而且表现在形式上。从内容上看，儿童文学的稚拙美主要表现为儿童心理、生活中的稚拙情态。如皋向真的《小胖和小松》中写小松羡慕池中的大白鹅，便不由自主地学大白鹅“扭了扭自己的脖子，可是不能像大白鹅一样在水里洗澡”，于是，他拣起一粒石子去砸大白鹅。写小松学大白鹅扭脖子，可谓对幼儿稚拙的精彩刻画。此时此刻，作为幼儿的小松，已进入物我不分的境界，他觉得自己好像是大白鹅，就扭了扭脖子，可是又扭不好，就生气地向大白鹅丢石子。这一小小的细节描写让人体味到作品中生活的真实，这种真实是人人都曾见过并理解的，却未形诸文字，它一旦被摄入作品，便使人备觉亲切。其中最精彩的是小松在树林中看见大肚子蜘蛛时的一段描写：他看见一棵小树的树杈上，有一只大肚子蜘蛛正在结网。小松不愿意让蜘蛛看见自己淌眼泪，就用手帕擦了擦眼泪，可是他觉得大肚子蜘蛛已经看见他流泪了。小松气恼地从地下拣起一块土坷垃，对准大肚子蜘蛛扔了去。土块没有打中蜘蛛，却落在小松自己的肩上。“不怕你，我有枪。解放军叔叔什么也不怕！”小松说着，艰难地掀起长长的外衣，从皮带上费力地抽出“手枪”，即从腰带上抽出了那块长三角形的木板，举起来眯着眼瞄准大肚子蜘蛛，嘴里“啪”地叫了一声，那只大肚子蜘蛛被他“枪毙”了……这些在成人看来幼稚可笑的情节，儿童却觉得十分真实亲切。这种生命初始和成长阶段中的稚拙情态，是儿童文学稚拙美的主要内容。

稚拙美同时也表现在儿童文学的形式方面。其语言的运用和叙事方式的变化可以产生一种稚拙感，情节构成方式的变化也能带来一种稚拙的形式感。例如张天翼的童话《大林和小林》中的叙述语言：“后来乔乔的鼻子常常要掉下来，后来乔乔说话的时候一不小心，乔乔的鼻子就‘各笃’掉下来，乔乔上火车的时候，乔乔的鼻子就掉下来了……”在这里，鼻子掉下来的情态由于语言的不断重复的叙述组合方式，产生了一种幼儿般稚拙的口语形式风格。

稚拙美作为儿童文学的一种美学特征，构成的是大巧若拙、浑然天成的艺术景致，是儿童文学具有的一种很高的美学境界。

（二）纯真美

儿童尤其是幼儿正处在人生的黎明时期，生命的花朵刚刚开始绽放。他们的心灵是单纯而明净的，他们因为不谙世事而真诚地对待一切事物。这种纤尘不染的童真得到许多作家的热情讴歌以及几乎所有成人的赞美感叹，人们甚至用童真去对照、映现成人世界的种种病态和丑恶。纯真美也是儿童文学独特的美，它与稚拙美一样，也属于优美的范畴。纯真美是儿童纯洁真诚的心灵在作品中的艺术表现，它所展现的是一种极为透明、至纯至真的美，常给成人以自叹不如的美好感觉。例如李其美的《鸟树》是一篇生活气息浓郁的儿童生活故事。幼儿园的冬冬和扬扬抓住了一只小鸟。他们喂小鸟东西吃，帮小鸟找妈妈，解开绳子放小鸟飞走，可是小鸟已经死了。他们很难过，想不通为什么对小鸟那么好，小鸟还会死掉。一连串的细节把两个孩子天真、纯洁、善良、富于同情心的纯真感情真切自然地表现出来。冬冬和扬扬埋葬了小鸟，折了一根葡萄藤插在土堆上。春天，藤上长出了绿芽，他俩认为那就是鸟树，鸟树长大后会开出很多鸟花，鸟花会结出很多鸟果，鸟果裂开会跳出很多小鸟。作者真实地写出了幼儿天真无邪的童心和属于他们那个年龄的独特的想象。整个故事以真实感人，以真情动人。

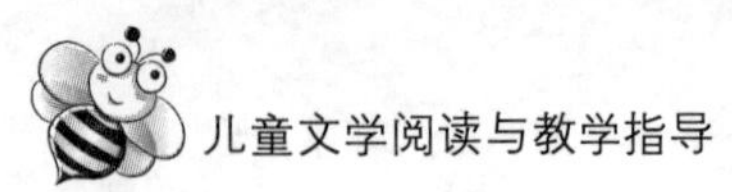

当然，某些成人文学作品中有时也能表现出一种纯真的艺术品质，但是在儿童文学中纯真却是一种普遍存在的、基本的美学特征。这是因为儿童心灵、情感等所构成的儿童世界，本身就拥有“纯真”这一生命的原始特质，而儿童文学作家也常常愿意、喜欢以一种纯真的眼光来艺术地表达自己的审美理想。所以在儿童文学中“纯真”不是可有可无、时有时无的，而是体现自身艺术特征的一种基本的审美品格。

（三）欢愉美

儿童文学是快乐的文学，儿童最不喜欢枯燥的故事和乏味的叙述，他们需要有趣的东西。因此，儿童文学相对于成人文学来说，总是洋溢着更为浓郁的谐趣和欢愉之美。这种欢愉之美表现为以幽默、滑稽、可笑的形式来表现具有美感意义的内容。例如木子的童话《长腿七和短腿八》，作者巧妙地运用夸张和变形的手法，设置了长腿七和短腿八这样两个浑身透着喜剧味的人物形象，并通过这两个生理差异极大的人物形象的对比和互动，使故事的推进一直处于一种极不协调的滑稽状态中。作品还借鉴了传统儿歌中的绕口令的艺术手段，大量运用叠字叠词和重复运用某些字、词与句式，给读者的阅读过程造成了很强的趣味性。同时，作者在作品情节推进的巨大反差中，始终在寻求、把握、表达一种人物之间内在精神和情感上的沟通、协调与平衡感，这种沟通、协调与平衡感正是人性中最美丽的、最值得珍视的东西，于是，读者在被作品的趣味性和作者的幽默感吸引的同时，会有一种真切的感动。再如冰波的童话《肚子上的“鬼脸”》，写胖小猪摔了一跤，把印在地上的“鬼脸”印到自己肚子上了。于是小兔、小鸟、小鹿都把它当成怪物，拼命地逃。胖小猪也稀里糊涂地跟着逃。为了救小兔，它决心去打“怪物”，它赶走欺负小兔的大黄狗后才发现，“怪物”原来竟是自己肚子上的“鬼脸”。这篇作品的情节十分怪诞有趣，不但给孩子带来了愉悦，而且引起他们阅读的趣味，充分体现出儿童文学的欢愉美。

（四）质朴美

儿童文学的质朴美就是指自然、淳朴之美。这种美源于儿童生命、精神中所蕴含的人格品质，表现在作品中即为作品心理内涵的朴素，以及形式上简洁、质朴的表达风格。这里的质朴是一种美学风格，一种精神境界，绝不是简单、粗糙，而是用最简洁、最自然的文学形式来表达最本质、最真实的生命意趣和形态的美，这是儿童文学所具有的天然的美学特征。赫伯特·里德在《今日之艺术》一书中指出，“现在的艺术，有一种想回到儿童们的情景的质朴与简单企图”；他甚至认为，“我们从原始人的最早的艺术表现中所得到的艺术之本质，较之于从文化最发达的时代的苦心经营出来的智慧艺术品中得到的更多”。话虽然有些偏激，但是告诉人们要认识到：儿童艺术，还有我们为儿童所创作的儿童文学作品，具有独特的、有别于成人的美学价值。

[思考与练习]

1. 阅读一篇儿童文学作品，以它为例，说明儿童文学的基本特征。
2. 举例说明儿童文学的纯真美。

第二章
儿童文学与儿童教育

第一节 儿童文学的功能

儿童文学的功能是指儿童通过对作品的阅读、欣赏、接受，在心理上得到愉悦的满足，精神上受到美的熏陶，对其思想感情和精神面貌产生积极的影响，从而转化为物质力量的一种作用，通常可以归纳为认知功能、教育功能、美感功能和娱乐功能。

一、儿童文学的认知功能

儿童文学的认知功能是指通过儿童文学作品帮助儿童认识社会、认识历史、丰富生活经验、增长知识、启迪心智时所发挥的作用。比如，儿童通过阅读都德的小说《最后一课》，就可以了解普法战争时期法国被迫割让阿尔萨斯和洛林两省而丧权辱国的历史；通过阅读比安基的科学童话《尾巴》，就会获得关于动物尾巴功能的知识等。由此可见，儿童文学的认知功能不但可以使儿童增长知识、开阔视野，而且可以用自身对社会、人生的反映和认识，为儿童认识社会和人提供范本与模式。

但儿童文学的认知功能必须以作家反映生活的真实性为前提，以作品中艺术形象的生动性为条件。因为儿童文学形象本身既保存了生活本身的生动性、丰富性的特点，又在一定程度上反映了生活的某些本质，并顺应儿童的心理需要。像《卖火柴的小女孩》揭露的是19世纪中叶丹麦社会贫富悬殊的黑暗现实，但作品中是以一个可怜的小女孩四次美丽的幻想和悲惨生活、悲剧命运的强烈对比来反映的，易于被儿童读者接受。

二、儿童文学的教育功能

儿童文学的教育功能在于帮助儿童健康成长，使儿童在阅读、欣赏儿童文学作品的过程中，潜移默化地受到思想、品德方面的启发和教育，以及情感、情操、精神境界等方面的感染和影响。

凡优秀的儿童文学作品都具有强大的教育感染力量。别林斯基说过："文学有巨大的意义，它是社会的家庭教师。"(《别林斯基选集》第二卷)潜水艇的创制者西蒙·莱克在自传中所写的第一句话是："儒勒·凡尔纳是我一生事业的总指导。"许多卓有成就的杰出人物在谈及童年往事的时候，都非常感谢文学给他们人生道路的启迪。像《钢铁是怎样炼成的》中一心为共产主义事业而奋斗不息的革命战士保尔·柯察金，曾鼓舞和教育了我国整

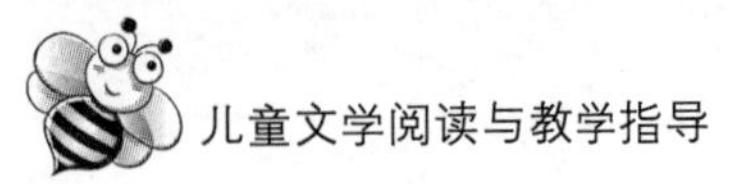

整几代人。这是儿童文学的目的。

儿童文学的教育功能是以认知功能为基础的。当读者从儿童文学作品中获得某种认知之后，必然在一定程度上引起情感、情绪的变化，即由认识而动情，再由动情而移性，在不知不觉中，性格情操得到陶冶，思想感情得到净化，道德行为得到规范。因为儿童文学作家在反映社会生活的时候，并非纯客观的反映，他所创造的艺术形象，必然包含他对生活的评价、对真理的追求，包含他的爱和憎。作家不仅为儿童描绘了一幅幅真实的生活画面，而且让儿童懂得辨别纷繁复杂的生活中的真善美与假恶丑。

儿童文学教育功能的大小，取决于作品中思想性与艺术性相统一的程度，它寄寓于美感作用之中，并通过美感作用来实现。只有这样，儿童文学才能有力地促进儿童快速、健康地成长。

三、儿童文学的美感功能

儿童文学和成人文学一样，既是生活的真实反映，也是生活的审美反映。它集中表现了生活美、自然美，并创造了艺术美。优秀的儿童文学作品总是以其丰富的美感使儿童产生感情上的激动，获得精神上的愉悦和满足，同时也以此陶冶他们的思想情操，培养他们欣赏美、创造美的能力。

凡文学都应该是美的，没有美就没有文学。文学作为人类审美的最高形式之一，尤其应遵循美的规律进行创作。儿童文学也是这样。马克思曾经说过："人也是按照美的规律来造成东西的。"儿童文学作家在进步世界观的指导下，将生活中较粗糙、分散、处于自然形态的美的事物，形象地概括和提炼为更强烈、更丰满与更理想的艺术美，以影响儿童的思想感情，陶冶和培养儿童健康的生活情趣，发展其欣赏能力，加深他们对现实中美的感受和领悟。像王尔德笔下的《快乐王子》，尽管主人公的结局是悲惨的，但他在读者的心里所激起的感情却愈来愈纯洁、愈来愈高尚，使读者从中获得了美的享受。同样，生活中的丑，在作家笔下亦能变成具有审美价值的艺术形象。像安徒生的《皇帝的新装》，就可以使读者在讥笑、否定丑恶的同时，更加神往生活中崇高的美的力量。

儿童文学的美感功能绝非抽象、空洞的东西。它与认知功能、教育功能同时产生，而又直接影响到认知、教育功能的发挥。高尔基指出："儿童固有的天性是追求光辉的不平凡的事物。"这种天性和追求，正是"决定用正确思想、英雄人物进行教育的基础"(《把文学给予儿童》)。杰出的儿童文学作家都竭力利用这个基础，以适合儿童的优美形式和高度的艺术技巧，生动、形象地描绘出一定时期社会生活的真实面貌，使作品具有强烈的艺术感染力，并经得起时间的考验，不断地给一代代人以美的享受。

四、儿童文学的娱乐功能

儿童文学的娱乐功能是指通过具体的儿童文学作品让儿童得到愉悦和消遣，以及通过娱乐蕴含较深的思想认识和道德教育的内容，寓教于乐。

快乐是人们共同的需要，游戏则是儿童的天性。别林斯基曾呼唤儿童文学应给孩子以欢娱，"给他们快乐，而不是沉闷；给他们故事，而不是说教"。儿童文学读者对象的特殊性决定了它必须具有娱乐性，而且读者的年龄愈小，相对应的作品的娱乐性应愈强。例

如，以儿歌、小诗、图画故事、生活小故事、连环画、短小的童话等为主的幼儿文学的娱乐性就比以儿童故事、童话、寓言、儿童诗、儿童科学文艺、儿童影视剧等为主的童年文学的娱乐性强。像儿歌类中的绕口令、问答调、游戏歌、谜语歌等充盈于幼儿的日常生活中，常伴以儿童的群体游戏，充满了娱乐性。

儿童文学的娱乐功能是和认知功能、教育功能、审美功能有机结合并统一于作品之中的，并非独立存在。例如，世界儿童文学中娱乐主义的鼻祖卡罗尔的童话名著《爱丽丝漫游奇境记》，隐藏在表面荒诞不经的滑稽热闹下面的是对英国维多利亚时代广泛的社会透视。又如当今世界娱乐主义童话大师——瑞典的阿·林格伦的童话与小说，人们从中既可以看到作品中所描绘出的儿童的种种淘气行径与恶作剧的游戏活动，同时也可以看到作品中所表达的作家对儿童人格的某种深刻独到的理解和对旧的教育观念的不满等，而且林格伦这些作品的内涵及其深远的社会意义也绝非“娱乐”便可以囊括。由此可见，儿童文学的娱乐功能绝非逗乐凑趣，而是作家所开掘的内涵丰富的儿童生活的情趣和意蕴的物化形式，是作家通过艺术创造给儿童以快乐，并使他们在欢乐中感悟人生的一种功能。

第二节　儿童文学与小学语文教学

儿童文学与小学语文教学有着天然的血缘关系，有相同的服务对象——儿童和学生，相似的功能——语言学习和人文教育，因此儿童文学在小学语文教学中的重要性是不言而喻的，符合语文教学工具性与人文性统一的要求。小学语文教师必须具备一定的儿童文学素养和对儿童文学的鉴赏力、判断力，具有儿童文学作品的感悟能力和审美鉴赏能力，才能带领孩子阅读、欣赏儿童文学。

一、儿童文学为小学语文教学提供了宝贵的教材资源

儿童文学作品作为小学语文教材资源在我国有着悠久的历史渊源。早在五四运动时期，“我国的学校教育，主要是小学国语课、幼儿师范、普通师范文科专业重视儿童文学已蔚然成风”。在 1922 年北洋政府教育部颁布的《新学制课程标准纲要》中，《小学国语课程纲要》明确提出，国语教材要以“儿童文学”为中心；商务印书馆发行了《新学制国语教科书》；周作人在北京孔德学校发表著名的演讲《儿童的文学》中，将儿童文学与“小学校里的文学”等同看待；黎锦晖等人编的《国语读本》共八册，文字浅近，可读性强。

中华人民共和国第一个小学语文课程标准是 1950 年颁布的《小学语文课程暂行标准（草案）》，其中课程目标的第一条就是“使儿童通过以儿童文学为主要形式的普通语体文的学习、理解，能独立、顺利地欣赏民族的大众的文学，阅读通俗的报纸杂志和科学书籍”。这个课程标准延续了民国的国语教育对儿童文学的重视态度。1956 年的《小学语文教学大纲》也有“教儿童阅读文学作品，尤其是儿童文学作品”字样。但是，后来的语文课程标准对儿童的语文教育价值的认识变得模糊起来。自 1963 年的《全日制小学语文教学大纲（草案）》开始，“儿童文学”这一表述消失了。1978 年的教学大纲连“文学”字样都不见了。

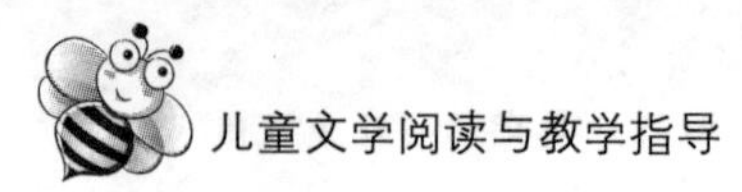

这一时期的语文教材过度强调政治思想意义，过分强化语文的文字语法因素，对语文的工具性强调过多，十年“文革”更是对语文教育的严重伤害和破坏！

受20世纪90年代末在社会上广泛展开的对语文教育的批判和质疑，对人文精神的呼唤这一风潮的影响，2001年和2011年的语文课程标准开始强调语文教育的人文性，具体表现在对“文学”的一定程度的重视。两种课程标准对第一学段(一、二年级)的“阅读”的论述里，出现了“阅读浅近的童话、寓言、故事”“诵读儿歌、儿童诗”字样，可以看出较为清晰的儿童文学意识，是一个明显的进步。不过，到了第二学段(三、四年级)和第三学段(五、六年级)，课程标准对文学作品的表述却变成了“叙事性作品”“优秀诗文”，明晰的儿童文学意识并没有贯穿于整个小学语文教育阶段。

在今天，小学语文教育还需不需要像民国时期那样，把“儿童文学做了中心”？这是一个值得深入思考、认真探究的重要问题。

在朱自强看来，儿童文学是小学语文教育中最优质的阅读资源，也是最能够激活儿童语言灵性的一种语言资源。倘若将儿童文学完美地融入小学语文教学，不仅可以培养小学生的思维能力、专注力、观察力，而且孩子们的语言表达也会更美、更柔性、更贴近听众。

小学时期，可以说是人生当中最重要的发展时期。这一时期，儿童的生理、心理的发展都非常迅速，在发展过程中，儿童不仅需要大量的物质营养来促进身体的发育，而且还需要吸收大量的精神营养来丰富自己的头脑，提升自己的精神境界。而儿童文学就是儿童健康成长中不可缺少的精神食粮。从这一精神食粮里，孩子们可以闻到花香、听到鸟语、感受大自然的美妙，从而愉悦身心，精神舒畅；可以认识自然、认识社会，并且认识自己，从而提高认知水平，发展思维能力；还可以促进孩子们的心灵与情感的发展，从而体验情感、陶冶性情。儿童文学带给孩子们的是美好的精神享受，是纯净心灵的深刻影响，将使他们一生受益。

可见，儿童文学对于小学教育的意义，不仅仅是识字、习句、作文等教学，更重要的是利用优秀的儿童文学作品，对少年儿童进行情感教育和审美教育，在潜移默化中使他们逐渐树立人生信念和理想，身心和谐发展，并逐步完善人格。

二、儿童文学有益于提升教师自身的素质

儿童文学素养对一个小学语文教师意味着：她拥有了一条走进儿童心灵的小径。她会带领学生走进“电车学校”，在闪烁着人性永恒的美的世界里和《窗边的小豆豆》一同成长；她会让孩子们走进《巨人的花园》，和那个孤独的巨人握手，去感悟友爱、善良、助人为乐……一个具有儿童文学素养的老师，读教材的眼光也必有独到之处，对于教材中的儿童文学作品，能从文体特点出发，顺着作品的“肌理”读。对于选入教材的儿童文学作品的缩略版或者节选版，因为具有背景知识的前提，哪怕是剩下几缕枯干的枝，教师也有办法让它长成枝叶婆娑、摇曳多姿的大树。而没有儿童文学素养的教师，解读时容易瞎子摸象，犯以偏概全的毛病，甚至曲解作品的原意。所以，一个语文教师应该热爱儿童文学的阅读，在大量的儿童文学阅读实践中提高自己对儿童文学的鉴赏力、判断力，提高自己对儿童文学作品的感悟能力和审美鉴赏能力，带领孩子阅读、欣赏儿童文学的能力和素养。

小学语文教师应该具备儿童文学的教学策略，如：

(一) 保持作品的新鲜感与完整性，保护学生的欣赏乐趣

读文章不像看画，可以即时将作品的全局一览无余，熟悉文章的内容，进入文章的情感、意蕴层面必须反复读，必须要有一定的时间，这种时间的深度恰恰是阅读儿童文学作品的魅力所在。所以在学生阅读的过程中不要嵌入过多的问题，不要穿插过多的训练，在学生充分感受、把握了文学作品的全局之后再展开教学或许更合适。比如教学《丑小鸭》一课时，可以在一开始出现那只美丽的白天鹅，欣赏完后，提出："又大又丑的丑小鸭变成一只美丽的天鹅可不是件容易的事，丑小鸭到底遇到了什么事呢?"由此问题出发让学生自己去体会丑小鸭变天鹅的艰辛，一条主线，清晰明朗。不用刻意地设计"层层推进、步步为营、环环相扣、起承转合、一唱三叹"的过度推敲的课堂结构，越精致的课堂问题转换、环节切换越频繁，导语牵引越多，学生的智慧与精力消耗就越大，实际自主阅读、感受、思考的时间就越少。不同于教侧重训练学生听、说、读、写的文章，教儿童文学作品建议"不要节省时间，要浪费时间"。

(二) 作品欣赏有创意，注重挖掘文本独特性

面对儿童文学作品的文本时，我们的话题讨论，不要老是问这样的问题：文章写了什么？怎样分层呢？哪里是你最感动的句子？而要多方位、多角度进入文本的问题。比如说《雪孩子》一课，是一篇蕴含思想性、知识性的优秀童话，教师一般也是从这两个方面设计教学。但如果从孩子的角度解读，这篇课文可以有另一番趣味。这篇童话除了小白兔一家是明显的拟人外，对本不能动弹的雪孩子也赋予了"动"的能力，雪孩子在篇末化成了白云，孩子会被雪孩子舍己为人的品质所感动，为明年还能看到雪孩子而高兴。所以我们在设计讨论问题时，应更多样化，更贴进孩子一点，如可以让学生在体会童话的幻想上下功夫，逆向提问让学生思考："课文中的雪孩子如果不会动会怎么样呢?"也可以让学生回答："你觉得课文有哪些奇妙之处?"或者"雪孩子都有哪些特点?"让学生从大处着手，从雪孩子的身体、行动、心理等方面进行略带拓展的思考。另外，由于篇幅的限制，课文中删掉了原来童话中的大量细节，如小白兔和雪孩子一起玩、雪孩子变成云飞到空中等，教师在时间允许的情况下，可以让学生通过想象先补充这两个细节，再把原文读给学生听。这也是增加童话教学趣味性的一种方式。

(三) 尊重儿童的独特理解，引导学生的语言生长

儿童文学作品往往内涵非常丰富，以新美南吉的《去年的树》为例，作为老师，我们应该完整、多面地理解文章主旨：环保、守信、友谊、跨越生死的爱恋……在教学时我们应该鼓励孩子"说来听听"，尊重孩子富有童心童趣视角独特的见解，自由讨论后老师可以强调某一种价值判断，但应避免主题先行、主题归一。学生语言能力的成长依赖于学生情感的体验。不少课堂上，教师往往满足于展示个人对文本的理解，然后生拉硬拽着学生达到自己理解的深度。真正成功的课堂应该是学生在文本阅读中经历酣畅的情感体验和成长的同时，获得语言发展。儿童文学作品为学生喜闻乐见，在阅读这些作品的过程中，学生往往有比较活跃的思维和情感体验，教师应该善于体察并尊重和引导，因为学生情感的共鸣点一般就是语言的生长点，所谓"情动于衷而形于外"。

（四）用好语文教材，开发儿童文学资源

教师还可以大胆把教材外的儿童文学作品引入课堂。比如在教学《妈妈的账单》时，当彼得因为帮妈妈做了事后向妈妈索要报酬，而这时妈妈出示的这份账单却让彼得看到了母爱的无私与无价。又如为了让学生能更深切地体会母爱的无私与伟大，教师可以在教学时引入绘本《爱心树》，将母亲化为一棵树，通过小男孩对树的无止尽的索求和树对小男孩无私的奉献，形成强烈地对比，从而对学生产生强有力的感情冲击。欣赏完绘本后，许多学生流下了眼泪，相信不用教师多说，“母爱”两个字已深深地印在他们的心中，这种直观的体会远比教师在原地无休止地进行教材讲析效果来得好。所以说教材教学多为学生提供语文学习方式方面的指导，建议“去掉繁琐的课文分析；去掉枯燥无益的语文作业；去掉实际作用不大的语文活动”。教材学习主要在于习得方法，感悟规律。因此能精讲教材，课堂上抽出一些时间阅读更多相关的儿童文学，通过对“语用”的把握，体悟作品的各种形象，获得精神的力量。

儿童文学和小学语文教学是一对亲密的伙伴，其实它们的相遇是一种必然，它们携手的意义其实比我们现在看到的要多得多。用儿童文学的视野来考察小学语文教学，将给小学语文教学带来很多新鲜的空气，有助于我们解决一些以前一直没有处理好的问题。小学语文教学中真正发现“儿童”，真正认识“文学”教育的意义，处理好文学教育和语言教学的关系，其实都要从认识它们的关系开始，我们还有很远的道路要走。

[思考与练习]

1. 结合具体作品，谈谈儿童文学的四大功能。
2. 浅谈儿童文学与小学语文教学之间的关系。

第三章 儿童文学的历史与发展

从神话、传说到图画书、儿童散文、儿童小说，从民间文学到作家独立创作，从口头流传到文字印刷，再到电子新媒介……儿童文学在人类文化的历史中经历了漫长而丰富多彩的演变历程。

第一节 儿童文学的历史

儿童文学作为一门独立的文学门类，其自觉发展的时间并不长；但是，儿童文学的源头却可以追溯到全部文学的起头。神话、传说、歌谣，这些最早出现的文学形态，也是儿童文学得以发生成长的摇篮。从时间上看，东西方儿童文学发展的历史步伐并不完全一致，但从世界儿童文学的范围看，它们的发展演变轨迹呈现出许多共性的、一般的特征。

一、从“自在”到“自觉”

早在儿童文学作为一门独立的文学门类出现以前，自在状态的儿童文学就已经出来了。尽管儿童是一个自人类诞生伊始就一直存在的群体，但对于儿童特殊的生理、心理特征和个体、群体需要的认识，在东西方都是“发现儿童”以后的事情。“童年”的概念以及儿童在欧洲家庭生活中的地位要到 17 世纪才确立；在中国，“童年”的独立身份是在 20 世纪初才慢慢被发现的。

显然，在人们认识“儿童”和“童年”的独特性之前，几乎没有出现专门为儿童创作的文学作品。然而，从远古时代以来，东西方各民族的神话、传说、民间故事、民间歌谣、民间童话等古代文学样式里一直包含了许多从今天的目光看来具儿童文学特征的内容，比如中国《山海经》里的神话故事、印度《五卷书》里的童话寓言故事、西方的诸神故事等。

儿童文学的自觉是人们认识到童年是一个特殊生命阶段的独特精神需要以后的产物。不少学者把 1679 年法国贝洛的《鹅妈妈的故事》的出版，视为西方儿童文学自觉形态的开始。从这部童话集开始，西方开始出现专为儿童创作的文学作品。之后的博蒙夫人以她改写的《美女与野兽》的故事，将民间童话正式带入了儿童读物的范畴。整个 18 世纪，人们在儿童身体、精神发展和儿童养育方面的知识越来越丰富，儿童的独立性和独特性也得到了进一步的认识。这一时期出现了许多为儿童改编或创作的文学作品，它们既为当时的儿童提供了丰富的精神滋养，也为 19 世纪西方儿童文学黄金期的出现奠定了基础。

由于传统教育和儿童观方面的限制，古代中国基本上没有出现自觉的儿童文学创作。一直到20世纪初，随着五四运动的推进，儿童解放才随着“人的解放”的话题一起被提了起来。在鲁迅、周作人、叶圣陶、郑振铎、茅盾等一大批作家、学者的倡导下，当时形成了一股为儿童搜集、翻译、改编和创作儿童文学作品的潮流。中国儿童文学自此也走上了自觉发展的道路。

二、从民间文学到创作文学

现代儿童文学最早脱胎于对民间文学的改编。口耳流传于民间的歌谣、故事、童话可以说是儿童文学得以产生的重要母体。模式化的主题、情节、结构和人物形象，特别符合儿童的心理接受特点。

然而，民间文学并不都是专为儿童创作的。在18世纪至19世纪的欧洲，当人们开始将它们用于童蒙教养的素材时，发现其中有许多不适合儿童阅读的内容。许多作家在为儿童改写民间故事、童话时，对这部分进行了删改。如贝洛对童话故事进行重新创作时，加入了他本人对当时生活的种种感受和体验。坚韧、勤劳、温柔、尽职的品格在贝洛笔下受到赞美。他改写的《鹅妈妈的故事》是最早为儿童编写的童话故事，其中就有《灰姑娘》《小红帽》《林中睡美人》《小拇指》《蓝胡子》《穿靴子的猫》《仙女》等脍炙人口的佳作。这本童话集一问世就立即受到法国甚至全世界孩子们的欢迎，成为一本家喻户晓的经典读物，影响了一代又一代孩子的成长。后来，19世纪德国的民俗学者格林兄弟出版《儿童与家庭故事集》(俗称《格林童话》)，除了故事的增补外，删去或改写了作者认为不适合儿童阅读的内容。

19世纪的丹麦作家汉斯·克里斯蒂安·安徒生在继承对口传民间童话的改编的同时，以自己独特、丰富的童话创作，开创了作家创作童话的新纪元。比如，《海的女儿》尽管吸纳了民间人鱼传说的素材，情节上也借鉴了德国浪漫主义作家富凯改编自民间故事的作品《水妖》，但不论在故事情节还是在语言表达方面，都体现出安徒生独特的创作思想、情感和风格。在吸收、借鉴民间童话题材和艺术手法的同时，安徒生更是创作了一大批完全由他独立创作的童话故事，如《丑小鸭》《卖火柴的小女孩》《坚定的锡兵》等。以安徒生为代表的一批现代儿童文学作家和他们的儿童文学创作活动，标志着现代儿童文学真正发现和开辟了属于自己的艺术道路。

同时，在20世纪初的中国，由周作人、叶圣陶、郑振铎、茅盾等倡导和亲身实践的“翻译外国儿童文学、采集民间口头创作、改编传统读物”这三方面的工作，构成了五四时期中国儿童文学的基本内容。

三、从说教文学到欢乐文学

早期现代儿童文学的发生，首先源起于成人社会教育儿童的目的。如法国贝洛的《鹅妈妈的故事》里每一则民间故事都加上了一个道德教训的尾巴，期望塑造和倡导乖巧、听话、顺从的“好孩子”形象。格林在搜集、整理、出版他们的《儿童与家庭故事集》时，就是“希望它成为一本有教育意义的书，因为我再也想不出什么更富有教益，更天真无邪，更令人心旷神怡的读物，能比它更适合儿童的心性与能力了”。而在1909年，当中国近现代出

版史上最早的一套大型的专门儿童文学丛书《童话》第一辑出版时，主编孙毓修指出，这一丛书的编辑意图在于“启发知识、涵养德性”。

19世纪后期，一些儿童文学作家们已经开始意识到纯粹的文学乐趣本身在儿童文学中的价值。如英国童话作家刘易斯·卡罗尔在《爱丽丝漫游奇境记》中将对英国维多利亚时代广泛的社会透视隐藏在荒诞不经的热闹中。又如到了20世纪，这一欢乐的精神在儿童文学的写作中进一步蔓延，越来越多的优秀儿童文学作品开始把故事的趣味问题放在首要位置，如瑞典著名儿童文学作家林格伦的童话与小说，突破了传统童话中的“好孩子”“模范儿童”的艺术形象。

第二节 儿童文学的发展

民间文学一个显著的特征，是母题、形象和结构的类型化与程式化。这种类型化十分符合儿童的接受心理。这些故事有利于儿童较快地理解故事内容，抓住故事的情节发展，跟上故事的叙述节奏。此外，民间文学作品往往也有着生动凝练、机智幽默的语言表达，也十分符合儿童的语言接受能力和欣赏趣味。

然而，随着社会时代的进步和儿童文学本身的发展，上述民间文学的艺术特征越来越不能满足当代儿童在审美形态方面的发展需要。从儿童文学受到作家有意识的关注开始，它的审美形态也在不断地得到拓展。这种拓展主要表现在三个方面：

一、体裁样式的分化

儿童文学从民间文学中传承过来的主要是童谣、童话和寓言三种体裁。在儿童文学的自觉发展过程中，逐渐发展出儿歌、儿童诗、儿童故事、儿童小说、儿童散文、儿童报告文学、儿童戏剧文学、图画书等体裁。尤其是图画书，近年来已经发展成具有独特审美风貌的儿童文学门类。每一种文学模式都已经具有了较为成熟的艺术表现手法。

二、题材领域的拓展

儿童文学自诞出之初，便与儿童文学的教育功能不可分割地联系在一起。这就注定了在儿童文学发展初期，许多被认为不适合儿童接受的题材都被隔离在了儿童文学的领域之外。比如，格林兄弟在为儿童提供故事集时，就对民间口传故事中所涉及的暴力和性等内容进行了重要的删改。

社会、家庭和学习环境的变化带来了许多新的童年现象，这些现象迫切需要在儿童文学中反映出来。而随着儿童文学创作和研究的推进，许多原先认为不适合儿童阅读的，却存在于儿童真实的生活中的题材，也陆续进入儿童文学创作者的视野。历史上，东西方儿童文学界都曾对“爱情”和“性”的话题噤若寒蝉。在20世纪90年代后期的中国，《柳眉儿落了》（龙新华）等几部青春期性意识朦胧觉醒的作品，曾在创作界和研究界引发热烈的讨论。而今天，包括爱情、性、战争、暴力、单亲及父母离异、网络沉迷等在内的一系列话题，大大拓展了儿童文学的传统题材范围。同时，一些孕育于当代社会的儿童生活题材，如现

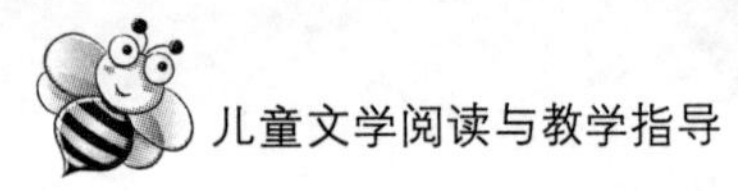

代都市童年、电子网络童年、留守童年等题材，也在当代儿童文学作品中得到了及时的反映。

三、艺术手法和艺术风格的多样化

与成人文学相比，儿童文学施展艺术技法的自由因其特殊的接受对象而受到许多限制，但并不意味着儿童文学的艺术手法和艺术风格是单一的和一成不变的。恰恰相反，自儿童文学自觉以来，儿童文学作家在各个体裁领域的积极探索，向我们展示着这一文学门类所蕴藏的丰富的艺术可能。以儿童小说的发展为例，最初的儿童小说往往情节简单，叙事平淡，语言一般化，人物形象也缺乏丰富的个性。但它很快凭借自己在结构设计、叙事创新、语言表达、形象塑造等方面的探索和进步，成为最受人们关注的儿童文学体裁之一。而在幻想文学领域，诸如《汤姆的午夜花园》《讲不完的故事》这样的作品，即便放在一般的文学领域中，其艺术成就也是光芒四射的。近年来新进从国外引进的绘本，不仅儿童喜闻乐见，成人阅读后也有颇多收获。正如日本绘本大师宫西达也说，“绘本的适合阅读年龄是 0 到 99 岁”。当代许多优秀的儿童文学创作不但让我们看到了儿童文学可能的艺术高度，而且展示了它不同于一般文学作品的独特魅力。

同时，受成人文学界的影响，现实主义、浪漫主义、现代主义和后现代主义文学思潮和相应的文学技巧，也对儿童文学的发展产生着或大或小的影响。一直以来，对于东西方的儿童文学创作来说，现实主义和浪漫主义都是最重要的两种创作手法。而 20 世纪后期以来，儿童文学作家也开始有意识地探索将现代主义、后现代主义的文学手法借鉴到儿童文学作品的创作中来。一部分儿童文学作品在意识流、反情节等现代主义文学手法的运用方面取得了一定的突破。而当代的不少儿童文学作家则开始将后现代主义的拼贴、戏仿、狂欢、权威颠覆等元素，运用到童话和小说的创作中。由美国的约翰·席斯卡撰文、兰·史密斯绘图的《臭起司小子爆笑故事大集合》，就是一部典型的运用后现代主义文学手法创作的另类童话集。作者利用人们对传统经典童话《青蛙王子》《豌豆公主》《丑小鸭》等的前理解，将这些童话故事的情节、主题等进行了解构性和颠覆性的改写。在中国，许多儿童文学作家也已经开始尝试类似的文学手法的创新。

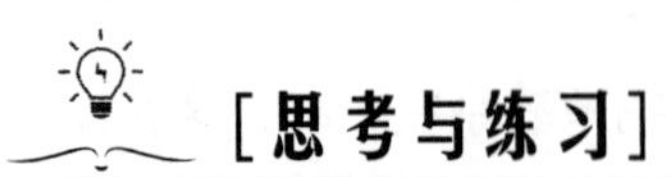

[思考与练习]

1. 简析儿童文学发展的共性、一般的特征。
2. 简析儿童文学在新时代环境下的发展方向。

第四章 儿童文学的学习

第一节　儿童文学的学习内容

针对小学语文教师的教育特点，儿童文学的教学内容应与小学语文教育教学与实践活动有机结合，为小学语文教师提供所需的儿童文学理论和知识。具体的学习内容和学习要求如下：

一、学习和掌握儿童文学的基础知识，包括儿童文学的概念、功能、特征、鉴赏及创作等基本理论知识；儿童文学中儿歌、儿童诗、童话、寓言、儿童故事、儿童小说、儿童散文、儿童报告文学、儿童戏剧文学等文体知识以及各种文体的发展概况、写作知识等。

二、培养儿童具有一定的文学鉴赏能力。在了解儿童文学鉴赏的理论知识基础上，指导学生要阅读一定数量的中外优秀儿童文学作品，能对作品从思想上和艺术上进行鉴赏。不但自己要学会鉴赏，提高自己的鉴赏水平，而且还要学会帮助、指导儿童鉴赏儿童文学作品。

三、训练创作儿童文学作品，提高创作能力。能够熟练运用所学的理论知识和专业知识，结合儿童审美心理和欣赏习惯，学习创作适合儿童阅读的各种体裁的儿童文学作品。

第二节　儿童文学的学习方法

要学好儿童文学，不但要认识到学习儿童文学的重要性，而且要掌握正确的学习方法。

一、对比方法的运用

儿童文学由于其接受对象的特殊性而呈现出不同于其他文学的独有的特征，这主要是在与成人文学的对比中表现出来的。成人文学与儿童文学虽然都是文学，都有着文学的一般特征，但通过对比，我们才能发现它们之间的异同。明确了这一点，学习儿童文学时，才能抓住重点，才能加强对儿童文学的理解。这种方法也可以用于儿童文学中各种体裁的比较，如儿歌与儿童诗、童话与儿童故事等，还可用于作品的比较、作家风格的比较等。

二、运用角色转换、换位思维的方法

在学习儿童文学时，要转换自己的成人身份，打破自己作为成人的思维定式，从儿童的角度出发，以儿童的耳朵去听，以儿童的眼睛去看，特别要以儿童的心灵去体会。这种方法就是人们常说的“转换角度”和“移情想象”。当然，在换位思维时，还应该不时还原自己的身份，用自己的思想认识和艺术修养对儿童文学做冷静的思考、俯瞰的审视，既能“跳进”，又能“跳出”。这样，才会更深入、更全面地理解儿童文学的基础知识，更好地进行儿童文学鉴赏和写作。

三、阅读作品与学习基础知识相结合

阅读作品可以丰富我们对儿童文学的感性认识，学习基础知识可以提升我们对儿童文学的理性认识。因此，学习儿童文学应当把阅读作品与学习基础知识结合起来。特别指出的是，阅读作品一定要充分认识优秀儿童文学作品的典范作用，尽可能多读、深读，这样才能更好地掌握基础知识，提高自己的鉴赏能力和写作能力。

四、加强与其他相关学科的联系

学习儿童文学必须熟悉儿童教育学、儿童心理学等专业学科的有关知识。不懂儿童的心理、生理特征，不懂儿童教育的方式方法，就很难把握儿童文学的真谛。例如对儿童的语言发展情况缺乏了解，就不易明白儿童文学的语言为什么要浅显易懂，要口语化；对儿童的心理特点缺乏了解，就难以理解儿童为什么喜欢童话。所以在学习儿童文学时，调动相关学科的知识，会事半功倍。

[思考与练习]

1. 简析儿童文学的学习内容。
2. 简析儿童文学的学习方法。

下编

基本文体

扫码获取
本编资源

第五章 儿　歌

儿歌是儿童最早接触、最易接受的一种文学样式，它的自然、活泼和轻快的特点，给孩子们带来欢愉和激动，使他们获得最早的文学熏陶和知识启蒙。它随着母亲的乳汁渗透幼儿的心田，它像一只美丽的百灵鸟，为孩子们带来欢乐，陪伴他们度过整个幼年的美好时光。儿歌如何以其独特的审美特性给儿童以审美愉悦呢，让我们一起走进儿歌世界。

第一节　儿歌概说

儿歌是适合幼儿听赏念唱的歌谣。儿歌生长于民间文学的土壤，主要的流传方式是口耳相授、代代相传，对于婴幼儿来说，儿歌主要是由听觉感知的语言艺术，是活在孩子们口头的文学。

一、儿歌的概念

在古代，儿歌一般被称为"童谣"。童谣在前人的一些文献中也称为"童子歌""孺子歌""婴儿谣""童子儿歌""小儿语"等，童谣是民间歌谣的一个分支。古人将歌谣诠释为："曲合乐曰歌，徒歌曰谣。""谣"即是不用乐器伴奏，没有固定曲调，唱法自由的"徒歌"。童谣就是长期流传于儿童之间的一种用韵语创作、无音乐相伴的口头短歌。

二、儿歌的历史与发展

现在我们看到的儿歌作品，有一些是传统儿歌，即流传下来的民间儿童歌谣，但大部分是现代成人作家根据幼儿的心理特点和理解能力，用简洁的韵语写成的。

我国的儿歌历史十分久远，童谣的产生可以说与成人最早的文学样式——歌谣的产生同步。早在两千多年前，我国就有人对童谣加以收集和记录，在《春秋左传》《国语》《战国策》等历史著述中，可以读到最早记载下来的童谣。到了明代，出现了第一部个人收集、整理的儿歌集《演小儿语》(1593 年吕坤编)，儿歌的发展进入了一个新阶段。清代出现了《天籁集》(郑旭旦编)、《广天籁集》(悟痴生编)等优秀儿歌集，进一步肯定了儿歌的思想价值和艺术价值，称儿歌为"天下之妙文""天籁"(自然界的声音如风声、鸟声、流水声)。

五四新文化运动时期，曾出现一场声势浩大的歌谣运动。1918 年北京大学成立了歌谣征集处，把征集来的歌谣中的儿童歌谣，冠以“儿歌”的名称，在《歌谣》周刊上发表。从此“儿歌”作为儿童文学的体裁名称沿用至今。

1949年后，涌现了许多热心儿歌创作的作家，鲁兵、圣野、张继楼等是其中成就较高者，他们创作了大量深受孩子们喜欢的儿歌，为繁荣儿歌创作做出了重要贡献。

新时期以来，随着人们思想观念的大解放，对儿童文学本质认识的深化，儿歌的题材更加广泛，内容更加丰富，表现形式更加新颖多样，儿歌的艺术品位大大提高。古老的儿歌正携带着远古的美丽，撞击现代文明，焕发出智慧和情趣，展示它迷人的风采，伴随着千百万孩子走向未来。

第二节　儿歌的特征

儿歌是专为较小年龄儿童创作的、符合这一年龄阶段儿童的心理特点和欣赏趣味的、易读易记易唱的诗歌样式。在儿童文学的众多样式中，它是篇幅最短、内容最浅显的一种。

一般来说，儿歌具有以下几个特征：

一、内容浅显，主题单一

儿歌是在婴孩的摇篮旁伴着母亲的吟唱而进入儿童生活中的。孩子们随着年龄的增长，由感知到模仿，最终学会诵唱儿歌，并从中获得审美感受。儿歌的内容往往十分浅显，让幼儿一听就懂，能领悟其中的内涵。优秀的儿歌总是充分地显示出主题的集中和单一。例如，圣野的《布娃娃》：

布娃娃，
不听话，
喂她吃东西，
不肯张嘴巴。

这首儿歌于天真稚气中表达了幼儿对周围生活的模仿和思考。同时，孩子们在诵唱这首儿歌时马上就会联想到自己吃饭的情景，懂得应该养成良好的生活习惯。

再如张继楼的《蚱蜢》：

小蚱蜢，
学跳高，
一跳跳上狗尾草。

腿一弹，
脚一跷：

“哪个有我跳得高。”

草一摇，
摔一跤，
头上跌个大青包。

这首儿歌构思新颖，内容单纯，有简单的情节：小蚱蜢由跳高而骄傲，由骄傲而摔跤。作者巧妙地使用了“弹”“跳”“跷”“摇”“摔”“跌”等一连串动词，寥寥数语就把小蚱蜢得意扬扬而摔跤的可笑行为描写得生动传神、幽默风趣，善意地嘲笑了幼儿骄傲自满的行为，孩子们读后会在笑声中决心改掉自己的毛病。

二、篇幅简短，结构简单

幼儿对周围事物的认识还比较单纯，又限于口耳相传，因此，儿歌的篇幅应当短小精巧，结构应当单纯而不复杂。常见的儿歌，一般只有短短的四句、六句、八句，当然也有较长的。就每句组成的字数看，有三言、四言、五言、七言、杂言。三字句、五字句、七字句是基本句式。短小、单纯、自然，就易学易唱。如全舒的《小青蛙》：

小青蛙，
叫呱呱；
捉害虫，
保庄稼，
我们大家都爱它。

这首儿歌只 19 个字，既描绘出青蛙鸣叫的田野图画，又告诉了儿童一个常识。

再如四川儿歌《幺妹幺》：

幺妹幺，拣柴烧，
自己拣，自己挑。

这首儿歌仅 12 个字就表现了一个热爱劳动的小姑娘的形貌心态。

三、语言通俗，节奏明快

儿歌的传播在很大程度上是通过游戏方式来实现的，所以要求其作品适宜诵唱，并能与游戏过程相配合，必须呈现出鲜明的音乐性和节奏感。幼儿好动，又处于学习语言、提高语言表达能力的阶段，富有音乐感、节奏明朗、生动活泼的儿歌语言可以引起幼儿的美感、愉悦感，激发他们学习语言的积极性。因此，无论是传统儿歌还是创作儿歌，也无论是世界上哪一个民族的儿歌，都具备合辙押韵、节奏明快易唱、语言活泼的特点，如圣野的《溜溜球》：

溜溜球，
翻跟头，
跟头翻了九十九，
回到自己手里头。

有些儿歌还采用叠词叠韵，如皮作玖的儿歌《小鸟学我操操》：

风吹杨柳飘飘，
小鸟学我操操。
我伸腿，
它踢脚；
我拍手，
它跳跳；
我把腰儿弯弯，它把尾巴翘翘；
操好了，
再见了，
小鸟扑哧扑哧飞走了。

全歌押“iao”韵，使用摹声词及叠词叠韵，表现出汉语语言的音响美、回环美，切合幼儿学习语言须反复记忆的特点。

第三节　儿歌的类型

我国儿歌在千百年的历史传承中，经过一代又一代人自觉或不自觉的润色加工，已经形成了十几种备受儿童喜爱的特殊艺术形式。常见的形式有以下几种：

一、摇篮曲

摇篮曲又叫催眠曲，是成人吟唱给婴幼儿听的，其内容单纯，词句简短，极富音乐性。韵律要求舒缓，节奏不能过快，要有利于造成宁静安定的气氛，促使幼儿情绪稳定地进入睡眠状态。如四川民间流传的摇篮曲《觉觉喽》：

啊哦……
啊哦……
宝宝哟……
觉觉哟……
狗不咬哟……
猫不叫哟……

宝宝、宝宝睡觉觉喽……

这首摇篮曲并没有完整的含义，是生长于民间文学土壤的儿歌，以口耳相授的流传方式，代代相传。它以柔和的声音，连缀几个词语或短句，就可安抚婴儿悄然入睡。再如陈伯吹先生的《摇篮曲》：

风不吹，浪不高，
小小船儿轻轻摇，
小宝宝啊要睡觉。

风不吹，树不摇，
小鸟不飞也不叫，
小宝宝啊快睡觉。

风不吹，云不飘，
蓝色的天空静悄悄，
小宝宝啊好好睡一觉。

全首儿歌分三小节，每小节都渲染一种静谧的氛围，但有变化有递进，风越来越小，四周越来越静谧，摇篮中的孩子正在悄然睡去，其间流溢出一种温馨的母爱。

二、游戏歌

游戏歌是儿童游戏时伴随着一定的游戏动作而吟唱的儿歌。

游戏歌的种类很多，有成人帮助儿童认知或逗耍孩子的儿歌，也有相当数量的是幼儿玩耍时诵唱的儿歌，像《找朋友》《丢手绢》《拍手歌》《跳绳歌》等，都是两个以上幼儿的游戏歌，它们不仅可以统一游戏动作，而且也强化了游戏本身的娱乐性。

游戏歌的形式极富变化，在儿歌中占的比例也大，是儿童口头上出现次数最多的一种儿歌，它的特点就在于有明显的组织游戏的作用。

由于儿童游戏是社会现实的一种独特的反映方式，游戏儿歌就必然具有明显的时代特征和民族、地域特色，它会随着社会的发展而更加丰富多彩。

三、数数歌

数数歌是以适合儿童审美心理的形象描写来巧妙地训练儿童数数能力的儿歌。它把数学与文学巧妙结合起来，是将数字教学、知识教育包容在有趣的描述之中，使儿童由此逐步学会概括。

在数数中，有的是教儿童认识数序的，如传统儿歌《一二三》：

一二三，爬上山，
四五六，翻跟头，
七八九，拍皮球，
张开两只手，
十个手指头。

有的数数歌不仅培养儿童的数序观念，还训练他们的运算能力和语言表达能力。如传统儿歌《数蛤蟆》：

一个蛤蟆一张嘴，
两只眼睛四条腿，
扑通扑通跳下水。
两个蛤蟆两张嘴，
四只眼睛八条腿，
扑通扑通跳下水……

儿歌中蛤蟆的嘴、眼睛和腿的数目是随着蛤蟆数目的增长而成倍增长的。因此，不仅可以训练儿童的初步运算能力，而且还起到训练儿童思维敏捷、准确表达语言的作用。

有的数数歌既有数，又有其他方面的知识。如滕毓旭的《手指头》：

一个指头按电钮，
两个指头拣豆豆，
三个指头解扣扣，
四个指头提兜兜，
五个指头握一起，
攥个拳头有劲头。

它不仅可以帮助儿童练习数数，还可以让儿童认识自己的双手的用途。有的数数歌除了能用来进行知识教育之外，还包含了一定的思想教育的内容。

四、问答歌

问答歌，指采取一问一答或连问连答的形式来叙述事物、反映生活的儿歌。例如，朱晋杰的《什么好》：

什么好？
公鸡好，
公鸡喔喔起得早。
什么好？

小鸭好，
小鸭呷呷爱洗澡。
什么好？
小羊好，
小羊细细吃青草。
什么好？
小兔好，
小兔玩耍不吵闹。

这首儿歌采用的是一问一答的形式，而李海松的《什么船儿》采用了多问多答的形式：

什么船儿上月球？
什么船儿海底游？
什么船儿水上飞？
什么船儿冰海走？

宇宙飞船上月球，
潜水艇儿海底游，
气垫船儿水上飞，
破冰船儿冰海走。

问答歌的特点就在于问与答。既然要回答问题，总得动点脑筋，所以问答歌能启迪儿童的心智，唤起儿童对各种事物的注意，帮助儿童认识和理解周围的世界。问答的方式可以多种多样：有自问自答，也有二人对诵，或一人发问、多人对答。许多问答歌中的问和答可以延伸，由问者不断提出问题，对方不断回答，直到问完或答不出为止。如：

你姓啥？
我姓黄。
什么黄？
草头黄。
什么草？
……

这类问答歌形式活泼，问得自由自在，答得无拘无束，是一种有趣的语言游戏和智力游戏。

五、连锁调

连锁调，即连珠体儿歌，它以"顶针"的修辞手法结构全歌，即将前句的结尾词语作为

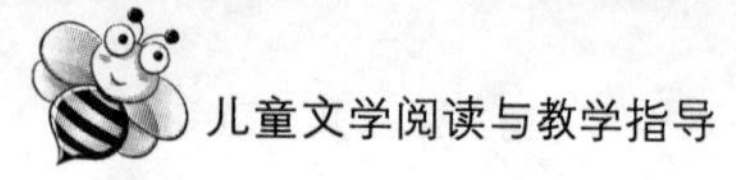

后句的开头，或前后句随韵黏合，逐句相连。如金波的《野牵牛》：

野牵牛，爬高楼；
高楼高，爬树梢；
树梢长，爬东墙；
东墙滑，爬篱笆；
篱笆细，不敢爬；
躺在地上吹喇叭；
滴滴嗒！滴滴嗒！

每行诗句的最末一词都在下一行句首出现，在形式上显得既工整和谐又活泼有趣，并且造成一种幽默滑稽的语言氛围，便于表现富有童趣的内容或者含有讽刺意味的题材。再如邓德明的《做习题》：

小调皮，做习题。
习题难，画小雁；
小雁飞，画乌龟；
乌龟爬，画小马；
小马跑，画小猫；
小猫叫，吓一跳。
学文化，怕动脑，
看你怎么学得好？

儿歌中描述了一个不愿学文化的调皮儿童的形象，告诫儿童如果怕动脑筋是学不好文化的。

六、拗口令

拗口令，也称绕口令或急口令，它是把一些发音容易混淆的字连缀成有一定意义的儿歌，是专门用来训练儿童发音的。拗口令绕弯、咬嘴，又要求读得快，重在声母、韵母和声调的训练。为了读得又快又准，儿童常常有意反复念读，一旦能顺畅地念诵便会感到巨大的快乐和满足。

传统的拗口令有多句式的，如常见的《四和十》这首儿歌，就是专门用来区别声母“s”和“sh”的发音的，同时告诉儿童错误发音的毛病所在。也有一句式和对偶式的，多数无明确的意义，只以训练儿童的发音为目的。如“门上吊刀刀倒吊”属一句式，训练儿童“dao”与“diao”这两个音节的发音；而“吃葡萄不吐葡萄皮，不吃葡萄倒吐葡萄皮”则是训练儿童区别“葡萄”与“不吐”这两组音节的。

新编的绕口令大都采用传统的形式，并在其中贯穿一定的教育内容。如钱德慈的《夸骆驼》：

骆驼驮着货，
货用骆驼驮。
伯伯牵骆驼，
一个跟一个。
穿过大沙漠，
不怕渴和热。
伯伯夸骆驼，
干活真不错。

目的在于训练儿童区别每一句句尾字的读音，同时劝诫儿童干工作要像骆驼一样有吃苦耐劳的精神。

七、颠倒歌

颠倒歌，也称滑稽歌、古怪歌或倒唱歌，指故意把事物的本来面目倒过来叙述，使其具有幽默和讽刺意味的儿歌。它以表面的荒诞暗衬、揭示事物的本质，其中常常蕴含着一定的哲理。颠倒歌以违反常规的描写，表达出在常规中难以表达的事理，适合儿童好奇快乐的天性。它的特点是：正话反说，内容机智，联想丰富。这类儿歌幽默诙谐，可使儿童轻松愉快，也可训练儿童辨别事物的能力。如河南的儿歌《小槐树》：

小槐树，结樱桃，
杨柳树上结辣椒，
吹着鼓，打着号，
抬着大车拉着轿。
蚊子踢死驴，
蚂蚁踩塌桥，
木头沉了底，
石头水上漂。
小鸡叼个饿老雕，
小老鼠拉个大狸猫，
你说好笑不好笑。

八、字头歌

字头歌是指每句尾字几乎完全相同的儿歌，这类儿歌用同一个字做韵脚，并句句押韵，所以韵律感极强，加之语言亲切幽默，很受幼儿欢迎。常见的是以“子”“头”“儿”作为每句结尾的儿歌形式。像夏晓红的《猴子搭戏台子》：

小猴搭起戏台子，

穿起一条小裙子，
引出两头小狮子，
舞起三个响铃子，
穿过四个小圈子，
抛起五顶小帽子，
叠起六把小椅子，
摆起七张小桌子，
转动八个小盘子，
挂起九面小旗子，
变出十个小果子，
人人都夸小猴子。

它是一首以“子”字做尾字的字头歌。这首字头歌的妙处不仅在于成功的“子”字尾，而且有完整的情节结构和生动的形象描写，更值得称道的是它把动词、数字和量词组织其中，具有丰富的认知内涵。

九、谜语歌

谜语歌采用寓意的手法，抓住谜底与谜面间的某种联系，以歌谣形式叙说现象或事物的特征。例如谜底为“雪”的谜语歌：

普天之下是一家，
家家户户种棉花，
今年种棉没留种，
明年冬日又开花。

它在浓缩的、象征的形式中包含着强烈的悬念，这正投合了儿童好奇心强的特点。

猜谜的过程是逐渐释解悬念的过程，也是检验儿童的联想、推理和判断能力的过程，又是儿童自我检验机敏和智慧的一种方式。经过紧张的、连贯性的思索，当儿童找到谜底与谜面之间所隐藏的巧妙结合点时，他们会格外愉悦、欢慰，在心理上获得满足。这是谜语歌受到儿童欢迎的主要原因。

一般情况下，供儿童吟诵猜度的谜语歌应符合他们的认知能力和理解水平，否则会使儿童丧失信心而失去兴趣。无论是传统的谜语歌，还是新编创的谜语歌，在谜底与谜面之间大都有一层形象的联系，且不甚复杂。比如谜底为“灭火器”的新编儿歌：

它的身体像圆筒，
浑身上下一片红，
一见火焰便生气，
口吐白沫倒栽葱。

它的谜底与谜面之间的联系是再形象不过了。

总之，谜语歌是一种有文学趣味的、有益的智力游戏。它可以对儿童进行知识教育；同时，歌中准确生动的语言和形象有趣的描述，又有利于儿童语言的发展；谜语歌还可以促进儿童分析、综合、推理、判断能力的发展，促进儿童记忆、想象、联想能力的提高。

第四节　儿歌的多样化教学方法探究

在小学语文教材中，儿歌多在第一学段出现，儿歌简短押韵、易记易唱，符合这一年龄段儿童的心理特点。所以，在设置教学方法时，需要根据儿童的年龄特点、活动能力以及具体诗歌作品的内容，合理地安排教学过程。

一、吟诵与朗读

儿歌简短押韵、节奏鲜明，易记易唱，有游戏性和趣味性，适合小学低年级学生集体诵读、吟唱。音韵和节奏内隐、情感深厚、自由体式的抒情诗篇，个别朗读效果会更为理想。示范朗读可以使用音像资料，教师的吟诵和朗读，在多数儿歌教学中都有必要，主要体现在共同参与和分享。

二、聆听欣赏

儿歌聆听欣赏同样是教学的基本活动，但使用频率宜适当，不应该代替学生和教师的诵读活动，也不要占据过多的教学时间。聆听欣赏，并不一定完全依赖教材配备的音像资料，亦可根据教学需要自己设计和录制。在儿歌聆听环节，教师应当和学生一起聆听欣赏，教师不宜利用这个时间段处理自己的其他教学事务，比如发放资料或张贴教学挂图等。

三、歌配画欣赏

歌配画是传统的儿歌教学活动，在分句理解儿歌的内涵时，教师可以根据课文内容出示相应的图画，引导学生想象理解。如《对韵歌》中，学生对于“山清水秀、柳绿桃红”这两个词语的内涵难以理解，教师可以借助简笔画、图片或微课分别呈现。

四、游戏教学

所谓“游戏教学法”，是指教师从实际出发，将所教授的内容寓于特定的课堂游戏活动之中的教学方法。其既满足了低年龄段学生爱玩、爱闹、热衷于游戏的心理，更将原本抽象的知识点以简单、有趣、生动的形式呈现在学生眼前，使他们能够更加轻松地掌握知识。

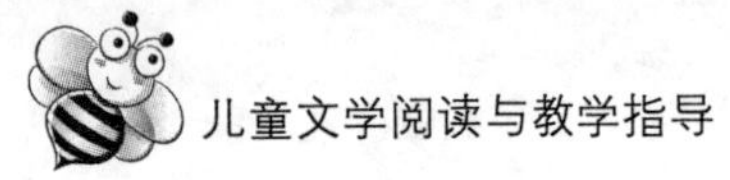

五、阅读拓展

提供相关联的新的阅读资源。当作品内容单薄或抽象时，可以引进新的阅读资源进行支持和补充，以实现延伸性学习，但应该注意新资源的适量和适度，分清主次。也可在课堂教学结束时将新阅读资源作为课外内容布置，发挥巩固学习成果的功效。

六、阅读与写作

即使是低年级的学生，也会在欣赏儿歌的过程中引发创作儿歌的冲动，他们的儿歌创作可能处于模仿阶段，也应该充分鼓励。课后的写作和课堂中的即兴创作，都是积极的儿歌反应和有意义的儿歌学习。尝试性的儿歌（仿写）创作最好有学生的普遍参与，他们在诗歌创作方面的天赋可能有所差别，但无论写作质量如何，都应该给予正面的评估。毕竟，儿歌课程并不以学生的儿歌创作作为主要教学内容和目标。

儿歌教学中的活动有多种形式，教师可以根据教材和学生特点做出选择和安排，创造性地调配、使用基本的活动，在教学实践中发现和应用新的、独创的活动形式。

第五节　儿歌阅读教学设计

一、儿歌的创作

儿歌主要表达幼儿质朴率真的情愫，为此，创作儿歌切忌成人化、概念化，而必须适应幼儿的心理特征，用幼儿的眼光和心思去观察、体验幼儿生活，从中发现幼儿情趣并加以表现。儿童情趣是儿童的灵魂，也是儿歌的灵魂，因此儿歌的选材、立意和构思都要着眼于儿童情趣。例如，林颂英的《石榴》："石榴婆婆，宝宝最多，一个一个满屋子坐，哎哟、哎哟，小屋挤破。"儿歌以拟人手法形象地写出石榴皮裂开的形态特征，把石榴籽比作老婆婆的小宝宝，把石榴籽撑破皮比作小宝宝多得挤破小屋，十分贴近幼儿生活，使儿童感到亲切。

儿歌是儿童诗歌的一类，千万不能写成顺口溜，要有儿歌味，正是突出儿歌独有的文字特质，强调儿歌要富于情味。写作时要注意：

（1）体现口头文学的特征。

（2）体现婴幼儿时期儿童的年龄特征。

（3）要体现诗体文学的特征。

"诗圣"杜甫曾说过"新诗改罢自长吟"的话，为什么要"苦吟""长吟"呢？无非是为了内容和形式更臻于完美。儿歌写成后，要到幼儿中去倾听孩子们的意见，看他们是否感兴趣，是否愿意念唱，如不其然，则要反思题材是否新颖，或陈旧的题材是否有新的表现角度。

二、作品选读

(一) 部编版一年级上册

影子

影子在前，
影子在后，
影子常常跟着我，
就像一条小黑狗。

影子在左，
影子在右，
影子常常陪着我，
它是我的好朋友。

【作者简介】

林焕彰，生于1939年，台湾省宜兰县人。代表作《牧云初集》《斑鸠与陷阱》《童年的梦》。

【点评】

这是一首以儿童生活为题材的儿歌，运用比喻、拟人的修辞手法，写出了影子与人形影不离的特点，表达了作者对影子的喜爱之情。这首儿歌语言简练，句式整齐，读起来朗朗上口。

比尾巴

谁的尾巴长？
谁的尾巴短？
谁的尾巴好像一把伞？

猴子的尾巴长。
兔子的尾巴短。
松鼠的尾巴好像一把伞。

谁的尾巴弯？
谁的尾巴扁？
谁的尾巴最好看？

公鸡的尾巴弯。
鸭子的尾巴扁。

孔雀的尾巴最好看。

【作者简介】

程宏明，生于1937年，当代作家。儿歌代表作《比尾巴》《雪地里的小画家》。著有儿童诗歌专集《聪明的仙鹤》《把我数丢了》等。

【点评】

这首儿歌以对话的形式介绍了六种动物尾巴的特点，通过三问三答的形式介绍了公鸡、鸭子、孔雀尾巴的特点，全文句式整齐，富有节奏和韵律，读起来朗朗上口，简明易懂，充满了儿童情趣。不仅能激起儿童朗读的欲望，还能激发儿童观察其他动物尾巴特点的兴趣。

（二）部编版一年级下册

姓氏歌

你姓什么？我姓李。
什么李？木子李。
他姓什么？他姓张。
什么张？弓长张。
古月胡，口天吴，
双人徐，言午许。

中国姓氏有很多，
赵、钱、孙、李，
周、吴、郑、王，
诸葛、东方，
上官、欧阳……

【点评】

这首儿歌根据传统蒙学读物《百家姓》编写，将一些常用姓氏寓于朗朗上口的儿歌中。儿歌分为两部分，第一部分采用问答的形式引出常见的姓氏“李、张、胡、吴、徐、许”，并通过汉字拆分组合进一步区分出读音相近的姓氏；第二部分从《百家姓》中选取前两句，并列举了常见的复姓，让儿童初步感受中国姓氏传统文化的趣味性。儿歌读起来节奏明快，易于被儿童理解。

（三）部编版二年级上册

拍手歌

你拍一，我拍一，
动物世界很新奇。

你拍二，我拍二，
孔雀锦鸡是伙伴。

你拍三，我拍三，
雄鹰飞翔云彩间。

你拍四，我拍四，
天空雁群会写字。

你拍五，我拍五，
丛林深处有猛虎。

你拍六，我拍六，
黄鹂百灵唱不休。

你拍七，我拍七，
竹林熊猫在嬉戏。

你拍八，我拍八，
大小动物都有家。

你拍九，我拍九，
人和动物是朋友。

你拍十，我拍十，
保护动物是大事。

【点评】

这首儿歌以儿童熟悉的拍手歌游戏，串起了 8 种动物的生活场景。儿歌共 10 个小节，开头与结尾三个小节相互呼应。中间的 6 个小节分别介绍了羽毛艳丽的孔雀和锦鸡，展翅翱翔的雄鹰，成群的大雁，丛林中的猛虎……运用拟人手法，使这些动物形象更加亲切可爱，富有童趣。儿歌句式整齐，一节一韵，节奏轻快，充满了童真情趣。

（四）部编版二年级下册

传统节日

春节到，人欢笑，
贴窗花，放鞭炮。
元宵节，看花灯，
大街小巷人如潮。
清明节，雨纷纷，
先人墓前去祭扫。
过端午，赛龙舟，
粽子艾香满堂飘。
七月七，来乞巧，
牛郎织女会鹊桥。
过中秋，吃月饼，
十五圆月当空照。
重阳节，要敬老，
踏秋赏菊去登高。
转眼又是新春到，
全家团圆真热闹。

【点评】

《传统节日》是一首介绍祖国传统节日的童谣，讲的是中国的传统节日——春节、元宵节、清明节、端午节、七夕节、中秋节、重阳节的习俗，让儿童从中认识并了解祖国的传统节日，知道每个节日的具体时间。童谣内容贴近生活，浅显易懂，为儿童所喜闻乐见。

三、教学设计案例

儿歌专为较小年龄儿童创作，在小学语文教材中，选入第一学段的儿歌作品较多，符合这一年龄段儿童的心理特点，内容浅显，趣味性强，易读易记易唱。由此，儿歌的教学需要根据具体的作品特点进行教学设计。

《影子》教学设计

【设计理念】

这篇课文以浅白、生动形象的语言，介绍了影子和人“形影不离”的特点，读起来亲切自然。基于低段学生心理特点及阅读认知规律，本课教学设计以识字为基础，旨在抓住学生的认知特点，创设一个活泼、有趣的识字氛围，让学生在积极主动的自我发现、自我实践中学知识、用知识，培养学生的创新思维和求异精神。

【教材分析】

《影子》是部编版一年级上册第六单元的第一篇课文，该单元主题是“想象”，这篇课文从儿童的视角，对生活中影子与人形影不离的特点进行生动的描摹，以儿童诗的形式呈现出来，充满儿童情趣，能激发学生对自然和生活的热爱。学习本课，应重视学生的朗读指导，引导学生读出对影子的喜爱之情。

【学情分析】

一年级的学生虽然学习汉语拼音拼读，但是认读能力还是比较薄弱，引导学生借助课文注音，提升汉语拼音拼读能力，为正确朗读课文打下基础。同时该年龄段的学生活泼好动，注意力容易分散，课堂上应注重采用适当的游戏或活动来激发学生学习兴趣。

【教学目标】

1. 借助汉语拼音，认识“影、前”等 11 个生字，会写“在、后”等 4 个生字。认识斜钩笔画及宝盖等 3 个偏旁。

2. 正确流利地朗读课文，体会“我”对影子的喜爱之情。

3. 借助生活情境，学会识别前后左右四个方位。

4. 认识关于影子的现象。

【教学重难点】

1. 重点：正确朗读课文，认识“影、前”等 11 个生字，会写“在、后”等 4 个生字。

2. 难点：识记“前、后、左、右”，在生活情境中辨别这四个方位。

【课时安排】

2 课时。

【教学过程】

第一课时

一、游戏导入，揭示课题

1. 课前游戏：同学们，我们一起到操场上去做“踩影子”的游戏好吗？在踩影子的过程中，大家要注意观察，并思考一个问题：你发现了什么？

2. 教师和学生一起游戏，边玩边引导学生观察，启发学生发现影子的特点，然后回到课内交流。

【预设】影子是黑的；影子紧紧跟着人；影子的方向会变化。

3. 板书课题“影子”。

(1) 指导学生读课题，注意读好后鼻韵母 yǐng，“子”读轻声。

(2) 指导识字：你有什么好办法记住“影”这个字？

4. 多媒体课件帮助识记：火红的太阳照在建筑物上，在地上形成了影子。“日”就代表太阳，“京”就代表建筑物，“彡”就代表影子。

(**设计意图：**爱玩是孩子的天性。有趣的游戏，能使学生对影子有更感性的认识，从而深刻地体会到语文课的丰富多彩，在愉快的环境中激发学生探求知识的热情。回到课内交流，为学生提供自由表达的空间，轻松的课堂气氛为教学创造了一个良好的开端。)

二、熟读课文，自主识字

1. 过渡语：有一个人和我们一样做过踩影子的游戏。他还写下了一首儿歌，你们想知道这首儿歌是怎么写影子的吗？请打开书自己读一读吧！(自由读文)

2. 提问:怎样才能把课文读好呢?

【预设】

(1) 在读书中遇到不认识的字,可以用笔圈上,请拼音帮忙,也可以请同学帮助,还可以查字典……

(2) 把最难读的那一行多读几遍。这样就会越读越流利。

3. 学生自由朗读课文。

4. 创设"摘葫芦游戏"情境,检查字音,识记生字。

(1) 播放课件,创设情境:同学们,葫芦兄弟来了,它们有了新的名字,就写在它们身上。快看,你叫得出它们的名字吗?(生试读)

(2) 开火车,个别读。

(3) 去掉拼音再读生字。

过渡语:看,葫芦的帽子飞走了,如果你还能准确地叫出它们的名字,那它们就是你的好朋友了。(齐读)

(4) 指名读生字,其他学生跟读。

(5) 教师评价。

(**设计意图:**根据一年级学生爱玩好动的特点,创设游戏情境,增强学生的识字兴趣。)

三、方法指导,集中识字

1. 过渡:同学们真厉害,这么多生字宝宝都认识了,你是怎样记住这些生字宝宝的呢?

2. 同桌交流识字方法。

3. 组织学生汇报识字方法,教师相机出示新偏旁。

【预设】

生1:我用找反义词的方法记住"黑","黑"是"白"的反义词。

生2:我用"加一加"的方法记住"狗",反犬旁加"句"就是"狗"。

生3:我会编童谣:又来了一横和一撇,就是朋友的"友"。

生4:我用换一换的方法记住了"左"和"右",朋友的"友"右下角的"又"换成"工"念"左",换成"口"念"右"。"左"和"右"也是一对反义词。

(1) 提问:能说一说你的前、后、左、右都是谁吗?

【预设】我的前面是__________,我的后面是__________,我的左面是____________,我的右面是____________。

(2) 学生继续汇报。

【预设】

生5:我用加一加的方法记住"它","宀"加上"匕"就是"它"。

(3) 教师相机出示"宀",教学新偏旁:"宀"是房屋的象形,有"宀"的字一般都与房屋或洞穴有关。说说还见过哪些带有"宀"的字。

(4) 出示三张图片(男、女、动物),"他、她、它"是我们的好朋友,到底是哪个"他(她、它)"呢?

(5) 提问:你怎样记住"朋"字?

【**预设**】两个“月”紧紧地挨在一起，就像一对好朋友，我就这样记住了“朋”。

4. 小结：加一加、换一换、编童谣、找反义词等都是很好的识字方法，只要我们学会了这些识字方法，以后我们就可以认识很多很多的字了！

5. 组织学生再读课文，能否正确流利朗读，请在小组内试试。（组内互读，互相评价）

（**设计意图**：“授之以鱼，不如授之以渔。”识字教学是第一学段教学的重点，教师要善于引导学生在交流合作的过程中发现多种识字方法，并会运用多种方法识记生字，做到举一反三，为之后自主识字打好基础。）

四、感知大意，引发思考

1. 指名读课文，请同学们边听边思考，你读懂了什么？

2. 根据学生回答相机出示课件，指导观察：影子都像什么？为什么说影子像小黑狗？影子是好朋友？说影子像“小花狗”行不行？为什么？

（**设计意图**：鼓励学生大胆发言，说出自己的独特感受，养成边读书边思考的好习惯。反复朗读课文，培养语感，激发学生学语文、用语文的热情。）

五、写字指导

1. 出示田字格中的“在”字，引导学生观察：这个字是由几笔写成的？和“左”比较，有什么不同？（“左”字右下方是“工”字，“在”字右下方是个“土”字，“在”字比“左”字多一笔竖。）

2. 示范“在”字的写法，学生边观察边书写。

3. 学生练写。（教师巡视和指导，对个别写得不成功的同学多加指导。）

4. 展示学生作品，提出意见和建议。

（**设计意图**：对形近字采用对比观察，引导学生发现“在”字与“左”字的区别，强调书写时的易错之处，避免了学生写错字现象的发生。教师示范板书“在”字的笔顺，学生模仿书写，既有利于提高学生的观察能力，又极大地调动了学生写好字的热情。）

第二课时

一、复习导入，巩固生字

1. 过渡语：上节课我们学习了《影子》这课的字词，现在我们要玩一个小游戏：小小擂台赛，看看谁学字词学得好。

(1) 游戏：开火车。（识字）

课件出示生字：影、前、后、黑、狗、左、右、它、好、朋、友。先带拼音读生字，再去掉拼音读生字，开火车读，学生分组读。评价并记录赛读结果。

(2) 游戏：捉迷藏。（读词）

课件出示森林中的场景，许多小动物被树丛遮住了一半，在露出的一半上写有本课的生词。（影子　左右　小黑狗　好朋友　前后　它们）

过渡语：小动物在和我们玩捉迷藏的游戏，你能找到它们，并读出它们身上的词语吗？指名读词，学生读对了，隐藏的小动物就从树丛中走出来。

2. 过渡：大家都会认读生字宝宝了，现在我们把生字宝宝送到课文中去，你一定会从课文中发现更多有趣的知识。

(**设计意图:**学习汉字是一个反复的、长期的过程,用游戏的方式增加汉字与学生见面的机会,在不断地复现中达到巩固识字的目的。)

二、熟读课文,深入理解

1. 过渡语:请大家自由朗读课文,思考:你认为影子有趣吗?找找你认为影子有趣的句子,画上横线,读一读,并想一想为什么。

2. 组织学生边读边画。

3. 教师指名读学生找到的句子,并说明自己觉得有趣的理由。

(1) 学生读句:"影子常常跟着我,就像一条小黑狗。"请学生说说有趣的理由。

【预设】影子真有趣,像个小黑狗一样在自己身前、身后转。

影子就像小狗一样跟着"我","我"走到哪里它就跟到哪里。

(2) 多媒体课件播放视频:有绿树、小草、小路、小朋友、影子、太阳的动画并配乐。一位小朋友在小路上走着,他的影子跟着太阳变化。

(3) 指名再读这一句,教师组织学生评价。

(4) 指导学生朗读句子:"影子常常跟着我,就像一条小黑狗。"

(5) 学生读"影子常常陪着我,它是我的好朋友"。请学生说说觉得有趣的理由。

【预设】因为有了影子,就像有了一个新朋友。

影子还会陪"我","我"就会感觉好玩了。

(6) 过渡语:谁来再读读这一句。你觉得自己读时要注意什么?

【预设】要把影子当成好朋友来读。读出喜欢的语气。

(7) 指名读句子,并及时评价。

(8) 组织学生同桌互读,互相评价。

4. 思考:想一想学习这篇文章时还有什么不懂的地方。

【预设】

影子为什么一会儿在前?一会儿在后?一会儿在左?一会儿在右?

5. 过渡:老师和同学们一起再看一遍动画,弄明白影子是怎么变化的。多媒体课件演示动画,教师旁白:

太阳在左,影子在右;太阳在前,影子在后。

影子就像可爱的小黑狗,跟着主人。主人到哪儿它就到哪儿。

影子紧紧跟着人,不分离,就像好朋友一样,常常陪着我。

6. 小组交流自己发现的影子的秘密。

7. 教师小结,多种形式朗读课文。

(1) 齐读。

(2) 小组比赛读。

(3) 配乐读。

(**设计意图:**语文课堂不能没有朗读,反复朗读,以读为本,学生在读中放飞激情,感受祖国语言文字的优美和学习语文的乐趣。在生动的多媒体课件中,学生直观地体验到影子的变化,结合生活经验,在积极的讨论交流和细心的观察中明白影子的奥秘,创新精神和思维能力得到发展。)

三、指导书写“后、好、我”

1. 多媒体课件出示“后、好、我”。指名认读、组词。

2. 学写生字“我”。

(1) 指导学生观察“我”字，用多媒体课件演示笔顺，明确书写顺序。

(2) 教学新笔画“斜钩”。教师示范书写。学生练习书写新笔画。

(3) 教师示范，学生练写，教师巡视指导。

3. 学写生字“后、好”。

4. 引导学生观察：写这两个字时要注意什么？哪一笔最容易错？

【预设】“后”中的“口”不与撇相连接。“好”字的第三笔是“横”。

5. 练写评比。生练习书写，师巡视，并提醒写字姿势。

6. 组内评比，夸夸自己或别人的字，学习别人的长处。

(**设计意图：**学习写字，应学会观察、分析字的间架结构和笔画笔顺，养成观察习惯。用多媒体课件演示“后、好、我”的笔顺，用动态的书写让学生留下鲜明的印象，便于学生练习书写。激励性评价有利于激发学生写好字的愿望。)

四、迁移拓展，发展语言

1. 手影游戏：先在大屏幕上投放几个手影，如：大雁飞、小狗叫、小兔蹦……(学生做手影游戏)

2. 拓展交流：手影游戏真好玩，你还知道有关影子的哪些现象？说一说。

3. 画影子。要注意太阳和影子的位置，画完了评评谁画得好，画得准。

(**设计意图：**手影游戏极大地调动了学生的好奇心，激发了学生探究的愿望。画影子将语文学习和其他学科知识进行整合，使语文学习变成一种综合性学习，有利于学生成长。)

五、作业布置

把课文朗读给自己的爸爸妈妈听，一起做影子游戏。

【板书设计】

前

左　　影子　　右　　　　好朋友

后

[思考与练习]

1. 举例说明儿歌有哪些特征。

2. 为什么儿歌必须朗朗上口？

3. 写出你幼年时听到的两首儿歌，想想它们为什么会让你牢记不忘。

4. 下面四首传统儿歌各属于哪种艺术形式？每一种形式在表现手法上有什么特点？

十字歌

一个小宝宝，
两只小铜号，
三棵黄桷树，
四块白米糕，
五条大鲤鱼，
六把铁菜刀，
七根长甘蔗，
八颗老红枣，
九只黄鸟叫，
十匹马儿跑。

小小子儿开铺儿

小小子儿开铺儿，
开开铺儿两扇门儿，
小桌儿小椅儿，
木筷子儿小碟儿。
十棵小树儿，
排成一排儿，
手儿拉手儿，
不怕大风儿。

大河石子滚上坡

怪唱歌，奇唱歌，
鱼儿咬死鸭大哥，
水缸里面起大波，
大河石子滚上坡，
山顶上面鱼虾多。

喜鹊叫

喜鹊叫，客人到，
客人来家，姐姐倒茶，
茶冷，买饼，
饼香，买糖，
糖甜，买面，
面上一块鸡，
客人吃了笑嘻嘻。

第六章 儿童诗

儿童诗以其美和情趣滋养着孩子们的诗心，在诗心和童心的相互交融中，诗人把故事和真诚编织成优美的诗句，与孩子们一起歌唱，为他们营造充满童趣、洋溢真情的诗性家园。儿童本身也是天生的诗人，他们也用自己的笔触来抒写他们对世界的认知与情怀。

第一节　儿童诗概说

诗又称诗歌，是文学形式的一种，是最早的文学体裁。在文字产生以前，诗就产生了。

我国古代诗还同音乐、舞蹈结合在一起。入乐的称为歌，不入乐的称为谣，现在所说的诗一般都指不入乐的诗。词是歌的一种，兴起于唐代，盛行于宋代。我国是诗的国度，唐诗、宋词已传遍世界，是我国文学的宝贵遗产。

诗的特点是高度集中、高度概括地反映社会生活，感情、想象丰富，语言简练、形象、含蓄，音调和谐，有鲜明的节奏和韵律。诗有许多种，从格式上分，有格律诗、自由诗，从表达方式上分，有抒情诗和叙事诗等，从服务对象上还可分为儿童诗等。其中每种诗又可分为许多种，如格律诗又可分五言绝句、七言绝句、七言律诗等，抒情诗又可分为爱情诗、朦胧诗等。

儿童诗是指以儿童为对象的，符合儿童心理和审美特点，使用最富于感情、最凝练、有韵律、分行的语言来表情达意的一种艺术形式，也包括儿童为抒怀而创作的诗。儿童诗是诗的一个分支，由于它受到特定读者对象心理特征的制约，因此所反映的生活内容、所进行的艺术构思、所展开的联想和想象、所运用的文学语言等，都必须符合儿童的年龄特征，必须是儿童所喜闻乐见的。这样才能在培养儿童良好的道德品质、思想情操，激发丰富他们的想象力、思维能力，尤其在培养儿童健康的审美意识和艺术鉴赏力上，发挥自己独特的作用。

在中国的历史长河中，适合儿童诵读的诗并不多，历代文人有意为儿童写诗的更是少有，但在一些文人的诗集中，也偶尔出现几首易于儿童理解、乐于背诵的诗，如孟浩然的《春晓》、李白的《静夜思》、白居易的《草》、李绅的《悯农》、骆宾王的《咏鹅》、杜牧的《清明》等都堪称佳作。

直至五四时期，诗体骤变。“诗无定句，句无定言”，用白话写成的自由体诗正式登上历史舞台，才有了现代意义上的儿童诗，当时，一大批名人如胡适、叶圣陶、郑振铎、俞平伯、刘半农、汪静之都写过儿童诗。如胡适的《湖上》：

水上一个萤火，
水里一个萤火，
并排着，
轻轻地，打我们的船边飞过，
他们俩越飞越近，
渐渐的并作了一个。

诗的意象清新而富有动感，语言明白如画而韵味悠长，丝毫没有矫饰雕琢的痕迹，是早期儿童诗的精品。

20世纪30年代，叶圣陶创作了不少儿童诗，陶行知也有不少儿童诗。新中国成立后，儿童诗进入了一个新的发展阶段，我国历来有诗教的传统，孔子提出“不学《诗》，无以言”，认为儿时不学习诗歌，成年立身处世、周旋应对简直无法开口说话。洋溢着真情美感的儿童诗，是儿童精神的营养品。我们今天要建设社会主义精神文明，就必须发扬诗教传统，充分发挥诗的功能，使孩子们受到真的启迪、善的熏陶、美的感染，使儿童的身心和谐、健康地成长。

第二节　儿童诗的特征

一、抒发儿童的情感

抒情，是诗歌反映生活的根本方式。儿童诗也不例外。但由于它的读者对象的特殊性，所以要求诗歌的情感必须从儿童心灵深处抒发出来，逼真地传达出孩子们那种美好的感情、善良的愿望、有趣的情致。真率明朗是儿童诗的情感特征。儿童诗不可能去抒写官场失意的苦闷、经商逐利的焦躁、晚年丧偶的孤凄等复杂莫名的成人思想情感。少年儿童没有成人那样多的人生阅历以及那样多的生命体验和社会感受，因此，通常的情况下，少年儿童的心灵总是比较纯真、率朴、明朗和欢快。儿童诗要善于抒写出他们的这种独特的思想情感，这才能引起小读者心灵的共鸣，譬如像捷克诗人弗·赫鲁宾的短诗《眼泪》：

谁想哭鼻子谁哭去吧，
我不哭，那玩意儿我不喜欢。
我还为爱哭鼻子的小朋友感到可惜哩：
因为漾着泪水的眼睛看不见太阳！

爱哭鼻子是小朋友的通病，小朋友也知道爱哭鼻子是不光彩的事，总想改掉它。这首诗就抒写了儿童的这种良好的愿望，表达得十分坦率。主人公还说出了自己不爱哭的理由：“因为漾着泪水的眼睛看不见太阳！”这样的理解也只有小孩子才想得出来，太美妙，太可爱了！

儿童诗所抒发的情感，往往洋溢着盎然的儿童情趣，不仅能使儿童们从中获得关照和愉悦，也能把成人读者带回那童心萌动的情景中，重温儿时的梦。如获“陈伯吹儿童文学奖”的作品《十四岁，蓝色的港湾》（滕毓旭）写出十四岁这一特殊年龄段儿童对爱的理解、心事与天真、性格差别、心中的渴望，以及他们的理想与冒险精神等，情感抒发得自然、贴切、生动、有趣。其中有这样的诗句：“要说男孩子勇敢真是勇敢，就是枪子飞来也不眨眼；要说女孩胆小真够胆小，看见豆虫一蹦老远。希望多有几个叹号，叫大人们都刮目相看，可脑子里问号总也拉不直，古怪的问题常让老师为难……”诗人于幽默风趣的描写中，把儿童独有的内心世界和情绪活动宣泄出来，使人感到这就是活泼快乐的儿童所具有的，盎然的儿童情趣溢于言表。

二、天真的奇妙想象

儿童是最富于想象和联想的，他们总是用自己创造性的想象来认识并诠释世界上的一切事物。在他们通过想象而诗化的世界里，花儿会笑、鸟儿会唱、草儿会舞、鱼儿会说……因此，儿童诗必须以符合儿童心理的丰富想象创造优美的意境，抒发儿童的童真童趣，让儿童在奇妙多姿的世界里，展开想象的翅膀，感悟诗的题旨。这就要求儿童诗要在想象的世界中用心灵和儿童对话。如邵燕祥的儿童诗《小童话》：

在云彩的南面，
那遥远的地方。
有一群树叶说：
我们想像花一样开放。
有一群花朵说：
我们想像鸟一样飞翔。
有一群孔雀说：
我们想像树一样成长。

诗歌起语就把小读者从现实引发到想象中的“遥远的地方”，并在想象中完成“叶子花”“小蝴蝶”“孔雀杉”这些美丽形象的再创造，展开丰富的遐思。然而诗人的用意也不仅在于此，而是继续和孩子一同展开想象的翅膀，由物及人感悟出诗意之所在。“遥远的地方”是“傣家的村寨”“那花朵、蝴蝶和孔雀杉都变成小姑娘”，从想象的世界再回到现实，而这现实中傣家小姑娘的美丽形象仍然需要小读者进一步地联想，并从中获得审美享受。

三、新颖巧妙的构思

儿童诗所抒发的情感不论在丰富性上，还是在深刻性上，都远不如成人诗歌，这是由儿童的情感特点所决定的。如何才能在不甚宽阔的情感层面上表达情趣并创造独特的表达效果呢？这主要依赖于构思的新颖巧妙。这种依赖于生活积累和儿童式的构思在很大程度上决定了儿童诗的艺术水平。如舒兰的《虫和鸟》：

我把妈妈洗好的袜子，
一只一只夹在绳子上，
绳子就变成了一只多足虫，
在阳光中爬来爬去。

我把姐姐洗好的小手帕，
一条一条夹在绳子上，
绳子就变成一群白鹭鸶，
在微风中飞舞，飞舞。

在生活基础上的大胆想象，依赖这种想象的巧妙构思，使平凡的生活现象变成一种儿童式的神奇和余味无穷的美丽。

又如任溶溶的《爸爸的老师》，在同类题材的情感挖掘上并无太大的创意，却依然是同类题材的典范之作。其中的奥秘就在于作者创造了一种新颖巧妙的构思模式，实现了别具一格的表达效果。

四、活泼凝练的语言

诗是语言的艺术。深刻的思想、鲜明的形象只有用凝练、形象、具有表现力的语言来表现，才能成为诗。儿童诗应为儿童学习驾驭语言提供优良的条件，让儿童在优美的语言环境中学习语言、丰富语汇，提高他们驾驭语言、鉴赏语言的能力，同时得到美的享受。如刘饶民《大海的歌》(组诗)中的《大海睡了》：

风儿不闹了，
浪儿不笑了，
深夜里，
大海睡觉了。
她抱着明月，
她背着星星，
那轻轻的潮声啊，
是它睡熟的鼾声。

寥寥数语就把静谧安详的大海展现在读者面前，而且用拟人的手法，以极其准确的措辞“抱着”“背着”“鼾声”形象地描绘出大海这位“母亲”熟睡时的优美的体态。经常吟诵此类诗，儿童不仅可以提高审美能力，还能从中学习并提高驾驭语言、鉴赏语言的能力。儿童诗优美的语言，除了词语的锤炼要准确恰当外，诗的声音节奏更应具有音乐性，即诗的音韵要有美感效应。儿童诗的音乐性主要表现在押韵和节奏上，通过韵脚的变化、句式的错落有致，既兼顾了不同年龄段的儿童，同时又可使诗歌具有较强的音乐感和节奏感，形成全诗回环整齐的美感。年龄愈小的儿童，阅读的儿童诗的韵脚应愈整齐。例如，以幼儿

为主要读者对象的《小熊过桥》(蒋应武),用“ɑo”韵一韵到底;望安的《嘀哩,嘀哩》和鲁兵的《下巴上的洞洞》等诗歌中那鲜明的节奏感,都给人以读诗如唱的明快感觉,使儿童激动之余获得美感。

五、童真童趣的意境

感情与形象的结合构成了诗的意境。意境同样是儿童诗应该刻意创造的,而且应以营造童真童趣的意境为目标。人们常说“情景交融”,即诗的感情应当附着于形象。只有把真实的儿童感受通过形象含蓄地表现出来,而不是抽象地呼喊,这种儿童诗才具有童稚而优美的意境,也才能感动儿童。如刘饶民的《月亮》:

天上月亮圆又圆,
照在海里像玉盘。
一群鱼儿游过来,
玉盘碎成两三片。

鱼儿吓得快逃开,
一直逃到岩石边。
回过头来看一看,
月亮还是圆又圆。

在月照大海的静态美景中,通过鱼儿的“逃”和“看”的动态加入,在精巧的构思中,创造出一群小鱼儿戏水观月的优美意境,既有童话般的境界,又有盎然的童趣。

第三节 儿童诗的分类

从不同的角度,可以对儿童诗做出不同的分类。从表现手段的运用方面,可分为抒情诗和叙事诗两大类。从押韵、分行的角度,可分为韵律体诗和散文体诗两大类。但由于儿童诗的涵盖面比较广,常常以诗的外壳包容儿童文学其他样式和内容。因此,可以把儿童诗分为童话诗、寓言诗、科学诗、叙事诗、讽刺诗等。以下介绍的是儿童诗不同分类中的几种主要形态。

一、抒情诗

抒情诗是作者以主人公的口吻,直接抒发内心的思想感情而形成意象的文学样式。这种诗一般不凭依人物行动或故事抒发胸臆,也没有完整的人物形象的刻画描写,而是抒情主人公心灵的直接袒露,自我色彩明显。少年期的儿童更倾向于这种最富于抒情个性的文学样式。如乔羽的《让我们荡起双桨》、柯岩的《我的爷爷》、唐奇的《小溪流》、杨唤的《家》、高帆的《我看见了风》等,都是儿童读者喜爱的抒情诗。

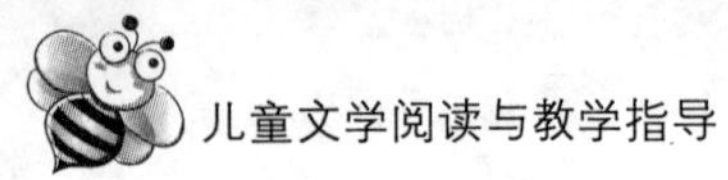

二、叙事诗

叙事诗是运用诗歌的语言，通过某一特定的生活场景，表现人物或事件的相互联系，创造优美的意境，真实地表现情感的文学样式。叙事诗大多依靠情节或人物串缀展开诗序，但不一定要求故事情节的完整，情节结构允许较大的跳动，是带着浓郁的诗情去抒写人和事的。著名诗人郭小川曾经说过，“奇、美、情”三个要素，“都是好的叙事诗所需要的”，因为儿童喜欢读那些有人物和有情节的小叙事诗。“奇”是指叙事诗中要有巧妙的情节安排；“美”是指诗歌要用精粹的语言、生动的形象构成优美的意境；“情”是指诗歌抒发饱满的情感，具有盎然的情趣。任溶溶的《爸爸的老师》、柯岩的《帽子的秘密》、金近的《天目山上好猎手》等，可称是叙事诗中的代表作。

三、童话诗

童话诗是以诗的形式叙说富于幻想、夸张色彩的童话（或传说）故事的作品。它是童话和诗的结合物。通常认为童话诗是儿童诗特有的一种样式。同时它又是颇受学龄前期和学龄初期儿童欢迎的文学样式。童话诗中，既有取材于民间童话和民间传说的童话诗，像阮章竞的《金色的海螺》、熊塞声的《马莲花》等，也有在现实生活基础上展开情节幻想的童话诗，像泰戈尔的《在黄昏的时候》、圣野的《竹林奇遇》等。

四、寓言诗

寓言诗又称诗体寓言，它以蕴涵发人深省的鲜明寓意（哲理或教训）为主要特征，是以寓言的形式来叙事的诗。17 世纪法国的拉·封丹、19 世纪俄国的克雷洛夫都写过大量深受少年儿童欢迎的寓言诗。我国当代作家高洪波的《列车上的苍蝇》、张秋生的《会拉关系的蜗牛》等都是具有代表性的佳作。

五、讽刺诗

讽刺诗是用比喻和夸张等手法对儿童生活中某些不良现象进行提示和批评、引导儿童对照自省的幽默诙谐的儿童诗。这种诗，或直写儿童的错误行为及后果，或巧指他们的一两种毛病缺点，或有意夸张叙写他们某种不良习惯及可笑的结局，使儿童在微笑中看到自己，受到启发，引起警觉。如任溶溶的讽刺诗《强强穿衣裳》，以极度的夸张，描绘强强穿衣服动作之慢，它讽刺和嘲笑了某些儿童边做事边玩耍的习惯。

儿童讽刺诗和一般讽刺诗有明显的区别。儿童诗中讽刺的对象是儿童，所以大都是善意的、委婉温和的讽刺。它不同于一般讽刺诗大都针对社会生活中某种不正常现象、某种人的劣迹或者敌人的那种辛辣尖刻、针砭入木三分，甚至没有回旋余地的讽刺。

六、散文诗

散文诗是一种介于诗歌和散文之间的文学样式，它具有诗的意境和散文的形式。它注重自然的节奏感和音乐美，篇幅短小，常常富有哲理，像散文一样不分行、不押韵。如郭

风的《我们来唱白云、银河……》就是一组精美的散文诗。另外，印度大诗人泰戈尔也写过不少优秀的儿童散文诗，像《金色花》《纸船》《花的学校》《当我送你彩色玩具的时候》等。

七、科学诗

科学诗是以科学知识为题材的诗歌。它以表现科学精神、科学现象、科学规律等为主要特征。如高士其的《太阳的工作》、范建国的《太阳光的妹妹》等，都是其中的佳作。

第四节　儿童诗的多样化教学方法探究

一、儿童诗歌教学中存在的问题

（一）教学方法老套，过程单调

一说这节课学习一首诗，学生第一反应就是读，读完说说作者思想感情，最后再背下来。这样的固有印象怎么会让学生对学习儿童诗歌产生兴趣呢？这也让我们看到了诗歌教学课堂里的"模式化"：第一，读和背成了部分教师教学的两大法宝，不讲求方式方法，强制性地让孩子读和背，只注重在量上做硬性要求。第二，学生还没进入诗歌的意境，就逼着学生说自己的感悟，说诗歌写得好在哪里。第三，没有科学适度的仿写、创作，任务过多，扼杀了学生的兴趣，消磨了学生学习上的耐性，甚至让学生对诗歌写作产生恐惧。

（二）忽视诗歌的整体性

诗歌教学中教师为了照顾学生的理解而把诗句分解，这样先明确每句诗的意思再让学生体会诗句表示的意思和感情，符合学生的接受能力。但是，讲完、读完每小节之后，诗歌教学往往就结束了，虽然教学重点突出，学生也有所感悟，但是诗歌的整体性被忽视了。诗歌是以简洁、意境为主的材料，忽视整体性就把诗歌的整体意境弱化了，所以，在诗歌教学的过程中不能丢掉整体性而去理解诗歌，这样的理解是不完整的。

（三）忽视诗歌的审美性

小学语文教材中的儿童诗全都是千古传诵的名家名作，既十分适合小学生阅读，又具有很高的美学价值。但很多教师在讲授时，只注重理解儿童诗内涵的思想，却忽视了去挖掘古诗的美学价值。

二、教学方法

针对小学语文诗歌教学中的弊端，我们认为小学语文教师应该根据诗歌的特点，在诗歌教学中采用与之相适应的教学对策。

（一）反复诵读，培养语感

反复诵读在所有诗歌教学中都应该重点使用和安排，频率和方式可以根据诗歌的体式、篇幅的长短灵活处理。儿童诗通常简短凝练、节奏明快，易记易唱，诵读起来舒畅、爽朗。教师可以示范诵读,也可以使用音像资料,学生跟读。所谓“书读百遍,其义自见”。通过反复诵读、背诵,可以自然加深对诗歌内涵的理解,并能从儿童诗中直接学到生动优美的语句,增强儿童的表达能力。通过反复诵读,孩子们也受到了思想品德的教育,接受了规范的语言训练,并加强了语感,丰富了文化底蕴。

(二)体验诗歌,展开想象

儿童是最富于想象和联想的,他们总是用自己创造性的想象来认识并诠释世界上的一切事物。因此,儿童诗正是用符合儿童心理的丰富想象,创造优美的意境,抒发儿童的童真童趣,让儿童在奇妙多姿的世界里,展开想象的翅膀,感悟诗中的题旨。这就要求儿童诗要在想象中用心灵和儿童对话。如《鲜花和星星》:“我最喜欢夏天满地的鲜花,这里一朵,那里一朵……”诗歌对鲜花的样子、色彩都没有作任何的描写,显得简单而平淡,可是这正是给学生发挥想象留下足够的空白与空间的地方。在教学时,教师可以引导学生一边读一边在头脑中放小电影,展开想象的翅膀。

(三)创设情境,模仿创作

从儿童认知的规律看,他们入学后学习语文是以口语为基础来发展起书面语的,容易接受短小的文学形式。儿童诗中有精练的语言,奇特的比喻,机智的比拟,鲜活的动词,丰富的想象,新颖的构思,奔放的激情,细腻的感受,纯真的童心等,到处都闪耀着智慧的火花,释放着无穷的魅力,是最适合孩子作为语言学习的课文。在语文教学中,说话训练尤其重要。为了缩短说和写之间的差距,老师可以抓住儿童诗简短、易模仿的特点,充分发挥教材中儿童诗的作用,可以创设一个让学生当小诗人来作诗的情境,这样不但能让学生产生新奇感,而且能学会自如地运用所学的语言。

(四)阅读连接,拓展延伸

各个年级的学生已经有一定的诗歌阅读积累,在诗歌教学中应注意唤起学生过往诗歌阅读的记忆和经验,引导他们进行开放式的联想与连接,连接的方式可以多样化,比如,中外同题诗歌、同一作家的多篇诗作、古代格律体诗歌与现代白话诗等,还可以在诗文比较中加深对诗歌艺术的理解和体会。同时,提供相关联的新的阅读资源。当作品内容单薄或抽象时,可以引进新的阅读资源进行支持和补充,以实现延伸性学习,但应该注意新资源的适量和适度,分清主次。也可在课堂教学结束时将新阅读资源作为课外内容布置,发挥巩固学习成果的功效。

儿童诗清新活泼、质朴纯真、朗朗上口,散发着真、善、美的气息。我们要让一首首活泼有趣、节奏和韵律感很强的儿童诗,在语文教学中散发出独特的魅力;我们要让美丽的儿童诗永远伴着孩子们长大,永远装饰他们不锈的童心,充盈他们诗化的心灵。

第五节 儿童诗阅读教学设计

一、儿童诗的创作

写诗并不神秘，关键是你能不能做生活的有心人。例如：一位作家去拜访朋友，适逢朋友的女儿刚刚上幼儿园，于是作家让孩子说说幼儿园是什么样。问者无心，可难住了小女孩，她寻思良久，冒出一句话："幼儿园是圆的。"作家为女孩的天真所感动，于是写了题为《傻莎莎》这首儿童诗：

红红说：
方桌是方的
东东说：
长城是长的
莎莎说：
幼儿园是圆的
妈妈说：
莎莎是傻的

当然小女孩并不叫莎莎，诗中其他三人也不在场。它是作家抓住生活中让人有所触动的一句话运用联想和想象发出来的。诗人任溶溶说："根据我的经验，诗的巧妙构思不是外加的，得在生活中善于捕捉那些巧妙的，可以入诗的东西，写下来就可以成为巧妙的诗，否则冥思苦想也无济于事。"写诗的前提是在生活中发现可以入诗的东西。

有了生活不一定就有诗。因为诗的艺术魅力产生于形象，要让形象自己来说话。有这样一个故事：一个乞丐，胸前的牌子上写着"自幼失明"四个大字。一天，他向诗人乞讨。诗人说："我也很穷，不过我给你点别的吧。"说完，他随手在牌子上写上一句话。自此之后，乞丐得到所有人的慷慨施舍。后来他又碰到诗人，很奇怪地问："上次你给了我什么呢，使得众人都那么慷慨？"诗人念出牌上的那句话："春天就要来了，可我不能见到它。""自幼失明"是抽象概括，而"春天就要来了，可我不能见到它"，以形象化的语言表达出盲人乞丐的痛苦，唤起人们的同情和怜悯。可见，富于意蕴的生动的形象确实能打动人心。

任何艺术创作都离不开想象。我国现代著名诗人艾青认为："诗人最重要的才能是运用想象。"缺乏丰富新颖的想象，诗就失去其艺术魅力。儿童诗表现的应是儿童特有的想象，因此，应善于在生活中捕捉孩子的灵感，借助夸张、比喻、拟人、象征等手法，表达幼儿独特的情思。当然，炼字、炼句、炼意的功夫也是必不可少的。

二、作品选读

（一）部编版一年级上册

青蛙写诗

下雨了，
雨点儿淅沥沥，沙啦啦。
青蛙说："我要写诗了啦！"

小蝌蚪游过来说：
"我要给你当个小逗号。"

池塘里的水泡泡说：
"我能当个小句号。"

荷叶上的一串水珠说：
"我们可以当省略号。"

青蛙的诗写成了：
"呱呱，呱呱，
呱呱呱。
呱呱，呱呱，
呱呱呱……"

【作者简介】

张秋生，1939年生，著名儿童文学作家。代表作《"啄木鸟"小队》《校园里的蔷薇花》《三个胡大刚的故事》等。

【点评】

这是一首轻快活泼的儿童诗。作者展开丰富的想象，把池塘里的景物"蝌蚪、水泡泡、水珠"拟人化，并把它们想象成逗号、句号和省略号，帮助孩子们借助生动具体的事物来认识标点，非常有趣。

（二）部编版一年级下册

怎么都快乐

一个人玩，很好！
独自一个，静悄悄的，
正好用纸折船，折马……

踢毽子，跳绳，搭积木，
当然还有看书，画画，
听音乐……

两个人玩，很好！
讲故事得有人听才行，
你讲我听，我讲你听。
还有下象棋，打羽毛球，
坐跷跷板……

三个人玩，很好！
讲故事多个人听更有劲，
你讲我们听，我讲你们听。
两个人甩绳子，
你跳，我跳，轮流跳。

四个人玩，很好！
五个人玩，很好！
许多人玩，更好！
人多，什么游戏都能玩，
拔河，老鹰捉小鸡，
打排球，打篮球，踢足球……
连开运动会也可以。

【作者简介】

任溶溶，著名儿童文学翻译家、作家。代表作童话集《“没头脑”和“不高兴”》、儿童诗集《小孩子懂大事情》等。

【点评】

全诗共有四小节，分别写了一个人玩、两个人玩、三个人玩和许多人玩的不同乐趣。诗歌每小节结构相似，都是先写“几个人玩，很好”，接着写这样玩的特点，最后举例具体的玩法。这首小诗从孩子的角度来阐述对快乐的理解，一人独处是一种快乐，与他人相处也是一种快乐，学会为别人付出更是一种快乐；游戏快乐，学习也快乐。生活中处处有快乐，全诗弘扬的是积极乐观的生活态度。

（三）部编版二年级上册

植物妈妈有办法

孩子如果已经长大，
就得告别妈妈，四海为家。
牛马有脚，鸟有翅膀，
植物旅行又用什么办法？

蒲公英妈妈准备了降落伞，
把它送给自己的娃娃。
只要有风轻轻吹过，
孩子们就乘着风纷纷出发。

苍耳妈妈有个好办法，
她给孩子穿上带刺的铠甲。
只要挂住动物的皮毛，
孩子们就能去田野、山洼。

豌豆妈妈更有办法，
她让豆荚晒在太阳底下。
啪的一声，豆荚炸开，
孩子们就蹦着跳着离开妈妈。

植物妈妈的办法很多很多，
不信你就仔细观察。
那里有许许多多的知识，
粗心的小朋友却得不到它。

【点评】

这是一首充满儿童情趣、富有韵律感的诗歌。全诗用拟人的手法生动形象地把自然知识蕴含其中，语言朗朗上口、内容浅显易懂，是优秀的科普作品。全诗共有五个小节，分别介绍了蒲公英、苍耳、豌豆是怎样传播种子的，激发儿童了解植物知识、探索大自然奥秘的兴趣。

（四）部编版二年级下册

雷锋叔叔，你在哪里

沿着长长的小溪，
寻找雷锋的足迹。

雷锋叔叔，你在哪里，
你在哪里？

小溪说：
昨天，他曾路过这里，
抱着迷路的孩子，
冒着蒙蒙的细雨。
瞧，那泥泞路上的脚窝，
就是他留下的足迹。

顺着弯弯的小路，
寻找雷锋的足迹。
雷锋叔叔，你在哪里，
你在哪里？

小路说：
昨天，他曾路过这里，
背着年迈的大娘，
踏着路上的荆棘。
瞧，那花瓣上晶莹的露珠，
就是他洒下的汗滴。

乘着温暖的春风，
我们四处寻觅。
啊，终于找到了——
哪里需要献出爱心，
雷锋叔叔就出现在哪里。

【点评】

本文是一首儿童诗，作者以优美的语言和流畅的音韵，沿着"长长的小溪"和"弯弯的小路"，娓娓地向我们述说着雷锋的先进事迹。我们忍不住一遍又一遍地朗读，在心底里真诚地呼唤着雷锋叔叔，我们仿佛听见了小溪在说话、小路也在说话；我们看见了在长长的小溪边、弯弯的小路上，哪里需要献出爱心，哪里就有雷锋精神的体现。读完这首诗，要让儿童明白，人们寻找雷锋、呼唤雷锋，其实就是寻找雷锋精神，雷锋精神永存，这首小诗呼唤我们都要向雷锋同志学习。

（五）部编版三年级下册

童年的水墨画

溪　边

垂柳把溪水当作梳妆的镜子，
山溪像绿玉带一样平静。
人影给溪水染绿了，
钓竿上立着一只红蜻蜓。
忽然扑腾一声人影碎了，
草地上蹦跳着鱼儿和笑声。

江　上

像刚下水的鸭群，
扇动翅膀拍水戏耍。
一双双小手拨动着浪花，
你拨我溅笑哈哈。
是哪个“水葫芦”一下钻入水中，
出水时只见一阵水花两对银牙。

林　中

松树刚洗过澡一身清清爽爽，
松针上一串串雨珠明明亮亮。
小蘑菇钻出泥土戴一顶斗笠，
像一朵朵山花在树下开放。
是谁一声欢叫把雨珠抖落，
只见松林里一个个斗笠像蘑菇一样。

【作者简介】

张继楼，生于1926年，代表作《童年的水墨画》《在农村的田野上》《营帐边有一条小河》等。

【点评】

《童年的水墨画》是一组儿童诗，以跳跃的镜头捕捉了乡村儿童生活的场景：孩子们三五成群地或是去溪边钓鱼，或是去江上游泳，或是到林中采摘蘑菇，尽情享受童年的快乐。诗歌语言生动活泼、直率明朗，融童心、童趣于一体，多角度地再现了儿童生活的丰富多彩及无穷趣味，读来令人回味无穷。

三、教学设计案例

诗歌教学活动形式多样，儿童诗所抒发的情感，往往洋溢着盎然的儿童情趣，教师可以根据儿童诗的典型特点选择和安排，创造性地调配、使用基本的活动，在教学实践中发现和应用独特的教学设计。

《童年的水墨画》教学设计

【设计理念】

本文是一组儿童诗，摄取了三组儿童生活的镜头，表现了孩子们童年生活的无忧无虑。教学中，主要引导学生通过各种形式的朗读，想象诗歌中描写的意境，欣赏诗歌的语言美、画面美，感受童年的快乐。

【教材分析】

《童年的水墨画》是部编版三年级下册第六单元的一篇精读课文，本单元的主题是“多彩童年”，本文是一组儿童诗，由《溪边》《江上》《林中》三首小诗组成，以跳跃的镜头捕捉了乡村儿童欢乐的生活场景，展现了儿童生活的丰富多彩以及无穷趣味。《义务教育语文课程标准(2011 年版)》在中年段阅读教学目标中指出：“诵读优秀诗文，注意在诵读过程中体验情感，展开想象，领悟诗文大意。”本课教学的重点在于学习儿童诗歌，体会诗歌的语言和表现方法，感悟诗情，体验诗境。

【教学目标】

1. 认识“墨、染”等 6 个字，会写“墨、染”等 11 个生字，会写“水墨画、垂柳”等 13 个词语。
2. 正确、流利、有感情地朗读课文，背诵《溪边》。
3. 通过想象，借助插图，能说出几个画面中描绘的景象，体会儿童快乐的心情。
4. 结合生活实际，理解课文中难懂的诗句。

【教学重难点】

1. 重点：正确、流利、有感情地朗读课文，背诵《溪边》。
2. 难点：能说出几个画面中描绘的景象，体会童年生活的乐趣。

【课时安排】

2 课时。

【教学过程】

第一课时

一、链接童年，揭示课题

1. (播放歌曲《童年》)引导语：童年如诗，充满了奇思妙想；童年如画，溢满了五彩斑斓；童年如歌，萦绕着欢快悠扬。今天，我们将学习一首儿童诗。(板书课题)
2. 交流童年生活。提起童年，你会想起哪些快乐有趣又难忘的事呢?
3. 今天我们一起走进张继楼爷爷笔下的童年，跟随他的脚步一起感受水墨画般的童

年生活。(齐读课题)

(**设计意图:**结合学生生活实际,谈话导入,激发学生学习兴趣,快速进入诗歌学习中。)

二、初读诗歌,学习生字

1. 指导学生自读课文,读准字音,读通句子,标记生字。

2. 出示本课生字,指导学生用合适的方法识记生字。如形近字加减法、换偏旁、部件组合等方法识记生字。

3. 指导书写:注意“染”的结构,“爽”的笔顺等。同桌之间交流生字的写法,随教师书写。(教师范写)

4. 教师检查学生生字词的掌握情况。小组内采取组词、造句等方法进一步掌握生字。

(**设计意图:**鼓励学生自主识字,相互交流指正,培养学生的自学能力。)

三、诵读诗歌,感受画中之“乐”

1. 指名朗读课文,思考并回答问题。

(1) 全文分成了几个部分,分别描绘了哪些场景?

明确:三首小诗分成了三个部分,分别描绘了孩子们在溪边钓鱼、在江中游泳戏水、在林中欢笑嬉戏的场景。

(2) 如果我们给藏在诗中的“水墨画”取个名字,你想怎么取?

(出示:溪边________图;江上 ________图;林中________图。)

明确:溪边垂钓、江上戏水、林中采蘑菇,这些都是童年欢乐的场景,像这样把同一个主题的诗放在一起就称为组诗。

(3) 你从这几个场景中感受到了什么?

明确:感受到孩子们的天真、活泼、欢乐,他们亲近大自然,无忧无虑、自由自在,让人羡慕。

2. 你最喜欢其中的哪一首?用自己喜欢的方式读一读,稍后展示。

3. 多种形式朗读再现快乐的画面。

4. 配乐齐读《童年的水墨画》。

(**设计意图:**诵读是学习诗歌最重要的方法,通过反复朗读,引导学生体会童年的欢乐。)

四、课堂小结

《童年的水墨画》由三首小诗组成,虽然不是图画,但字里行间处处充满了诗情画意,充满了童真童趣。同学们课下可以互相交流一下自己喜欢的诗句或画面。

第二课时

一、复习旧知,导入新课

上节课,我们初读课文,了解了这首儿童诗是由哪几个场景组成的,这节课,我们就来看看作者是怎样具体描写这三个场景的。

二、品词析句，体悟童诗之“妙”

1. 学习《溪边》。

(1) 熟读诗歌，读出诗歌的韵味，想象诗歌描绘的画面。

(2) 小组讨论交流诗中描绘的画面。

明确：这首诗描绘了溪边钓鱼的场景，先静后动，勾勒出一个垂钓儿童的形象。

(3) 交流自己喜欢的诗句，尝试说说理由，教师相机指导。

a. 垂柳把溪水当作梳妆的镜子，山溪像绿玉带一样平静。

明确：运用了拟人、比喻的修辞手法。把垂柳当作人来写，以溪水为镜梳妆，写出了垂柳也爱美。由于有垂柳的倒影，溪水变绿了，如玉带一般，也写出了溪水的碧绿、狭长、平静。

b. 品读“人影给溪水染绿了，钓竿上立着一只红蜻蜓”一句。

明确：这是一幅色彩明丽的画。这里有绿色的柳树、绿色的溪水，连人影都被溪水染绿了，还有红色的蜻蜓点缀，真是“万绿丛中一点红”。多美的画面啊。“染”字富有动感，“立”字运用传神，静静的钓竿上立着红蜻蜓，使人仿佛觉得空气都停止了流动，似乎大家都怕鱼儿受惊。此处为下文的描写做了铺垫。

c. 赏析理解“忽然扑腾一声人影碎了，草地上蹦跳着鱼儿和笑声”一句。

明确：这句写鱼儿上钩的一刹那，孩子手忙脚乱，原有的寂静被鱼的挣扎、人的欢笑打破。溪水动了，人影碎了，鱼跃人欢，溪边热闹起来。

2. 学习《江上》。

(1) 用自己的话说说这首诗描绘的画面。

(2) 同桌互读，画出你认为精彩的词句，体会其妙处。

(3) 小组合作学习，交流讨论自己喜欢的诗句，体会诗歌意境。

(4) 重点解读“是哪个‘水葫芦’一下钻入水中，出水时只见一阵水花两排银牙”。

明确：“水葫芦”原指一种多年生水生草本植物，叶直立，卵形或圆形，叶柄中部以下膨大，花呈漏斗状，蓝紫色。句中运用了借代的修辞手法，用“水葫芦”代指人，形容孩子们水性极好。

明确：“一阵水花两排银牙”写出了孩子的顽皮、可爱。“一阵水花”是指孩子从水中冒出头来时掀起的水花，“两排银牙”是指孩子咧开嘴大笑时露出了两排雪白的牙齿。从中可以体会到孩子们在江中游泳、戏水的无限欢乐。

(**设计意图：**学习诗歌，引导学生抓住重点词句赏析，理解诗歌凝练语言背后的内涵，培养学生理解分析能力、感悟能力。)

3. 小组合作，自主学习《林中》。

(1) 小组学习，按照前面两首诗的赏析方式，合作学习《林中》。

(2) 课件出示雨后的松林和林中的蘑菇等图片，引导学生想象、欣赏诗歌描绘的画面。

明确：雨后的松树更加翠绿，松针上挂着亮晶晶的雨珠，树下长出了一个个蘑菇，一群头戴斗笠的孩子正高兴地采摘，欢乐的叫声抖落了雨珠。

(3) 你知道这“一声欢叫”是谁发出的吗?

明确:这声欢叫是在雨后林中嬉戏的孩子们发出的。从“松林里一个个斗笠”可以看出来。“一个个斗笠”实际上指的是一个个戴着斗笠的孩子。

(4) 孩子为什么发出欢叫,发挥想象,试着说一说。

明确:也许他们正在凉爽的林间追逐、嬉戏、打闹着,忽然望见了远处山边架起了一座彩虹桥;也许他们中间一个最顽皮的家伙正在摇动松树,树上冰凉的雨珠哗啦啦全掉到小伙伴的头上了;也许他们刚发现了一大片新鲜的小蘑菇,正拿出篮子准备采摘。

(**设计意图:**注重以学生为主体,在教师的点拨指导下,倡导学生自主、合作、探究学习。)

三、尝试仿写,创编个性童年

1.《童年的水墨画》组诗一共有六首,想不想看看其余三首?出示其他三首内容,猜想小诗的题目。尝试总结诗歌的表达方式。

2. 创编小诗。

师:童年的水墨画里还有哪些有趣的镜头?请你模仿其中的一首,写一写自己的童年。

(**设计意图:**分析诗歌的表达特点,尝试学习表达方式,读写结合,提升写作能力。)

四、课堂小结

这首儿童诗通过“溪边”“江上”“林中”三幅画面,摄取了一组儿童生活的镜头,展现了儿童俏皮的生活场景,动静交织,构成了一幅幅令人向往的纯真童年的美好画面。

【板书设计】

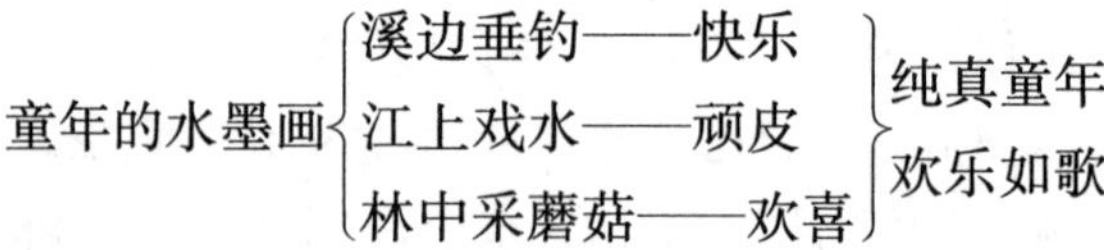

[思考与练习]

1. 儿童诗的特征是什么?
2. 举例说明儿歌与儿童诗的异同。
3. 阅读《猫和狗的会餐》,分析此诗的主题思想和艺术特色。

猫和狗的会餐

猫和狗,进行一次友谊会餐。
他们各自带来了佳肴,准备大吃一番。
猫带来了两条鱼,
一条有臭味,一条挺新鲜。
新鲜的鱼自己享用,
臭鱼放在狗的跟前。

狗带来了一锅子汤，
几张菜叶浮在上面。
他把菜和清汤盛给小猫，
下面的肉——留给自己方便。

猫说：今天的鱼太鲜美，
至于汤，实在一般；
狗说：今天的汤油水足，
至于鱼，难以下咽……

两位朋友，
争得几乎翻脸。
其实，他们只要想想自己的行为，
就能找到正确的答案。

第七章 图画书

梅子涵先生曾在《童年书》里这样说道:“一个孩子,尤其在今天的社会,没有看见,阅读过图画书,会是一个很大的遗憾,是童年不完整的表现,和没有看见过玩具一样,没有看见过草地一样。图画书实在是一个很特别的花园。”绘本是孩子人生中的第一本书。21世纪,绘本阅读已经成了全世界儿童阅读的时尚。走进图画书,了解图画书的内涵和特征,是我们认识图画书、理解并解读图画书的基本前提。

第一节　图画书的含义和发展

图画书是儿童文学范畴中一个新兴的门类,它的历史并不长,但一出现便得到全世界的追捧和关注,对儿童阅读兴趣的培养,乃至对儿童生命的健康成长有着无可比拟的作用。

一、图画书的含义和作用

绘本,英文为“picture books”,直译为图画书。该词语取自日语“えほん”,汉字写为“绘本”,顾名思义是一种以图画为主、文字为辅,甚至是完全没有文字,全部用图画表现故事内容的书籍。

优秀的图画书有着丰富的文学内涵,能培养儿童的想象力、专注力、审美力和语言表达能力,对儿童阅读兴趣的培养和阅读习惯的养成,乃至对儿童健康生命的成长、健全品格的塑造都有着难以估量的作用。

二、图画书的历史与发展

图画书的历史并不长,它的产生和发展,至今仅有一百多年的历史。它是以儿童的进一步被发现和认识为前提,伴随着现代印刷技术和插图艺术的发展而产生的。现代图画书起源于19世纪后半期的欧洲。

当然,在图画书产生之前,欧洲已有带插图的儿童读物。1658年,捷克教育家夸美纽斯出版的《世界图解》被公认为世界上第一本专为儿童编著的图画书,以图文并茂的形式向儿童介绍关于自然、社会、生活等方面的知识。英国的图画书在相当长的时间里走在世界前列。19世纪中期,英国出现了三位杰出的图画书作家:瓦尔特·克雷恩、伦道夫·凯迪克、凯特·格林纳威。这三位艺术家以他们的图画书为儿童读物增添了新的品种,他们的作品显示了强大的生命力，产生了深远的影响。后来，英国和美国设立的图画书奖分别以格林纳威和凯迪克命名，正是对他们图画书创作的肯定。随后出现的女画家比特丽克斯·波特的《彼得兔的故事》是一本从真正意义上用图将读者带入故事的图画书，凸显了以图为主讲述故事的特点，“开创了现代图画书的原型”。

在两次世界大战期间，随着许多外国作家和画家的流入，绘本图画书的主流转向了美国，绘画艺术的提高以及彩色印刷的普及使绘本迎来了黄金时代。20 世纪五六十年代，欧美图画书被译介到日本，日本很快形成图画书热。日本由于经济复苏，加上经过 30 年的努力，在文字、绘画、印刷等方面后来居上，达到世界一流水平。绘本在 20 世纪 70 年代译介到中国台湾，随后引起绘本阅读的热潮。

为鼓励图画书的创作，推进图画书创作的繁荣，1937 年，美国图书馆设立了“凯迪克奖”，这是美国图画书界最重要的奖项，以纪念 19 世纪最重要的插画家之一英国的伦道夫·凯迪克而命名。1955 年，英国设立了格林纳威奖。1956 年，国际儿童图书协会设立了国际安徒生图画故事书奖。之后，在欧美各国和日本，又设立了诸多奖项，如“美国国家图书奖”“刘易斯·卡罗尔书架奖”“荷兰银画笔奖”“英国鹅妈妈奖”“日本绘本奖特别奖”等。这些奖项的设立，预示着图画书在儿童文学中坚实的地位和人们对图画书的关注，为图画书走向繁荣起到直接的推动作用。

与世界图画书的发展进程相比，我国的图画书显得年轻许多。2000 年，四川少年儿童出版社引进科普绘本《神奇校车》，标志着国外绘本正式走入大陆。作为一门新兴的独立艺术，虽然在大陆译介较晚，但它已得到包括我国儿童文学作家、插画家、研究者和文学推广者的高度重视和深入研究，中国原创图画书也纷纷诞生，成为儿童文学领域一道亮丽的风景。为表彰优质华文原创儿童图画书，鼓励作家、插画家及出版社，以华文创作优质儿童图画书，还专门设立丰子恺儿童图画书奖，并已收获了一批优秀的绘本作品，如《团圆》(余丽琼/文、朱成梁/图)、《进城》(林秀穗/文、廖健宏/图)分别获第一届和第二届丰子恺儿童图书奖的最佳儿童图画书首奖，并在全球发行。

第二节　图画书的艺术特征及基本形式

图画书有着独特的美学特征和表现形式，也具有不同于其他各类儿童文学体裁的审美效果。

一、图画书区别于带插图的读物

图画中的图画，与传统读物中的插图不同，它不是故事文字的补充说明，仅仅起辅助作用，而是故事主体，是故事内容的外在表现形式，是用线条和色彩构成的形象，传达故事内容的绘画语言，具有和书面语言、口头语言一样的表情达意功能，尽管图画故事的外部形态主要是图画，它的基础仍然是文学。

妈妈要出去找吃的，她堆了一个漂亮的雪孩子，让他和小白兔一起玩。

《我的兔子朋友》([美]埃里克·罗曼　著)

我们还是够不着那架飞机，兔子说："老鼠，别担心，我有办法！"

第一幅图，图画描绘的是文字的内容，从图中读不出更多的内容和内涵。第二幅图，虽然文字很简洁，也很朴素，将事情做了简单描述。但图画赋予了更丰富的内容和内涵。在这页上，兔子为了够着树上的飞机，让动物朋友叠起了罗汉，架起了一架"动物梯子"。大小动物们混杂在一起，根本没有我们大人的那种大的在下面，小的站上面的搭梯子逻辑。画面充满了童趣，带给读者全然不同的阅读感受和阅读体验。

日本图画书研究者松居直曾用一个简单的公式形象地表示插图读物与图画书之间不同的图文关系：图＋文＝插图读物，图×文＝图画书。虽然文有文的作用，图有图的意义，让图文完美结合、获得最独特的艺术效果，是图画书作家的终极目的，也是图画书的艺术精髓之所在。

二、图画书的艺术特征

(一) 形象的直观性

纯粹的语言艺术主要通过静态的语言文字叙述故事，图画文学则通过线条、色彩、画面、形象营造可视的故事空间，从而使得内容的表达显得直观形象。如《猜猜我有多爱你》([爱尔兰]山姆·麦克布雷尼/文、安妮塔·婕朗/图)用一幅幅可视性的画面将抽象的母爱的概念诠释得淋淋尽致。

(二) 构图的连续性

图画书以静态、凝固的画面讲故事，客观上存在着外在的静态特征与内在的动态需求的矛盾。解决这一矛盾，便需要通过画面与画面的衔接与组合来设计情节，形成内容连续、情节完整的故事，这就要求图画书具有构图的连续性特征。如《鸭子骑行记》([美]大卫・香农/著)中连贯而极富表现力的画面营造了鸭子将骑行这一创意付诸实践的故事。

(三) 画面的趣味性

童趣是儿童在文学接受中的阅读兴奋点。童趣是图画书的生命，图画故事的趣味性主要通过画面表现，因而色彩、线条、构图等各个环节要符合儿童的审美需要。如《月亮的味道》([波兰]麦克・格雷涅茨/著)中那趣味盎然的动物叠加图。

(四) 画面语言的简洁性

图画书是以图为主、文字为辅的一种特殊的文学样式。图书并不是对文字的直观呈现，还以有限的画面拓展无限的叙事空间，文字也不是对图画的解释说明或补充，而是借文字的简要叙述寄寓丰富的哲理内涵。二者的合力就构成了画面语言的简洁性，包括图画的简洁和文字叙事的简洁。如《母鸡萝丝去散步》([美]佩特・哈群斯/著)全文仅八句简短的叙述文字，画面是母鸡与黄鼠狼一紧张一松驰两个角色的前行后随，营造出紧张而又富有喜剧性的故事。

第三节 图画书的结构和主题

了解图画书的结构是我们完整阅读图画书的前提；而了解图画书的常见主题也能帮助我们更迅速地把握图画书的内涵。

一、绘本的结构

绘本的完整结构包括：封面、环衬、扉页、正文和封底。

阅读绘本正确的方法是从头到尾阅读，不遗漏任何一个部分。因为，绘本的每一个部分都包含着重要信息。

(一) 封面

封面是一本绘本的外观，上面注有书名、作者和出版社等信息。绘本的封面通常是一幅和内容相关的图画，但是也有的绘本封面和封底合起来构成了一幅图画，需要把二者联系起来看。绘本的故事从封面就开始了。

(二) 环衬

翻开封面，有一张紧连着封面和内文的衬纸，内文之后还有一半和封底相连，这就是前后环衬。由于环衬通常一半粘在封面的背后，一半是活动的，而且以两页相连环的形式使用，犹如蝴蝶的一对翅膀，所以叫“环衬”，又被称为“蝴蝶页”。

环衬是最容易被漏看的一页！其实环衬是经过精心设计的，它们的颜色往往与讲述的故事十分吻合，内容与正文故事息息相关。环衬有时还会起到“幕布”的作用，为故事营造氛围，提供暗示。如《我爸爸》（［英］安东尼·布朗/著）的环衬是“我爸爸”身上那件棕黄色睡衣的局部，而《我妈妈》（［英］安东尼·布朗/著）的环衬是“我妈妈”身上那件缀满五颜六色小花的睡衣的局部。环衬有时还能在我们读完整本故事后带给我们第二次阅读体验，如《小房子》（［美］维吉尼亚·李·伯顿/著）、《母鸡萝丝去散步》（［美］佩特·哈群斯/著）等。

（三）扉页

扉页又叫书名页，通常在环衬之后出现，简单写出这本书的书名、作者、出版社名称等信息。除了文字信息之外，扉页上还会有图画，这些图画有时会告诉你绘本的主人公。有时绘本的扉页已经在讲故事了，如《我们的妈妈在哪里》（［美］黛安娜·古德/著）、《鸭子骑行记》（［美］大卫·香农/著）。

（四）正文

扉页之后就进入正文了，这是绘本的主体。绘本的正文由文字和图画共同讲述一个故事，篇幅在十几页到二十几页不等。

（五）封底

合上一本绘本时，绘本的故事就已经讲完了吗？有时是这样，有时却不是这样。有些绘本把故事的结尾延续到了封底上。如《讨厌黑夜的席奶奶》（［美］瑞安/文、洛贝尔/图）。

二、图画书的主题

绘本的主题，受其艺术表现个性、多样性和创造性影响，与文学故事相比，似乎呈现出更为复杂的形态。不同绘本作品的主题，有单纯与丰富、浅近与深刻、明朗与隐晦等的不同。

（一）鲜明而单纯的主题

多数绘本围绕儿童生活与情感，形成了一些基本的范畴：爱、成长、幻想、游戏、童心与童趣等等。代表作品：《大卫，不可以》（［美］大卫·香农/著）、《我长大以后》（［英］托尼·罗斯/著）、《七号梦工厂》（［美］大卫·威纳斯/著）等。

（二）教育性主题

绘本的主题广泛涉及道德、认知、心理、情感、生活、社会、文化等各方面，体现现代的教育理念和儿童教育观。自我接受与认同、自主与独立、个性发展、相互包容与尊重、关怀与合作等，成为很多绘本作品共同演绎的主旋律。美国儿童文学作家李欧·李奥尼的作品在这方面具有代表性，他的《小蓝和小黄》《小黑鱼》《自己的颜色》等凭借卓越的想象力，通过幻想故事，寄寓并贴切地表达了先进的人文主义与理性主义教育观念。

（三）审美主题

像描绘自然美、生态美的《黎明》（［美］乌利·舒利瓦茨/著）、《树真好》（［美］贾尼思·梅·伍德里/文、马可·塞蒙/图）、《风到哪里去了》（［美］夏洛特·左罗托夫/文、［意］斯蒂芬诺·维塔/图),表现艺术美与社会文化美的《我眼中的世界》([美]拉亚·斯坦伯格/文、[美]克里斯·阿博/图),表达对美的热爱、创造美的热情的《阿罗有支彩色笔》([美]克罗格特·约翰逊/著)……这些作品虽然故事性单薄,但是主题非常鲜明,与图画艺术完美结合,非常适合儿童阅读。

(四) 趣味性、娱乐性主题

像《三只小猪的真实故事》([美]乔恩·谢斯卡/文、莱恩·史密斯/图)、《三只小狼和一头大坏猪》([希腊]尤金·崔维查/文、[英]海伦·奥森贝里/图)、《小心大野狼》([英]罗伦·乔尔德/著)等对经典民间故事进行"戏仿"的作品,还有《顽皮公主不出嫁》《阴天有时下肉丸》《有个老婆婆吞了只苍蝇》等幽默故事绘本,都以滑稽、夸张、玩笑和游戏为特色。

(五) 敏感题材和严肃主题

如反映战争的残酷与人性的坚强、死亡的恐惧与人性的尊严、性别和性的生理与伦理、校园歧视与暴力、父母离异及家庭关系、种族与宗教冲突等,作者将自己对儿童所面临现实的严肃思考与关怀,借助图画书的艺术形式进行形象生动的表达,帮助儿童认知社会的现实与理想、人类的道德与良知的力量,引导他们建立社会正义感和积极乐观的生活态度。例如《爷爷没有穿西装》([德]阿梅丽·弗里德/文、[德]雅基·格莱亚/图)、《我的爸爸叫焦尼》([瑞典]波·R. 汉伯格/文、[瑞典]爱娃·艾瑞克松/图)、《不是我的错》([丹麦]莱夫·克里斯坦森/文、[丹麦]迪克·斯坦伯格/图)等图画书作品,直接表现了这些主题。

第四节　图画书的多样化教学方法探究

《义务教育语文课程标准(2011 年版)》提出,要建设开放而有活力的课程资源,拓宽学习领域。图画书作为一种素材性阅读资源,以画面精美、文字简洁、主题多样等特点成为小学语文课外教学资源的最佳选择。在现代小学语文教学实践中,越来越多有识的语文老师将图画书引入课堂,能够有效地培养小学生的学习兴趣,提高语文学习效果。现在分别从图画书与小学语文阅读教学、小学语文作文教学两个方面来探讨图画书与小学语文教学的联系:

一、巧用图画书,打造轻松阅读

图画书阅读一般可分为四步:

(一) 欣赏封面

封面上呈现了图画书的图文作者和译者信息;封面上的主题图画介绍了主人公,通过图画可引导学习猜想故事可能的情节发展。

(二) 有感情地朗读

建议一字不漏地朗读出图画书的文字,配合动作、表情和富有感染力的声音,也可以邀请学生一起读,或分角色朗读。

（三）互动讨论

在图画书的关键页（体现结构特点或表现手法处）停留，选择性用六个"wh-"提问，如："你看到了什么（what）？""是谁（who）？""你认为是怎样的（how）？""在什么时候（when）？""从哪儿看出来的（where）？""为什么会这样（why）？"

（四）创意活动

设计一些创意活动对绘本故事进行拓展；或改编故事的结尾；或画一画喜欢的情节；或分角色演一演绘本故事。

二、巧用图画书，打造有趣写作

（一）精选绘本，提供写作材料

低年级学生可以选择《不要睡觉，赛莉》《晚安，小月亮》《我妈妈》等绘本，让学生看图写句子，学会在具体的情境中运用常用句式；中年级学生可以选择《巴恩特的裁缝梦》《獾的美餐》等绘本，让学生展开想象，对文章进行仿写或续编；高年级学生可以选择《火车老鼠》《我特别喜欢你》等绘本让学生进行人物形象描写和故事改编。

（二）阅读绘本，寻找经典句子

绘本《逃家小兔》，里面包括了许多有趣的比喻句，如小兔："如果你变成爬山的人，我就要变成小花，躲在花园里。"兔妈妈说："如果你变成小花，我就要变成园丁，我还是会找到你。"绘本《小狐狸买手套》中，有许多佳句值得积累，如"小狐狸跑出去玩儿了。它在丝绵一般柔软的雪地上奔跑，雪沫飘落下来，映出一道小小的彩虹。"

（三）模仿绘本，落实技巧训练

围绕绘本中的句子特点、形式进行仿写，由此创造出属于自己的句子。如《我爸爸》中经典的句子："我爸爸吃得像马一样多，游得像鱼一样快。他像大猩猩一样强壮，也像河马一样快乐。"

（四）续写绘本，增进写作技能

绘本故事内容丰富生动，但是许多故事都呈现出开放性的结尾，进而留给学生许多的想象空间。因此，可以围绕绘本故事鼓励学生续写，让学生在续写的过程中得到写作训练。

第五节　图画书阅读教学设计

一、图画书的创作

图画书中图画和文字共同承担叙事的责任、图画与文字相互依存、交织表达，图画不是文字的图解，文字也不是图画的说明。如同戴维·刘易斯在《阅读当代图画书：图绘文本》（Reading Contemporary Picturebooks: Picturing Text, 2001）一书的导论中所归纳的一样：长久以来，对于图画书这种形式的基本特征取得了一个广泛的共识，就是它结合了两种不同的表现模式——图画与文字——成为一个复合的文本。曾经两次获得过凯迪克金奖的美国画家芭芭拉·库尼用一个形象的比喻说出了图画与文字之间的关系：图画书像是一串珍珠项链，图画是珍珠，文字是串起珍珠的细线，细线没有珍珠不能美丽，项链没有细线也不存在。

培利·诺德曼在《阅读儿童文学的乐趣》里面说："一本图画书至少包含三种故事：文字讲的故事、图画暗示的故事，以及两者结合后所产生的故事。"例如哈群斯的《母鸡萝丝去散步》：它的文字非常简单，翻译成中文只有四十四个字（英文有 32 个单词），它被人们奉为经典，就是因为它在画面里叙述了一个文字里并没有提到的故事，让文字与图画交织成一个有趣的故事。整本书十四个画面——Rosie the hen went for a walk（母鸡萝丝出门去散步）/across the yard（她走过院子）/around the pond（绕过池塘）/over the haycock（越过干草垛）/past the mill（经过磨房）/though the fence（穿过篱笆）/under the beehives（钻过蜜蜂房）/and got back in time for dinner（按时回到家吃晚饭）——语言浅显平直，情节毫无悬念。但画面里出现了一只狐狸，就使母鸡散步的故事变成了一个狐狸追母鸡的故事。正如约翰·洛威·汤森在《英语儿童文学史纲》里所说的那样：《母鸡萝丝去散步》叙述的重点在于隐藏在文字背后的事实。

（一）对图画的要求

幼儿图画书创编，要求绘画者一定要研究、掌握幼儿欣赏图画的特点。图画是视觉艺术，人对图画的欣赏，是在想象和思维指导下的一种有目的、有计划的观察活动。作家和画家要在总体上把握幼儿图画认识能力的水平，同时还要研究儿童观察图画时在形象、画面、色彩等方面的具体特点。

从形象上看，幼儿喜欢人比物多，人物形象应是画面的主要部分。幼儿很注意人物的面部形象，喜欢面部表情活泼，喜欢用夸张手法表现高兴、生气、着急、哭泣等表情。

从画面上看，幼儿视觉目的性的特点是首先看轮廓大的，后看精细的。在作品中就需要把主要内容放在画面中央，还要画得有吸引力。

色彩是认识对象的重要外部特征，幼儿常常借助色彩确认对象。幼儿感知客观事物的分化性比较差，笼统、不精细，而色彩有对比感，可以帮助幼儿更精细地把握画面上的各种事物。画家在为幼儿作画时，既要照顾到他们对鲜艳色彩的偏爱，也要顾及不同年龄幼儿辨色能力的发展特点。

图画故事是否完美的关键是图画的质量。幼儿图画书在图画的形式、色彩、比例、构图、连接等方面有以下要求：

1. 富于儿童情趣

富于儿童情趣的图画能触动儿童感情，引起共鸣。要做到这一点，创作者就需要具有幼儿生活气息，或是他们凭借生活经验就能想象、理解的情景。这样的画，很容易唤起幼儿的记忆，激发幼儿的感情。如《逃家小兔》中当兔孩子变成鱼在河里游着的时候，还是长着一对兔耳朵；兔妈妈去钓鱼，用的诱饵竟然是红萝卜。兔孩子变成小鸟也是长着兔头兔耳朵；兔妈妈变成大树也是兔子的形状……这样的兔头物身式的组合方式，使整个画面充满了趣味。

2. 适合幼儿的理解水平

图画书主要面向婴幼儿，因此图画书作者要特别注重对幼儿心理和阅读习惯的研究。幼儿对画面的理解与成人不同，他们的深度视觉尚未发展，很难理解画面的透视关系。他们知道房子的正面、侧面都有窗子，那么就应该把他们展开在平面的图画上。如美国的绘本作家艾瑞·卡尔的《饥饿的毛毛虫》，表现一条毛毛虫从破壳而出到变成蝴蝶的情节，但书中的内容却非常丰富，它巧妙地包含了一周七天，1～7 的数字，还有很多种孩子喜欢吃的食物。书中的一些画页呈阶梯状排列，让幼儿很容易翻页。而且所有的图画都是横向排列，幼儿十分容易接受，很好理解。

3. 有动感

图画故事的画面在读者眼里应是活动的。图画故事要求每幅画都要富于动感，能够用画的连续性讲述故事。如《猜猜我有多爱你》。

4. 有细节

幼儿形象性的思维特征，使他们很善于“读”画，他们有时甚至比成人更能发现画面中的细节。有经验的画家，常在不影响故事主题线索的前提下，配上丰富的细节，给幼儿更多发现的喜悦。例如加拿大菲比·吉尔曼的《爷爷一定有办法》中隐藏着许多细节，它们使这个关于蓝色布料的故事变得极其丰富。

5. 充分利用图画书翻页的阅读方式

图画书需要翻页欣赏，这是图画书的一个突出特点。幼儿常按照自己的感受和意识来翻页，他们既可以仔细阅读画面的细节，有时又因为急于知道故事的发展而往下翻页。如加拉·诺夫特里·亨特(Jana Novotny Hunter)撰文，苏·波特(Sue Porter)绘图的《我有我感觉》(I Have Feelings！)，小老鼠生活中的种种情绪反应都在翻页中给读者一个悬念，让幼儿得到一种猜谜语般的快乐。

6. 有节奏感

图画书中图画结构线索的展开，同文字的要求一样，要有开头、高潮、结尾的连接与变化。也有这么一类图画书，并没有一贯到底的故事，好似一盘散沙。比如美国作家伯纳德·韦伯的《勇气》，就是典型的例子：它没有什么情节，串起一幅幅画面的，是它狂野发散的想象力！画面不是被一根线，而是被许许多多根放射状的线连了起来。

(二) 图画书对文字的要求

这里所说的文字包括两种含义，一是有文图画书中的文字，一是无文图画书中的构思。它们总体要求是符合幼儿的兴趣、爱好和接受水平，符合幼儿文学语言的要求。

1. 要有可视感和动感

图画故事的文字通常是画家绘画的依据，整个故事是否结构完整、线索清晰、富于情节性，大都由文字决定，即使是无文图画故事，作者构思时脑中也有完整的情节线索，因此，同行故事的文字首先要具有可视感。即文字在图画中易于表现。

图画故事的文字还要有动感。由于图画故事是以连续的图画来表现故事，单一的场景、人物和平淡的情节会使画面雷同，使画家很难绘画，所以，在写故事时一定要首先考虑情节、人物、场景的变化。美国的玛格丽特·怀兹·布朗(Margaret Wise Brown)撰文、克雷门·赫德(Clement Hurd)绘图的《晚安，月亮》情景变化十分典范。

2. 要有节奏感

图画故事的文字要求精练，还要求生动、优美、富于节奏感，语句既要浅近，又要流畅。五味太郎的《鳄鱼怕怕，牙医怕怕》充分运用了图画书中重复的手法，把恐惧的情绪夸张到极点，却又用幽默的方式表现出来。其中文字的节奏感强烈鲜明，有效地表现了故事。又如佐野洋子的《活了100万次的猫》，其中讲猫活了100万次的文字很有节奏，用了一个个重复相似的情节，语言变化中有不变，不仅突出了主题，表现了感情，也使语言节奏感十分明显，具有震撼人心的力量。

3. 精练、准确、生动、有色彩

图画故事的文字在多数情况下是图画的补充，它不能太长，还要准确、精练、生动、有色彩。如：俄罗斯的巴乌姆美莉《小蜗牛》中，小蜗牛说："妈妈，小树长满了叶子，碧绿碧绿的，地上还长着许多草莓呢。"

4. 讲究文字的排列

在绝大多数的图画书里，文字仅仅是一个叙述者，承担着和图画一起讲故事的任务，在排列设计与文字书的排列相同。但有的图画书，文字和图画交织在一起，同样给我们带来了一种视觉上的新鲜趣味！意大利的玛瑞-路意丝·盖(Marie-Louise Gay)《在我的小岛上》中文字的排列与画面的配合融为一体，具有了和文字相同的表现力，更加适合幼儿的接受和欣赏。

在文图合一时，还应注意文图之间的构成关系，同时应预先设计好文字的位置，以免临时加上文字使画面失去均衡感。在书的编排方式上，也应力求活泼多样。

二、作品选读

部编版三年级下册

小真的长头发

小叶和小美留着长头发，她俩美得不行。小真呢，留的却是短短的妹妹头。

小叶和小美说："我们的头发还能长长呢。"

"哼，能长多长？"小真问。

"长得啊，能盖过腰。对吧，小叶？"

"对，能到腰呢。"

"怎么，你们的头发才能长那么长？我的啊，能长得更长呢！"小真说。

"嘿！能长多长？"

"老长老长老长老长老——长！说起那个长来啊……

"要是从桥上把辫子垂下去，就能钓到鱼呢。挂上一点儿鱼饵，河里的鱼，不管什么样的，都能钓上来。还有呢……

"要是从牧场的栅栏外面，把辫子嗖的一下甩过去，连牛都能套住呢。一下子就能套到牛角上，只要用劲拉啊拉的，一整头牛就是我的了。还有呢……

"就是在露天地里，也能睡大觉。只要把头发像紫菜卷那样卷在身上，就成了暄腾腾的被子了。还有呢……

"要是把右边的辫子和左边的辫子绷紧了拉在树上，家里洗的所有衣服就能一次全晾完啦。在衣服晾干以前，我就读上十本书。妈妈还会对我说：‘谢谢小真啦。”

“可是，那么长的头发，洗起来不是很麻烦吗？”小叶说。

“再说，怎么梳呢？那么长的头发。”小美也说。

“这太简单了。当头发长到那么长的时候，我就已经有十个妹妹了。我只要悠闲地坐在椅子上就行了，十个妹妹会卖力地给我梳头的。好玩极了！”小真说，“抹上香波一揉，那泡沫啊，高得能够着云彩，好像一个大大的大大的蛋卷冰激凌。唯一遗憾的是不甜。而且啊……

“躺在岸边，让河水冲洗头发，头发就在水里轻轻地荡来荡去，好像海带一样。而且啊……”

“但是，那么长的头发，平时不是很碍事吗？”

“是啊。拖在地上不难受？”

小叶和小美一起问。

“没关系。到那时我就把头发烫起来。于是，我的头发就会变成树林！小鸟、松鼠、小虫子们，都来到这里，这座树林别提有多棒了。”

小叶和小美听得入了神，羡慕地说：“哦，这真是太好了。”

“哦，真是太好了……”

小真的头发快点儿长长就好了。

【作者简介】

[日]高楼方子，生于1955年。代表作品有《酷老师》《到奇妙的森林去》《十一月的门》《绿色种子》《小真的魔法》等，曾获日本产经儿童出版文化奖、路傍之石文学奖。

【点评】

这个故事从三个好朋友在圆桌旁的谈话开始，用单色与彩色画面相交替的方式串起现实与想象的不同场景。天马行空的想象和充满天真稚趣的问答，使得整个故事充满了戏剧张力。鲜艳明快的画面、妙趣横生的情节、智慧幽默的对白，带领我们走进一个美好的童趣世界。留着妹妹头的小真，在有着漂亮长头发的两位好朋友面前一点儿也不服输。她津津有味地描述着当自己的头发长得“老长老长老长”时的情景，那些奇特的用途让两个好朋友听得入了神，原本有着长头发的她们也开始羡慕起小真的长头发来。

漏

从前，有一户人家：一个老爷爷，一个老婆婆，还喂着一头黑脊背、白胸脯的小胖驴。

山上住着一只老虎，山下住着一个贼。老虎嘴馋，一心想着吃这头小胖驴；贼手痒，一心想着偷这头小胖驴。

一天晚上，下着蒙蒙小雨。老虎来了，贼也来了。老虎用爪在墙壁上抓，贼用手在屋顶上挖，不一会儿，墙被老虎抓了个窟窿，屋顶被贼挖了个窟窿。老虎钻进驴圈，贼也正想往下跳。忽然，老爷爷和老婆婆在里屋说起话来，老虎和贼吓得大气都不敢出了。

老爷爷说：“好像有什么声音在响？”

老婆婆说：“唉！管他狼哩，管他虎哩，我什么都不怕，就怕漏！”

老虎趴在驴圈里想:“翻山越岭我什么都见过,就是没见过‘漏’,莫非‘漏’比我还厉害?”

贼蹲在屋顶上想:“走南闯北我什么都听过,就是没听说过‘漏’,莫非‘漏’比我还厉害?”

老虎吓得浑身发抖,贼听得腿脚发软。贼心里害怕,脚下一滑,扑通从屋顶的窟窿里跌下来,正巧摔到虎背上。老虎未料到房上会有东西掉下来,心想:“坏事,‘漏’捉我来了!”撒腿就往外跑。

贼栽得昏头转向,一摸是个毛乎乎的东西,心想:“坏事,‘漏’等着吃我哩!”拼命抱住虎脖子不敢松手。

老虎驮着贼,贼骑着老虎,跑哇,跑哇,累得老虎筋都快断了,颠得贼骨头架都快散了。跑着跑着,雨大了起来。前边有棵歪脖老树,老虎想:“‘漏’真厉害,像黏胶一样,贴住我了。到树跟前,得把它蹭下来,好逃命。”

贼也想:“‘漏’真厉害,旋风一样,停都不停,一定是驮到家再吃我。到树跟前,得想法蹿上去,好逃命。”

到了树跟前,老虎把身子一歪,贼顺势一纵,蹿到树上。老虎一边往前跑一边想:“终于甩掉‘漏’了!”贼一边往上爬一边想:“终于甩掉‘漏’了!”

雨越下越大。

老虎被雨一淋,清醒了许多,想想不甘心,还是要回去吃驴,就转身往回走。

贼被雨一淋,清醒了许多,想想不甘心,还是要回去偷驴,就下树准备往回走。

老虎走着走着,走到了歪脖老树跟前。贼又冷又饿,正在下树,抬头看见走来一个黑乎乎的东西,心想:“‘漏’又来了,这下我可活不成了!”他赶忙往树梢上爬,总嫌离地太近,紧爬慢爬,咔嚓一声,树枝断了,一个倒栽葱摔了下来,顺着山坡往下滚。

老虎正走着,见天上掉下个黑乎乎的东西,响声又这么大,心想:“‘漏’又来了,这下我可活不成了!”赶紧逃跑。下过雨的山坡又湿又滑,老虎腿一软,顺着山坡往下滚。

老虎和贼一齐滚下了山坡,浑身粘满泥水,撞在了一块儿。他们俩对看了一眼,同时惊恐地大喊:“‘漏’哇——”然后都吓昏了过去。

天快亮了,小胖驴在驴圈里安安稳稳地吃着干草。

老爷爷和老婆婆从炕头上坐了起来。滴答,滴答——他们抬头看看屋顶——唉,说怕漏,偏就又漏雨了!

【点评】

这是一个民间故事。情节曲折离奇,极富趣味性。故事围绕“漏”展开,老虎和贼对“漏”极其害怕的心理导致他们不辨真伪,盲目逃窜,下场可笑。故事讽刺了老虎和贼的愚蠢与贪婪,告诉人们做贼心虚、干坏事没有好下场的道理。读来时而让人高度紧张,替主人公捏一把汗,时而让人恍然大悟,捧腹大笑。

三、教学设计案例

《漏》教学设计

【教材分析】

本文是一个很有趣的民间故事，讲述了一个下着雨的漆黑夜晚，老虎和贼不约而同地去偷老两口家的小胖驴，因老婆婆的一个“漏”字，老虎和贼东窜西窜，几乎丧命，也使得小胖驴幸免于难。一个“漏”字贯穿整个故事，虽然它在故事表述中只占了极小的部分，整个故事却因它而奇趣生辉。因为故事内容浅显易懂，所以教师在教学中应充分发挥学生的主体地位，让学生通过朗读理解，找出自己喜欢的部分，感受故事的趣味性。

【教学目标】

1. 认识“脊、颠、旋”等9个生字，学写“漏、喂、胖”等13个生字。指导写好“喂、贼”两个字，“喂”不要多加一撇，“贼”不要漏掉一撇。

2. 能有感情地朗读课文，体会故事的趣味性。

3. 能借助示意图复述故事。

【教学重难点】

1. 重点：有感情地朗读课文，体会故事的趣味。

2. 难点：借助示意图复述故事。

【教学准备】

教师：搜集图片，制作课件。

学生：预习故事。

【课时安排】

2课时。

【教学过程】

第一课时

一、谈话导入，揭题解题

1. 同学们喜欢读故事吗？为什么喜欢？

（**设计意图：**学生都喜欢读故事，引导他们回忆曾经读过的故事，发现故事的特点，比如故事里的动物会说话，故事里的人物很可爱，故事的情节很有趣，等等，唤起学生读故事的兴趣。）

2. 出示课题(漏)。老师要跟大家一起学一篇有趣的故事——《漏》，这个故事的题目很特别，只有一个字，但是这篇故事很长，需要我们慢慢读，请看预习提示：

(1) 借助注音读课文，给每个自然段标上序号。

(2) 认读思考：老爷爷和老婆婆说的“漏”，是指____________；老虎和贼认为“漏”是____________。

二、初读课文，学习生字

1. 自由朗读课文，注意读准字音，读通句子。

2. 小组合作认读词语。

出示词语：脊背　胸脯　窟窿　翻山越岭　走南闯北　旋风

预设：

(1)“脊背”的“脊”应读三声。

(2)“窟窿”第二个字读轻声。

(3)“颠”这个字的读音要注意，应读 diān，不要读错。

3. 默读课文，并思考课文写了件什么事？

（**设计意图**：学生在读通课文的基础上，对文章有一个大概的印象，能用自己的话概括文章的主要内容，训练学生概括文章的技巧。）

三、复习生字，指导写字

1. 课件出示生字，自由练读。

2. 生字组词，巩固识字。

3. 指导书写“喂”。提示口字旁占左上半格，不宜写大，右下部分不是“衣”，注意不要多加笔画。提示“漏、喂、贼、狼、抱、胶、偏”都是左右结构的字，左窄右宽，“胖、驴、粘”也是左右结构的字，但这几个字左右相当，“莫、架”是上下结构，下面的横要写得长一些，能够托住上面的部分。“厉”是半包围结构，写的时候要注意里面是“万”而不是“力”。

第二课时

一、回顾内容，再读故事

1. 老爷爷和老婆婆说的“漏”，是怕(漏雨)。

2. 老虎和贼认为“漏”是一种特殊的东西，怪物、可怕的动物等，所以用引号引起来。

3. 师提问：同是漏，因为理解不同，所以有了这个有趣的故事，那回忆一下，这个故事里除了有老爷爷、老婆婆、老虎、贼，还有谁？(小胖驴)谁能看着黑板，给大家讲讲这个有趣的故事。

老爷爷、老婆婆养了一头(　　　)，老虎、贼啊都惦记。老虎和贼正在(　　　)，却听老婆婆说怕(　　　)。它们听见赶紧(　　　)，一直到了(　　　)。贼下树，虎回走，它俩树下(　　　)，吓得大喊(　　　)啊！驴圈里，(　　　)在吃草，老婆婆的屋顶(　　　)啦！

（**设计意图**：引导学生理清人物关系，尝试回忆文章，将主要内容补全，为后面的复述故事做准备。）

二、理清层次，梳理文意

同学们小小年纪却这么厉害，老师给大家省掉了那么多的内容，大家都能把主要内容补全，真是太会读书啦！

1. 学习 1～2 段，感受小胖驴的诱人 。

老师对小胖驴很感兴趣，特别想知道小胖驴长什么样，谁能给老师讲讲？(生讲)

文：从前，有一户人家，一个老爷爷，一个老婆婆，还喂着一头黑脊背、白胸脯的小胖驴。

师：除了这黑黑的脊背，白白的胸脯，这小毛驴的哪个部位最诱人？(肚子圆圆的)

师：看看这胖胖的小毛驴，这么诱人，老虎想肉很好吃……；贼想卖个好价钱……

（**设计意图：**欣赏图片，直观感受小胖驴的诱人，想象老虎和贼的垂涎欲滴。）

2. 学习3～5段，“偷”。

所以他们都要去偷，终于有一天，他们要行动了，谁接着讲？（两生讲）它们好厉害，一会儿就挖了个窟窿，小毛驴危险了，很快就要成为老虎的盘中餐，成为贼的摇钱树了，关键时刻，谁接着讲？

（两生讲）就这样，几句对话就让小胖驴转危为安。

文：老爷爷说：“好像有什么声音在响？”老婆婆说：“唉！管他狼哩，管他虎哩，我什么都不怕，就怕漏！”（师范读）贼蹲在屋顶上想：走南闯北我什么都听过。就是没听过‘漏’，莫非‘漏’比我还厉害？（师范读）老虎趴在驴圈里想：翻山越岭我什么都见过。就是没见过‘漏’，莫非‘漏’比我还厉害？（师范读）

我们来分角色读读，谁来当老爷爷？谁来当老婆婆？老虎呢？贼呢？老师来当旁白。你看看，贼和老虎本事好大，贼走南闯北什么都听过，老虎翻山越岭，什么都见过，他们却不知道“漏”是什么，你觉得在老虎和贼眼里这厉害的“漏”是什么样的？有什么样的眼睛、什么样的牙齿……

（**设计意图：**感受老婆婆这句话的重要及老虎和贼的反应，想象老虎和贼眼中“漏”的可怕，带学生更深层次地走入情境。）

3. 学习6～12段，“逃”。

他们越想越害怕，就想赶紧逃，可别让“漏”捉到，谁来讲讲他们是怎么逃的？（两生讲）

文：老虎驮着贼，贼骑着老虎，跑哇，跑哇，累得老虎筋都快断了，颠得贼骨头架都快散了。它们为什么这么远拼命地跑？（它们觉得可怕的“漏”就在后面追着呢）而且，贼觉得这个“漏”跑得真快，跟旋风一样，一刻也不停；老虎觉得这个“漏”抓得真紧，就像黏胶一样，怎么甩都甩不掉，越想越怕，越怕越跑，它们跑过……跳过……穿过…… 它们就这样一直跑到了歪脖树，谁来讲讲这幅图？（“砰”的一声，老虎撞到树上；“嗵”的一声，贼跳上树，还掉了一只鞋子）这一幅呢？（好险呐）

文：老虎一边往前跑一边想：“终于甩掉‘漏’了！”贼一边往上爬一边想：“终于甩掉‘漏’了！”

（**设计意图：**图片欣赏，想象老虎和贼奔跑时的惊慌失措，解脱时的如释重负，用恰当的语言描述图片，锻炼口语表达。）

4. 学习13～18段，“遇”。

他们就这样放弃了吗？没有。谁接着讲？（生讲）说得真好，老虎还想吃小胖驴，就往回走，贼还想偷小胖驴去卖钱，就要下树，结果他们又在树下相遇了。（出示图片。小偷一回头，老虎一抬头，都吓得大喊：“哎呀，漏又来啦！”小偷手一松，老虎腿一软，咕噜咕噜滚下山。）

你瞧瞧，这一晚上，他们冒着雨，跑啊跑，跑过山，跑过河，还撞过树，贼成什么样了？老虎呢？（描述图片）

（**设计意图：**经过一晚上的折腾，老虎和贼都疲惫不堪，贼衣衫破烂，老虎也没了往日的威风，如此这般都是因为“漏”。）

5. 学习19～20段，小胖驴 。

文：天快亮了，小胖驴在驴圈里安安稳稳地吃着干草。（师范读）老爷爷和老婆婆从炕头上坐了起来。滴答，滴答——他们抬头看看屋顶——“唉，说怕漏，偏就又漏雨了！”

总结：同学们，看看黑板，老爷爷和老婆婆说漏，是怕屋顶漏雨，结果却吓跑了老虎和贼，这叫“歪打正着”；老虎和贼听到‘漏’，吓得到处跑，这叫“作贼心虚”，整整一个晚上，小毛驴都在驴圈里安安稳稳地待着，这叫“安然无恙”。

（**设计意图：**老虎和贼的狼狈与小胖驴的悠闲形成对比，可怕的“漏”与屋顶漏雨形成对比，感受老虎和贼的可笑。）

三、整理思路，复述文章

1. 复述：读完这篇故事，你印象最深的是哪个场景？谁能根据老师的提示，试着讲讲这个故事，可以加上自己的语言、动作、表情等等（部分或全篇）。

2. 续写：你想对老爷爷和老婆婆、老虎和贼、小胖驴说些什么？

（**设计意图：**锻炼学生复述故事的能力，从有趣的故事中获取一定的知识，发挥故事的教育作用。）

【板书设计】

27 漏

老爷爷　老婆婆　　漏　歪打正着

小胖驴　　安然无恙

老虎　贼　　漏　　作贼心虚

［思考与练习］

1. 什么是图画书？图画书在婴幼儿成长阶段有什么作用？
2. 图画书的种类和特征有哪些？请结合具体的图画书作品谈谈。
3. 任选一本图画书写出一份阅读指导提纲。

第八章 童　话

童话是最受儿童欢迎的文学体裁。作为幻想性文学，童话以其丰富的想象营造了动人的幻想世界。童话从远古时代走来，在长期的发展过程中，形成了独特的形象塑造方式、艺术表现手法等，它的独特性使它拥有众多的儿童读者乃至成人读者。

第一节　童话概说

童话在儿童文学中占有重要地位，是最具有儿童特点、最受小读者欢迎的儿童文学形式。《中华儿童百科全书》中将“童话”解释为：“写给小孩子看的故事，不过这故事并不是普通的故事，也不是真的故事。这故事是想出来的最可爱的故事。这故事把天底下所有的东西都当作人来看待，让所有的东西互相交朋友，让好的愿望能实现，让一切有趣的事情都能发生。”

一、童话的概念

童话和儿歌一样，有着非常悠久的历史，但它作为一个特定的概念在我国出现却是近代的事情。以 1909 年商务印书馆孙毓修主编的《童话》丛书作为我国童话产生的标志。

一般认为，童话这一概念源自日本。不过，在日本，“童话”最初是作为儿童文学的统称来使用的。孙毓修所用的童话概念沿用了日文的原意，泛指写给儿童的读物，主要偏向故事性的儿童文学作品。从当时《童话》丛书刊载的作品范围来看，不仅包括“叙奇诡之情节”的带有幻想色彩的童话故事，还包括图画故事、生活故事、寓言故事、历史人物故事、小说等。后来，随着童话创作和理论的发展，中国的“童话”概念才逐渐缩小了原有的范围，被赋予特定的含义，主要指符合儿童想象方式的、充满幻想色彩的神奇故事。

二、童话的起源与发展

童话源远流长，最早的童话是由神话、传说演变而来的，起源于民间口头创作与传播，属于民间文学。随着社会的发展，一些从事文学工作的人对民间童话进行搜集、整理、加工或再创作，编成可供儿童欣赏的童话故事书。古印度的《五卷书》、阿拉伯民族的《天方夜谭》中，都收入了经过搜集整理的民间童话。17 世纪法国的夏尔·贝洛是欧洲第一个把民间童话加工成文学童话的作家，1697 年出版了他的童话集《鹅妈妈的故事——或昔日寓含道德教训的故事》。贝洛开辟了创编民间童话的道路，尽管贝洛撰写童话的目的并非专为儿童,但由于其故事生动有趣,“令孩子开心”“使孩子迷恋”“让孩子大开眼界”(屠格涅夫语)而大受欢迎。19 世纪初德国的格林兄弟从民间收集整理了两百多篇童话,以《儿童和家庭故事集》(后人称为《格林童话》)为名发表,是第一部具有世界影响的巨型民间童话集。格林童话多数都写得生动有趣,富有儿童趣味,又浅显易懂,适合儿童的接受能力,这种儿童化的特点为以后的童话搜集与创作指出了方向。1835 年世界童话大师安徒生的《讲给孩子们听的故事》问世,标志着民间童话向文人创作童话的转变,开创了作家创作童话的时代。19 世纪中叶以后,欧洲各国童话佳作不断问世。

在中国光辉灿烂的文化遗产中,有着极其丰富的童话宝藏,但缺乏搜集、整理。20 世纪初,在科学民主思潮的激荡下,才有孙毓修的《无猫国》,茅盾的《书呆子》《寻快乐》等中国早期现代童话问世。在五四新文化运动中,一大批新文学家都曾创作童话。如郭沫若的《黎明》、郑振铎的《兔子的故事》等。1923 年叶圣陶出版的《稻草人》是中国第一部作家童话集。这部童话集,既“给中国的童话开辟了一条自己创作的路”,也为中国现代儿童文学奠定了基础,明确了现实主义的创作方向。1932 年,张天翼发表了长篇童话《大林和小林》,代表了中国现代怪诞童话较高的艺术成就,为中国长篇童话的发展奠定了基础。1930 年代有较大影响的童话创作,还有应修人的《金宝塔银宝塔》、陈伯吹的《阿丽丝小姐》、巴金的《长生塔》、叶圣陶的《古代英雄的石像》、老舍的《小坡的生日》等。进入 1940 年代,中国童话界出现了一批新人,如贺宜、严文井、郭凤、金近、方铁群等。1949 年以后中国童话创作进入一个全新时期,洪汛涛、葛翠琳、孙幼军等都创作出享誉世界的名作。1980 年代后出现了郑渊洁、赵冰波、周锐、郑春华等新一代作家。

经过几代童话作家的共同努力,中国的童话创作逐渐走向成熟,特别是到了新时期,童话创作获得了很高的艺术成就。在创作实践中,作家们开始了对传统童话观念的突破性思考,树立新的童话观念,强调童话的文学性,重视儿童思维特点和美感熏陶作用。思想解放带来童话创作的繁荣局面,出现不同的创作倾向,形成不同的创作风格,构成新时期童话多元化的艺术格局。

第二节 童话的分类

童话的样式很多,可根据不同标准划分为若干类。

一、根据作者的不同

根据作者的不同可分为民间童话和创作童话。

(一) 民间童话

民间童话是带有浓厚幻想色彩的民间故事,属于民间文学的一部分,由人民群众集体创作,世代口耳相传,带有明显的民族、地方色彩。比较有代表性的民间童话集有《贝洛童话》《格林童话》《意大利童话》等。

民间童话最鲜明的特点是在主题设置和语言叙述上形成了自己的模式,具有程式化、公式化、便于记忆和复述的特点。

首先,民间童话叙事的固定程式,表现在开头和结尾上。“从前”“很久很久以前”——这样的开头虽然千篇一律,却能够使读者在遥远的、充满距离感的叙述基调中找到一种神秘的认同感。这些字眼实际上创造了童话和现实的距离,向小读者发出进入另一个世界的邀请。这种时间上的疏离所设定的陌生感能够制造惊异的阅读效果。与此对应,故事的结局也基本都是一个模式,主人公历经磨难,终于如愿以偿,或者成为国王、或者与公主结婚等等。童话主人公的大团圆结局——“从此他们过上了幸福快乐的生活”,又将儿童从非现实带回现实之中,暗合了读者的阅读期待,使听故事的孩子如同故事里的主人公一样,在内心经历同样的险情最终获得心理上的满足。因此,这种为人们所熟悉的民间童话的表达形式,特别符合儿童尤其是幼儿的阅读心理。

其次,民间童话的固定程式还表现在重复性的叙事模式上。在故事情节的发展过程中,民间童话常常用重复来推进故事情节的发展,最为典型的是三段式的叙事模式。朱自强先生说:“世界上的所有民间故事似乎都对‘三’这个数字最情有独钟(210 篇格林童话中,篇名中出现‘三’的就有 16 篇)。白雪公主的继母皇后分别三次用致命的礼物引诱她;灰姑娘两度参加舞会,令王子为她着迷以后,在第三次参加舞会时丢掉了玻璃鞋;还有,有一家有三个儿子(或女儿),国王有三个王子(或三个公主),主人公要回答三个难题,或者经历三次考验等等,这样,民间童话就大都采用三段式的故事展开模式。”既定的重复反映了民间文学口耳相传的特点,使读者获得一种经验上似曾相似的感受,与他们的期待心理相呼应;而情节在重复之间的系列变化又能使读者获得全新的阅读体验。这种变化中的重复,恰如其分地迎合了听故事者的心理需求,特别是对于儿童而言,三段式的叙事模式比其他文学手段更加富有魅力,也更加深入人心。

民间童话的模式化还体现在二元对立的叙事模式。美与丑、善与恶、好与坏……民间童话正是以这样的对立描绘了一个个清晰而又纯净的世界。这样的世界如同现实生活一样,惩罚只是对罪行的一种有限的威慑力量,而确信罪恶必受惩罚才是更加有效的威慑力量。所以,在童话世界中,坏人总是以失败告终。民间童话也往往采用极端和对立的方式来呈现善与恶的斗争,由此传达抑恶扬善的鲜明主题。

(二) 创作童话

创作童话也叫现代童话、文学童话。传统的民间童话的叙述目标是普通民众,反映成人的思想与愿望,并非专为儿童创作。只有在创作童话中,作家才终于将文学的指针明确指向儿童的心灵世界,以儿童的思维方式表现童年时代的奇妙梦想,从中我们可以看到成人创作观念和儿童生存境遇的转变。创作童话呈现出以下几方面的特征:

1. 日常生活引入幻想世界

民间童话故事里,往往拥有一个纯粹的幻想世界,满足人们精神上的渴望和对未来的憧憬。而在现代童话故事里,日常生活更多地被引入幻想世界,成为主人公实现梦想和奇迹发生的主要舞台。

当日常生活引入幻想世界,精灵、巫婆、仙女们逐渐离我们远去,在现代童话形象中我们看到更多人类的孩子。如刘易斯·卡罗尔笔下的那个掉进兔子洞的爱丽丝。现代童话构造了现实世界与幻想世界并行或交织的二次元世界,大大拓展了童话的审美空间。如《哈利波特系列》,借助幻想和现实两个世界的沟通和平衡,满足读者阅读的多种需求,在

体验刺激、历险的同时获得心灵的启示。

2. 创作风格个性化、多样化

民间童话是集体创作，表现出模式化特征；现代童话是作家自我表现的个人创作，因此作家必然把个人风格、时代特征、日常生活的具体事物、生动谐趣的对话、富有个性的角色带入童话，童话创作便开始朝着多样化的艺术方向展开。现代童话很少沿用传统童话的模式，愈来愈趋向于个性化、多样化。

童话史上经典作家各自呈现出鲜明的个性特征，如安徒生的诗意、悲情和深邃；新美南吉的温暖、诗意和淡淡忧伤；周锐的童话热闹谐趣、荒诞夸张，有一定哲理思考；叶圣陶的童话带上鲜明的时代烙印，具有浓郁的现实性。

3. 儿童与成年共享童年梦想

现代童话主要以儿童为主人公，永不长大的彼得·潘是孩子们的代言人。儿童可以在现实世界和幻想世界之间自由往返，尽享童年的欢乐。

物质世界的迅速发展也带来了人类的心灵异化，人们在不断满足物欲的同时强烈地感觉到精神世界的匮乏。追寻童年也因此成为成人世界的一种心理趋向。在现代童话中，成人不但能够反思自我的位置，而且可以通过特有的方式找到自己的童年。英国作家詹姆斯·巴里创作的“彼得·潘”和代表童梦之境的“永无岛”，既属于富有想象天赋的孩子，也属于一切童心未泯的成人。

现代童话作家自觉地将主体情感融入创作，通过简明的叙事风格表达深刻的现实主题和哲理意蕴。由此，现代童话实现了儿童审美意识与作家审美意识的有效融合，打破了单一的读者接受疆域，成为儿童与成人共享的梦想家园。

二、根据人物形象类型的不同

根据人物形象类型的不同可分为超人体童话、常人体童话和拟人体童话三类。

（一）超人体童话

描写超自然的人物以及他们的活动，多见于民间童话和古典童话之中，借助超越常人与自然力的神仙、妖魔或宝物来展开神奇怪诞的情节。如《神笔马良》《渔夫和金鱼的故事》等。

（二）常人体童话

童话人物是普通的人，描述普通人的生活，其特征在于写普通人，但这些人的性格、行动、遭遇都特别离奇夸张。如《皇帝的新装》《有劳先生的乡下之行》。

（三）拟人体童话

童话人物多是人类以外各种人格化的有生命和无生命的事物，通过拟人化的手法让他们具有人的思想、感情和性格行为。如《木偶奇遇记》《开直升飞机的老鼠》等。

三、根据童话体裁的不同

根据童话体裁的不同可分为童话故事、童话诗、童话剧。

(一) 童话故事

用故事形式写作，叫童话故事。如叶圣陶的《古代英雄的石像》等。

(二) 童话诗

童话诗也称诗体童话，是以诗的形式写就的童话。如金逸铭的《字典公公家里的争吵》等。

(三) 童话剧

童话剧是以剧本的形式表现童话故事。如方圆的《"妙乎"回春》。

第三节　童话的表现手法

无论是有着既定叙事模式的民间童话，还是注重艺术表现力的创作童话，其表现手法是共通的。归结起来，主要有拟人、夸张、象征等。

一、拟人

拟人是指赋予人类以外有形无形的事物以人的思想、感情、行为和语言能力。拟人亦称"人格化"。童话中的拟人范围十分广泛，包括对动物、植物、非生物、自然现象，以及抽象的观念、概念、思想品格等。拟人是一种传统的艺术手法，渊源于原始人类的泛灵观念。

(一) 拟人是表现童话幻想的主要手段

童话借助拟人手法，使山川草木、飞禽走兽，甚至一些无形体、无生命的抽象概念，都可成为童话的主人公，使其有人类的语言行为、思想感情。如《宝葫芦的秘密》中那个能说会道的"宝葫芦"就是"不劳而获"寄生思想的人格化了的产物。严文井的《春夏秋冬》还将四季变化的天气现象人格化，称冬天"是一个冷酷而又易于发怒的老人"，夏天"是一个脾气很坏的郁闷的青年人"。"冬有一个女儿，叫作春姑娘。夏有一个妹妹，叫作秋姑娘。"拟人之所以广泛用于童话创作之中，是因为这种手法十分适合儿童的心理，也符合儿童的思维特点。因为在儿童的心目中，一切鸟兽虫鱼、山川草木、日月星辰，无不是有生命的。富于想象和幻想的孩子们喜欢拟人，也善于拟人。

(二) 童话的拟人要做到人性与物性的完美统一

拟人童话形象具有双重性：它们是人，又非人；是物，又非物。任何拟人手法塑造形象的目的不为写物，而是为写人，一切拟人化形象都起着在幻想境界中反映现实生活中人的思想行为、品格特征的作用。《快乐王子》中直面人生、舍己为人的"快乐王子"，代表着生活中对劳苦大众寄予同情并勇于为之献身的人。正是因为具有了这样动人的思想品格，快乐王子的形象才如此光彩照人。忽视了物性和无缘无故地违反物性，都会破坏童话应有的情调。《木偶奇遇记》中的小木偶是一个真实可爱的儿童的典型形象，由于他贪玩、任性、逃学、说谎，结果使自己吃了不少的苦头。经过许多波折和磨难，他终于吸取了教训，最后成为一个真正的孩子。在形象塑造中，作者始终注意保留皮诺曹的物性特点，在人性、物性的自然结合中凸显童话色彩。如他从家中逃跑后，在寒冷的夜晚烤火时，因为疏忽大意，竟将自己的脚烧掉了。这一物性因素决定的情节安排，把皮诺曹第一次因调皮而吃苦头的懊悔表现得真切自然。

二、夸张

夸张就是用夸大的词句来形容事物的特点，以突出其本质特征，达到增强艺术效果的作用。没有夸张，童话就会失去迷人的色彩。任何艺术都会有一定程度的夸张，但童话的夸张有其独有的特点。

(1) 童话的夸张是强烈的、极度的、全面的夸张。这种夸张可以制造浓烈的幻想氛围，使作品产生诱人的美感、新奇感和幽默感。儿童的思维方式中带有夸张的特点，有限的知识使他们难以准确地反映出面前世界的新奇，他们对事物的把握与想象跟客观现实之间存在着很大的距离，而超越自己本领驾驭一切的愿望又使他们的表达中经常出现夸大其词的现象。强烈的夸张使平淡无奇的生活故事变得生动有趣，易于为儿童所接受。如《木偶奇遇记》中的戏院经理是“长胡须像墨水瓶那么黑，从下巴一直拖到地板上，走起路来老要给自己踏着。嘴大得跟炉灶差不多，两只眼睛好像里边点着两盏玻璃灯”，生活中再怪异奇特的人也不会如此。又如德国童话《敏豪生奇游记》，敏豪生到俄国去，到了一个地方，天晚了，想找个地方过夜，但一路找不到村庄，也没有一棵大树可以拴马，后来找到一个突出在雪地里的小的木桩把马拴上，自己躺在雪地上睡觉。他醒来时，发觉自己却睡在一个小镇里，四周是房屋，只见他的马拴在钟楼屋顶的十字架上。作者把这夜间融化的雪夸张到生活中无法寻觅其踪影的程度。

童话的夸张表现在各个方面。无论是人物形象的刻画、环境气氛的描绘与烘托，还是情节细节的叙述描写，都可以用夸张的语言表述。如葛翠琳的《野葡萄》，对可爱的白鹅女外貌的夸张，“皮肤像鹅毛一样白”；对奇异的野葡萄的夸张，“深红的，像红色的珍珠，长在深山里的”，野葡萄是能使瞎眼人复明的妙药；对情节的夸张，年仅 11 岁的双目失明的白鹅女毅然地到深山中去寻找传说中的野葡萄。她穿过湍急的小河，翻过满是怪石、刺蒺藜的荒山，历尽艰辛终于找到了野葡萄，治好了自己的眼睛，还治好了田边老农、机上老妇、山坡上小牧童等许多失明的善良人的眼睛。在这种全方位的夸张中，充分展示了白鹅女的美丽、善良、坚毅、勇敢。

(2) 极度无限的夸张，是为了更好地揭示生活中的真实，具有反映生活本质的意义。如安徒生的《豌豆上的公主》中娇贵的公主，因为在 20 床垫子、20 床鸭绒被下有一粒小小的豌豆竟觉得不舒服极了，硌得全身青紫。强烈的夸张反映了贵族生活奢靡的本质，突出表现了作者对统治阶级的讽刺。郑渊洁在《皮皮鲁全传》中夸张地描述学生作业之多，每天晚上写的作业，第二天都要用麻袋装了背到学校去。“他的铅笔一支就有一米长。要不然，老换铅笔，多麻烦呀！”“妈妈给儿子拉了一卡车作业本。”作者就是以这样荒诞的夸张反映了对生活中小学生负担过重的忧虑。童话作家采用夸张的手法，把生活的本质清晰地展现在读者面前。

三、象征

象征就是借助某一具体事物的形象来表现某种抽象的概念、思想或情感。其特点是

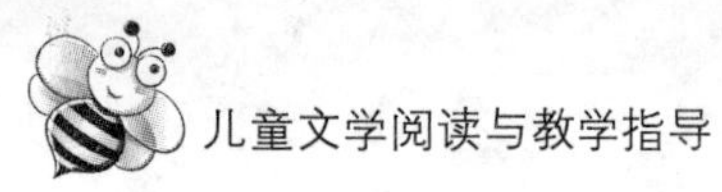

利用象征物与被象征物之间的某种类似或联系，使被象征的内容得到强烈、集中而又含蓄、形象的反映。

（一）象征是童话把幻想与现实融合起来的一种重要方式

童话中的形象，往往是生活中具有某种性格或品质的人的象征，或者是某种社会现象、社会观念的象征。安徒生笔下的“丑小鸭”象征了现实生活中备受歧视而又善良、忍耐、追求光明的美好小人物；张天翼笔下的“宝葫芦”象征“不劳而获”的思想；阿·托尔斯泰的《大萝卜》中的小鼠，是共同完成某件大事而不可或缺的微弱力量的象征。贴切的象征会使童话创作获得更高的审美价值，象征性形象以它们鲜明的寓意、独特的形象和格调表现着一种更为深远的意蕴，使童话蕴蓄的内涵更丰富，使童话和现实的关系更密切。

（二）童话的象征是通过形象或情节的全部内容来体现的

童话的象征意义，建立在幻想世界与现实生活某一特征的相似之上，但两者并非在任何意义上都贴切相符。童话中的象征性形象，只能概括某一特征，并不包括被象征者的全部。阿斯特丽德·林格伦《小飞人三部曲》中的卡尔松这个精神奕奕、活泼勇敢的童话形象，以他好吃贪玩、爱吹牛、喜欢恶作剧等性格特点，象征了在现实生活中被压抑的儿童内心世界对自由发展的渴望；E. B. 怀特的《小老鼠斯图亚特》在小老鼠的生活趣闻和冒险经历的叙述中，通过其蓬勃的生命力，象征了勇于做生活的主人、充满信心地迎接生活中的挑战的勇敢少年。所以应该正确理解象征的运用，着眼于童话作品内容的整体去审视其象征意义。

四、其他手法

以上所述的三种表现手法是童话中最常见的表现手法。此外还可以通过以下手法得到强烈的表现：

1. 对比

在描写正面事物的同时描写反面事物，把两种截然不同的性格、行为、命运等置于强烈的对比之中，使读者获得深刻的印象。这种在对比中互相衬托、互为渲染的手法，大大强化了童话的表达效果。对比分为通篇对比与局部对比两种，前者如张天翼的《大林和小林》（大林与小林不同经历以及性格命运的对比），后者如安徒生《皇帝的新装》（小孩的率真与周围人物的虚伪的对比）。

2. 误会与巧合

这是童话中两种较特殊的表现手法。前者通过某种误解或误差，后者经由某种凑巧相同的行为来制造情趣、开展情节、强化表达效果。前者如《小蝌蚪找妈妈》，后者如《猪八戒吃西瓜》。

3. 反复

这是童话中用得相当普遍的手法之一。反复的手法既有加深感情、强化形象的作用，还有加深印象、帮助记忆的作用，因此，在给低幼儿童阅读的童话中使用率更高。反复在童话中有几种特殊的表现形式：一是相同或相近词句的反复，如严文井《小溪流的歌》中写小溪流不知疲倦地奔流的词句在童话中反复出现，造成了一种复沓的情感流动和跌宕的哲理意味；二是“循环反复”，故事情节转了几个弯，周而复始，终点又回到起点，如《渔夫和金鱼的故事》等，让整个故事在反复中深化；三是“三”的反复，如三个问题、三个考验、三个兄弟、三只小羊等都代表多数，是一种特殊的反复，强化某种问题的艰巨性或差异性。

童话的创作手法远远不止以上这几种。出于情节内容等方面的需要，同一篇童话中的创作手法也不是单一的。在一篇童话中交叉使用多种表现手法，是极为常见的。

第四节　童话教学的多样化教学方法探究

一、小学语文中童话教学存在的主要问题

（一）不注重培养想象力

以《卖火柴的小女孩》为例，在教师的引导之下，学生的体验可能更多地围绕小女孩的可怜而展开。教师只注重分析小女孩的不幸所反映出来的生存困境，而忽略了小女孩几次划火柴时产生的美妙幻想带来的短暂快乐。在具有宗教意识的安徒生看来，小女孩的灵魂与祖母一起飞向天国的情景是真实的。所以在原作里，安徒生用肯定的笔调写道：“没人知道她在怎样的光明中和她的祖母飞走了，飞进新的快乐中去了。”朱自强先生说：“我相信，《卖火柴的小女孩》的这部分笔墨在宣泄作家的创作欲求方面所发挥的作用，绝不亚于那些描写小女孩的悲惨生活的笔墨。”一些老师忽视了学生在阅读的过程中产生的种种情感体验：在深入地与文本对话后所产生的对情境的再现，对故事中人物的喜爱、同情和向往等美好的感情。这就限制了引导学生领会童话中的艺术形象，难以培养学生丰富的想象力。

（二）偏重于灌输知识

在童话教学时，老师们都注重思想教育和学习知识，却忽略了童话本身的艺术特点。请看童话课文《七颗钻石》的设计：课文中水罐一共发生了几次变化？每一次都是怎么变的？水罐为什么会发生多次变化？很多童话的教学只注重故事情节，忽视了其中蕴藏的深刻内涵。在教学过程中，老师总在用自己的标准评判作品中的事件与人物，对作品进行过多理性的分析和议论，而不是让学生自己去感悟、去判断童话所表现出来的真善美和假恶丑。

（三）忽视个性化阅读

儿童由于年龄与审美经验的不足，对文字的内涵往往难以把握。这就需要我们蹲下来，用儿童能够理解的方式去唤起他们的审美体验，激发他们的想象力，以使其充分感受童话的魅力。

二、针对小学语文童话教学中的弊端，我们认为小学语文教师应该根据童话的文本特点，在课堂教学中采用与之相适应的教学对策

（一）走进想象中的神奇意境

幻想是童话的基本特征。教师要引导学生走进作家编织的奇异的情节和营造的深厚幻想氛围中去。

（二）讲好关键处的核心内容

很多童话作品因为情节曲折，篇幅相对其他体裁的文体较长。教师在课堂教学中，应大胆创新，采用“长文短教”的办法。让学生自己去发现问题，讨论问题；启发学生积极思索，主动地理解课文。学生在把课文读正确、流利的基础上，提出疑难问题或不理解的词语和句子。教师梳理、归纳学生提出的问题后，引导学生带着问题去读书、去思考，想办法解决问题。教师只讲关键处，无需通讲课文。

（三）尊重个性化的阅读体验

学生面对同一篇作品，不同的心理基础和生活经验会导致其解读方式的不同，获得的体验和感悟也不同。阅读是学生个性化的行为，不应以教师的分析来剥夺学生的阅读实践和阅读体验。

（四）采用多样化的教学方式

1. 表演童话

童话教学切忌理性分析，要根据不同类型童话的特点，充分利用童话的幻想性和游戏精神来展开教学。通过表演，满足学生喜欢游戏的天性，增强学生对文本的真实体验，不但能够加深学生对课文内容的理解，而且能够提高学生学习语文的兴趣，培养学生敢于表现自我的勇气，锻炼学生的组织能力。

2. 改写和续编童话

小学生思维的发展正处于想象力发展的敏感期，教师应当根据学生的实际，让学生尽情展开想象，大胆想象，培养学生的想象力。如鼓励学生给童话改写结尾，更改人物的角色，从另外一个角度来重写童话等。通过这样的写作锻炼，有利于锻炼学生的表达能力，培养学生的创新思维。

3. 多元教学

给童话配音乐、配插图，利用多媒体课件，做游戏等都是童话教学的好方法。

4. 群文阅读

王林博士撰文称：“一种语文教学的新形式，一场语文教学静悄悄的变革正在国内语文教育界酝酿、思考、实践，这就是群文阅读。”2009 年，台湾的赵镜中教授在描述台湾课程改革后阅读教学的变化时曾提及“群文阅读”这个词：“学生的阅读量开始增加，虽然教师还是习惯于单篇课文的教学，但随着统整课程的概念推广，教师也开始尝试群文的阅读教学活动，结合教材及课外读物，针对相同的议题，进行多文本的阅读教学。”这段话里，出现了“群文”这个概念，并且大致描述了“群文阅读”的特征：同一个议题、多个文本、探索性教学。对于小学高年级的学生来说，教师可以在课堂给学生同时进行多个文本的探索性阅读。

5. 对比阅读

我们知道，选入语文教材的课文大部分都有不同程度的改写，教师也可以将教材中的课文与作品的原文进行对比阅读，从中可以让学生体会到作品的原汁原味。如窦桂梅老师的《丑小鸭》教学，将教材与安徒生童话的译文进行对比阅读，带给学生不一样的思考。

小学语文教师还需要加强童话教学的理论知识，需要多阅读古今中外的童话名篇，采用多样的方式来讲授童话。最重要的是，保持一颗童心来教学，这样才可以站在孩子的角度来解读童话，陪伴孩子走进童话世界，与孩子们一起分享其中的喜怒哀乐，帮助孩子实现心灵的成长。

第五节　童话阅读教学设计

一、童话的创作

根据童话艺术特征的要求，在创作童话过程中以下几点值得我们注意：

第一，应展开孩子式的想象，进行自由奇特的幻想。

一篇好的童话，之所以能具有非凡的魅力，往往是与它有丰富的想象、奇特的幻想分不开的。创作者在童话这个广阔的天地里，可以不受时间、空间的限制，自由选择对象进行大胆而丰富的想象。而这些想象除了不能离开现实生活的土壤外，还必须符合儿童的心理状态。也就是说，作者要善于用儿童那种稚气的、充满好奇的眼光来观察世界，用儿童的心灵来思考、感受客观世界。凭借儿童独有的心理、情绪、思维方式去展开想象。借助幻想去塑造并不存在于现实生活中却又具有现实意义的形象。

第二，要构思新奇有趣的情节和奇特的人物，调动多种艺术手段。

新奇有趣的情节，应由童话中人物的行动来组成一个接一个的活动场面。构思这些活动场面要尽量新颖、巧妙、奇特，这样才能吸引小读者的注意力，童话中还应设置奇特的人物，或外形奇特，或有奇特的本领，或有奇特的经历。这样的人物不仅有利于引起小读者注意，还能满足他们的好奇心。

童话的多种艺术手段中更应该重视夸张和拟人手法的运用。没有夸张，幻想就会失去光彩。年龄越小的孩子越喜欢拟人化的童话。通过强烈的夸张和拟人化的艺术手法来表现虚构的幻想境界，突出神奇的童话形象，能使儿童感到紧张有趣、亲切可信。当然，其他的手法也应注意交叉运用。

二、作品选读

（一）部编版一年级上册

小蜗牛

蜗牛一家住在小树林的旁边。

春天来了，蜗牛妈妈对小蜗牛说："孩子，到小树林里去玩吧，小树发芽了。"

小蜗牛爬呀，爬呀，好久才爬回来。它说："妈妈，小树长满了叶子，碧绿碧绿的，地上还长着许多草莓呢。”

蜗牛妈妈说:“哦,已经是夏天了!快去摘几颗草莓回来。”

小蜗牛爬呀,爬呀,好久才爬回来。它说:“妈妈,草莓没有了,地上长着蘑菇,树叶全变黄了。”

蜗牛妈妈说:“哦,已经是秋天了!快去采几个蘑菇回来。”

小蜗牛爬呀,爬呀,好久才爬回来。它说:“妈妈,蘑菇没有了,地上盖着雪,树叶儿全掉了。”

蜗牛妈妈说:“哦,已经是冬天了!你就待在家里过冬吧。”

【点评】

这是一篇富有童趣的科普童话,以一只可爱的小蜗牛和它慈爱的妈妈之间有趣的对话展开故事情节。小蜗牛在妈妈的提示下去树林玩,由于爬得慢,总是错过原来的季节,却看到了下一个季节的风景。文中借小蜗牛先后三次去树林的故事,帮助儿童了解四季的不同特色以及蜗牛爬得慢的习性。

(二)部编版一年级下册

树和喜鹊

从前,这里只有一棵树,树上只有一个鸟窝,鸟窝里只有一只喜鹊。

树很孤单,喜鹊也很孤单。

后来,这里种了好多好多树,每棵树上都有鸟窝,每个鸟窝里都有喜鹊。

树有了邻居,喜鹊也有了邻居。

每天天一亮,喜鹊们叽叽喳喳叫几声,打着招呼一起飞出去了。天一黑,他们又叽叽喳喳地一起飞回窝里,安安静静地睡觉了。

树很快乐,喜鹊也很快乐。

【作者简介】

金波,原名王金波,生于1935年,著名的儿童文学作家。著有《小树叶童话》《金海螺小屋》《苹果小人儿的奇遇》等作品。

【点评】

《树和喜鹊》是一篇童话,向我们展现了三个画面:一棵树和一只喜鹊孤单地生活;后来这里有了许多树、许多鸟窝、许多喜鹊;喜鹊们和树快乐地生活着。随着画面的不断丰富,树和喜鹊由单个变成群体,由孤单变得快乐,故事生动形象地告诉学生:每个人都需要朋友,有朋友才会快乐!全文共6个自然段,每两个自然段讲述一个画面,结构相似,条理清晰,语言简洁。

(三)部编版二年级上册

小蝌蚪找妈妈

池塘里有一群小蝌蚪,大大的脑袋,黑灰色的身子,甩着长长的尾巴,快活地游来

游去。

小蝌蚪游哇游，过了几天，长出两条后腿。他们看见鲤鱼妈妈在教小鲤鱼捕食，就迎上去，问："鲤鱼阿姨，我们的妈妈在哪里？"鲤鱼妈妈说："你们的妈妈四条腿，宽嘴巴。你们到那边去找吧！"

小蝌蚪游哇游，过了几天，长出两条前腿。他们看见一只乌龟摆动着四条腿在水里游，连忙追上去，叫着："妈妈，妈妈！"乌龟笑着说："我不是你们的妈妈。你们的妈妈头顶上有两只大眼睛，披着绿衣裳。你们到那边去找吧！"

小蝌蚪游哇游，过了几天，尾巴变短了。他们游到荷花旁边，看见荷叶上蹲着一只大青蛙，披着碧绿的衣裳，露着雪白的肚皮，鼓着一对大眼睛。

小蝌蚪游过去，叫着："妈妈，妈妈！"青蛙妈妈低头一看，笑着说："好孩子，你们已经长成青蛙了，快跳上来吧！"他们后腿一蹬，向前一跳，蹦到了荷叶上。

不知什么时候，小青蛙的尾巴已经不见了。他们跟着妈妈，天天去捉害虫。

【作者简介】

方惠珍，上海南京西路幼儿园园长。盛璐德（1912—1985），上海南京西路幼儿园老师。长期从事幼儿教育，在教学实践中创作了不少音乐、游戏、儿歌和诗歌等教材。

【点评】

《小蝌蚪找妈妈》是一篇成功的科学童话。它以找妈妈为主要线索（把青蛙的幼体——小蝌蚪，写成一个充满稚气的小孩子，让他自己去找妈妈——青蛙），巧妙地运用"误会法"，塑造了一批和蔼可亲、乐于助人的动物形象，有在水里划来划去的鸭子、嘴巴又阔又大的金鱼、四条腿的大乌龟、白肚皮的大螃蟹，他们和"青蛙妈妈"有点相像，但又不是小蝌蚪的妈妈。故事情节在小蝌蚪一次次的误会中发展，不仅生动地介绍了青蛙的外形特征、成长过程，还教育孩子看问题不能片面，不要以局部代替全部。该作品于 1962 年拍成水墨动画片，在国际影坛上获得了很高评价。

（四）部编版二年级下册

小马过河

马棚里住着一匹老马和一匹小马。

有一天，老马对小马说："你已经长大了，能帮妈妈做点事吗？"小马连蹦带跳地说："怎么不能？我很愿意帮您做事。"老马高兴地说："那好啊，你把这半口袋麦子驮到磨坊去吧。"

小马驮起口袋，飞快地往磨坊跑去。跑着跑着，一条小河挡住了去路，河水哗哗地流着。小马为难了，心想：我能不能过去呢？如果妈妈在身边，问问她该怎么办，那多好啊！可是离家很远了。

小马向四周望望，看见一头老牛在河边吃草，小马嗒嗒嗒跑过去，问道："牛伯伯，请您告诉我，这条河，我能蹚过去吗？"老牛说："水很浅，刚没小腿，能趟过去。"

小马听了老牛的话，立刻跑到河边，准备蹚过去。突然从树上跳下一只松鼠，拦住他大叫："小马！别过河，别过河，你会淹死的！"小马吃惊地问："水很深吗？"松鼠认真地说：

“深得很哩！昨天，我的一个伙伴就是掉在这条河里淹死的！”

小马连忙收住脚步，不知道怎么办才好。他叹了口气，说：“唉！还是回家问问妈妈吧！”

小马甩甩尾巴，跑回家去。妈妈问他：“怎么回来啦？”小马难为情地说：“一条河挡住了去路，我……我过不去。”妈妈说：“那条河不是很浅吗？”小马说：“是啊！牛伯伯也这么说。可是松鼠说河水很深，还淹死过他的伙伴呢！”妈妈说：“那么到底是深还是浅呢？你仔细想过他们的话吗？”小马低下了头，说：“没……没想过。”妈妈亲切地对小马说：“孩子，光听别人说，自己不动脑筋，不去试试，是不行的。河水是深是浅，你去试一试就知道了。”

小马跑到河边，刚刚抬起前蹄，松鼠又大叫起来：“怎么？你不要命啦！”小马说：“让我试试吧！”他下了河，小心地蹚到了对岸。原来河水既不像老牛说的那样浅，也不像松鼠说的那样深。

【作者简介】

彭文席(1925—2009)，浙江瑞安人，乡村中小学教师、作家。结合自己在教学工作和生活中积累的经验，彭文席写出了《小马过河》这篇名作。《小马过河》是一篇生动有趣又富有哲理的低幼童话，在第二届全国少儿文艺创作评奖中获一等奖。

【点评】

作品成功地塑造了小马和老马两个感人的艺术形象。小马幼稚、无知，但自信、好问，是一个活灵活现的幼儿形象。老马不仅像所有母亲一样爱孩子、了解孩子，而且教子有方，是一个相当完美的母亲形象。小河的深浅在不同动物那里有不同的说法，小马向妈妈请教，妈妈没有直接告诉它答案，而是鼓励它“去试一试”，从而让小马从自己的亲身实践中得出河水“深”“浅”的概念，并从中明白了一个道理：做任何事情，“光听别人说，自己不动脑筋，不去试试，是不行的”。

(五) 部编版三年级上册

总也倒不了的老屋

老屋已经活了一百多岁了，它的窗户变成了黑窟窿，门板也破了洞，很久很久没人住了。

“好了，我到了倒的时候了！”它自言自语着，准备往旁边倒去。

“等等，老屋！”一个小小的声音在它门前响起，“再过一个晚上，行吗？今天晚上有暴风雨，我找不到一个安心睡觉的地方。”

老屋低下头，把老花的眼睛使劲往前凑：“哦，是小猫啊。好吧，我就再站一个晚上。”

第二天，天亮了，小猫从门上的破洞跳了出来：“再见，谢谢！”

老屋说：“再见！好了，我到了倒下的时候了！”

“等等，老屋！”一个小小的声音在它门前响起，“再过二十一天，行吗？主人想拿走我的蛋，可是我想孵小鸡，我找不到一个安心孵蛋的地方。”

老屋低头看看，墙壁吱吱呀呀响：“哦，是老母鸡啊。好吧，我就再站二十一天。”

二十一天后，老母鸡从破窗户里走了出来，九只小鸡从门板下面叽叽叫着钻了出来：

“叽叽，谢谢！”

老屋说：“再见！好了，我到了倒下的时候了！”

“等等，老屋！”一个小极了的声音在它门前响起，不注意根本听不到，“请再站一会儿吧，我肚子好饿好饿，外面的树被砍光了，我找不到一个安心织网抓虫的地方。”

老屋低头看看，眼睛眯成一条缝：“哦，是小蜘蛛啊。好吧，我就再站一会儿。”

小蜘蛛飞快地爬进屋子，在屋檐上织了一张又大又漂亮的网。偶尔有虫子撞到了网上，小蜘蛛马上爬过去把虫子吃掉。

“小蜘蛛，你吃饱了吗？”老屋问。

“没有，没有。”小蜘蛛一边忙着补网，一边回答，“老屋老屋，我给你讲个故事吧！”

老屋想，这倒很有意思。于是它就开始听小蜘蛛讲故事。

小蜘蛛的故事一直没讲完，因此，老屋到现在还站在那边晒太阳，边听小蜘蛛讲故事。

【作者简介】

慈琪，女，1992 年出生，16 岁加入浙江省作家协会。自幼爱好读书，06 年开始创作，从此走上文学之路。创作内容涉及童话、诗歌、散文、小说等。2010 年获得冰心新作奖。

【作品点评】

《总也倒不了的老屋》以学生喜爱的童话故事作为学习预测方法的载体，讲述了老屋与小猫、老母鸡和小蜘蛛之间的故事。本文题目新奇，“总也倒不了”与“老屋”之间形成的语言张力，为学生提供了巨大的预测空间。文中各部分情节的相似性为学生预测故事的发展提供了方法上的指引。文中老屋和小动物的语言、动作与心理等细节的描写具有相似性，为学生的预测提供了依据。故事的结尾出人意料，也为阅读和预测增添了乐趣。

三、教学设计案例

童话是儿童最喜爱的儿童文学样式，近年编写的小学语文教材中，童话的选入量有明显的增加，但多数不是以童话原作形式呈现，而是经过了故事化改写。童话故事作为语文教学的文本，虽然不是完全的童话，教师还是需要将相关的教学建立在童话艺术欣赏的基础上，以区分其他体裁作品的阅读教学。

《小蝌蚪找妈妈》教学设计

【教材分析】

《小蝌蚪找妈妈》是一篇成功的科学童话。它以找妈妈为主要线索（把青蛙的幼体——小蝌蚪写成一个充满稚气的小孩子，让他自己去找妈妈——青蛙），巧妙地运用“误会法”，塑造了一批和蔼可亲、乐于助人的动物形象，有在水里划来划去的鸭子、嘴巴又阔又大的金鱼、四条腿的大乌龟、白肚皮的大螃蟹，他们和“青蛙妈妈”有点相像，但又不是小蝌蚪的妈妈。故事情节在小蝌蚪一次次的误会中发展，不仅生动地介绍了青蛙的外形特征、成长过程，而且教育孩子看问题不能片面，不要以局部代替全部。

【学情分析】

二年级的学生，具备一定的生活常识，对大自然充满了好奇之心，对这种科普童话具有天然的兴趣。在教学中，教师要充分利用这一学情，鼓励学生通过各种途径搜集相关资料，了解蝌蚪长成青蛙的过程并指导学生深入阅读课文，找出蝌蚪长成青蛙的几个关键变化，整体把握故事情节并在学生熟读课文、理解课文的基础上对学生进行分角色朗读和讲故事的指导。

【教学目标】

1. 认识“塘、脑”等 14 个生字，读准多音字“教”，会写“两、哪”等 10 个生字，会写“快活、哪里”等 8 个词语。

2. 能分角色朗读课文。借助图片、表示时间变化的句子、表示动作的词语，了解课文内容。

3. 结合课文内容，借助课文图片，按照顺序说清楚蝌蚪成长的变化过程，能看图讲小蝌蚪找妈妈的故事。

4. 通过分角色朗读和讲述故事，感受小蝌蚪遇事主动探索的精神，增强阅读科学童话的兴趣。

【教学重点】

1. 能分角色朗读课文。借助图片、表示时间变化的句子、表示动作的词语，了解课文内容。

2. 结合课文内容，借助课文图片，按顺序说清楚蝌蚪成长的变化过程，能看图讲小蝌蚪找妈妈的故事。

【教学难点】

通过分角色朗读和讲述故事，感受小蝌蚪遇事主动探索的精神，增强阅读科学童话的兴趣。

【教具准备】

课件；小蝌蚪、小青蛙的相关知识。

【课时安排】

2 课时。

【教学过程】

第一课时

一、猜谜激趣，引入新课

1. 教师出示一则迷语。

大脑袋，长尾巴，

穿着一件黑衣裳，

常在水中游啊游，

长大以后吃害虫。

学生自主朗读并猜出迷底是“小蝌蚪”。（教师相机板书“小蝌蚪”）

2. 教师出示小蝌蚪的图片，学生观察并说说蝌蚪长什么样子。

3. 教师过渡：这群可爱的小蝌蚪在水里游来游去，它们究竟想干什么呢？

今天老师就和同学们一起学习一篇新的课文《小蝌蚪找妈妈》。请伸出小手，和老师一起把课题补充完整。（板书：找妈妈）

4. 读了课题你想知道什么？就让我们带着这些问题一起走进课文吧！请同学们打开书。

二、初读课文，自主识字

1. 自读课文，圈出不认识的生字。

2. 同桌合作，读准每个字音。

出示学习建议：

(1) 同桌先互相教一教不认识的字。

(2) 然后再读一读。先读一遍课文。再读一遍认字表的生字。

老师发现，同学们越来越会合作学习了！课文中的字音都能读准了吗？细心的同学一定发现在认字表中有一个蓝色的字，它是多音字。

3. 学习多音字："教"。

(1) 出示：认字表。

查字典，根据字义，辨析"教"字两个读音用法，并组词。

让我们把这个字送到课文的句子中读一读，看看它读哪个音呢？

(2) 出示句子，指名读，齐读。

他们看见鲤鱼妈妈在教小鲤鱼捕食，就迎上去，问："鲤鱼阿姨，我们的妈妈在哪里？"

4. 课文中还有很多词语朋友和我们捉迷藏呢，让我们开着小火车把它们找出来吧！在火车头的带领下，你们的小火车开得可真快呀！

5. 读整屏词语。

池塘　脑袋　黑灰色　哇　捕食　迎上去　阿姨

宽嘴巴　乌龟　头顶　披着　鼓着　两条

哪里　眼睛　肚皮　孩子　跳上来

6. 分组识词，巩固字音。

(1) 图片识词。

池塘　水塘　鱼塘　荷塘

仔细观察图，你有什么发现？

它们都是有水的池子。

对，这就是"塘"。小蝌蚪就生活在池塘里。看，它来了，还给咱们带来了一些词语。男生读一个，女生读一个。

(2) 小蝌蚪送词。

脑袋　口袋　袋子　袋鼠

这些词中都有"袋"，是衣兜或用布、皮等做成的盛东西的器物。

指名读前两个词，强调"袋"读轻声。

指名读后两个词，强调"袋"读四声。

齐读四个词语。

再读一读这个词语:黑灰色。

这是描写小蝌蚪样子的词语。小蝌蚪长什么样?我们一起来读一读句子中变红的部分,把它的样子记在心里。

池塘里有一群小蝌蚪,大大的脑袋,黑灰色的身子,甩着长长的尾巴,快活地游来游去。

(3) 迎上去　追上去

你有什么发现?(迎和追都带有"辶",和行走有关)

把这两个词语放回到句子中读一读,边读边想一想:什么是"迎",什么是"追"。(左三组读第一句,右三组读第二句)

他们看见鲤鱼妈妈在教小鲤鱼捕食,就迎上去,问:"鲤鱼阿姨,我们的妈妈在哪里?"

他们看见一只乌龟摆动着四条腿在水里游,连忙追上去,叫着"妈妈,妈妈!"

谁来说一说什么是"迎",什么是"追"。

出示图:同学们,你们看小蝌蚪向着鲤鱼妈妈面对面游过去,就是"迎"。

出示词语:(齐读)如:欢迎、迎接、迎风、迎面

同学们,你们看小蝌蚪在乌龟的后面加快速度赶上去,就是"追"。

再读一读这两个字:追迎。

看小蝌蚪甩着长长的尾巴,又给我们带来了什么?

(4) 出示表示动作的词语。

甩着(长长的尾巴)

这几个词语是描写谁的样子时用到的?(青蛙)谁能补充完整。

披着(碧绿的衣裳)

露着(雪白的肚皮)

鼓着(大大的眼睛)

你能仿照例子用"甩、披、露、鼓"这几个表示动作的词语说句话吗?

让我们把这些短语送回到句子中,一起读一读,记住小青蛙的样子。

他们游到荷花旁边,看见荷叶上蹲着一只大青蛙,披着碧绿的衣裳,露着雪白的肚皮,鼓着一对大眼睛。

三、游戏识字,巩固字音

1. 抽读字卡。

(1) 两　皮　孩　哪

组词:皮孩

形近字区分:

哪:表示疑问。(哪里)(哪个)(哪样)

那:表示较远的人或事物。(那边)(那里)(那个)

(2) 宽——积累反义词"窄"。

2. 字形小魔术。

四、观察字形,指导写字

1. 读"顶、肚、眼、睛、跳、孩、哪"。

2. 整体观察，抓特点。

一看结构抓特点：

左右结构，左窄右宽，左右一家。

二看占位抓重点："顶"和"跳"字：最后一点是点。

"睛"右边"青"字下边的"竖"压竖中线。

"顶"右边"页"字的"竖"压竖中线近竖中线起笔。

"孩"：最后一点是点。

跳"右边"兆"字的"竖撇"压竖中线。

三看笔顺记心间：书空。

3. 自己书写生字。

4. 展示评价。

五、再读课文，了解大意

1. 让我们把生字词送到课文中再读课文，要求：字音读准，句子读通顺。边读，边标出自然段。

2. 反馈自然段。(6个)

3. 指名分段读课文，其他学生边听边思考：小蝌蚪在找妈妈的过程中，遇到了哪些小动物？

4. 交流汇报，适时小结。

小蝌蚪在找妈妈的过程中，遇到了________，________和________。

六、回扣质疑，延续下文

小蝌蚪在找妈妈的过程中，遇到的这些小动物说了些什么？他们最后是怎样找到妈妈的？他们的身体又发生了什么样的变化？下节课我们继续学习。

第二课时

一、复习词语，导入新课

1. 选择读音，巩固用法。

教师(jiào　jiāo)　　　　教书(jiào　jiāo)

教课(jiào　jiāo)　　　　教育(jiāo　jiào)

2. 复现词语，巩固读音。

披着　鼓着　脑袋　眼睛　孩子　宽嘴巴　两条肚皮

二、观察字形，指导书写

1. 读"两、宽、皮"3个字。

2. 整体观察，抓特点。

一看结构抓特点：

宽：上下结构，上宽下窄。

皮、两：独体字，居于田格中间。

二看占位抓重点：

"宽"：最后一笔是竖弯钩。

“两”：里面的两个人字，第二笔是点。

“皮”：第一笔是横钩，第二笔是竖撇，第三笔“竖”压竖中线。

三看笔顺记心间：书空。

3. 自己书写生字。

4. 展示评价。

5. 书写“快活、哪里”等8个词语。

今天的字我们就写到这里，把小铅笔放回家。

三、承接质疑，理解课文

师：小蝌蚪在找妈妈的过程中，不仅身体发生了很多的变化，而且还发生了很多有趣的事，这节课就让我们一起跟随可爱的小蝌蚪，踏上寻找妈妈的旅程吧！请同学们打开书。

小蝌蚪开始长什么样？谁来给大家读一读。（板书：小蝌蚪）

（一）学习第1自然段，熟悉蝌蚪的样子

1. 指名学生朗读第1自然段，其他学生认真倾听，想一想小蝌蚪的样子。

2. 指名学生交流。

小蝌蚪的样子多可爱呀！

3. 看着图片，带着体会一起来读一读。

池塘里有一群小蝌蚪，大大的脑袋，黑灰色的身子，甩着长长的尾巴，快活地游来游去。

（二）学习第2自然段，了解第一次找，体会好奇的心情

过渡：这么快活的小蝌蚪，在池塘里游来游去，过了几天，他们的身体发生了什么变化？他们看见鲤鱼阿姨说了什么？做了什么？（板书：鲤鱼）

1. 先出示第2自然段。

出示学习提示：

1. 用圆圈画出小蝌蚪说的话，用波浪线画出鲤鱼妈妈说的话。

2. 用圆圈圈出表示小蝌蚪动作的词语。

(1) 自己朗读课文，边读边思考问题，并进行批注。

(2) 反馈问题。

① 交流小蝌蚪的身体发生什么变化，出示第2自然段句子：

小蝌蚪游哇游，过了几天，长出了两条后腿。

学生读画线的句子，老师顺势板书：长出两条后腿。

② 订正句子，圈动词。（板书：迎）

小蝌蚪游哇游，过了几天，长出了两条后腿。他们看见鲤鱼妈妈在教小鲤鱼捕食，就迎上去，问：“鲤鱼阿姨，我们的妈妈在哪里？”鲤鱼妈妈说：“你们的妈妈四条腿，宽嘴巴。你们到那边去找吧！”

3. 分角色朗读对话。

(1) 指两名学生朗读对话。

(2) 读变红的词语：阿姨。

(3) 指导朗读对话。

小蝌蚪称呼鲤鱼为阿姨,多么有礼貌呀！这句话该怎么读呢？男生来读一读小蝌蚪说的话。

听到小蝌蚪这么有礼貌地询问自己的妈妈,鲤鱼阿姨耐心地说——女声接读:“你们的妈妈四条腿,宽嘴巴。你们到那边去找吧!”

4. 师生分角色读第 2 自然段。

5. 初步了解妈妈的样子。

听了鲤鱼阿姨的话,小蝌蚪知道了妈妈长的样子,他们继续去寻找妈妈。

(三) 学习第 3 自然段,了解第二次找,体会找错的情感

在找妈妈的过程中,他们的身体发生了什么变化？他们看见乌龟说了什么？做了什么？(板书:乌龟)

出示第 3 自然段,再出示学习提示:

1. 用圆圈画出小蝌蚪说的话,用波浪线画出乌龟说的话。

2. 用圆圈圈出表示小蝌蚪动作的词语。

(1) 自己读第 3 自然段,边读边批注。

(2) 反馈问题。

① 交流小蝌蚪的身体发生什么变化,出示第 3 自然段变红的句子:

小蝌蚪游哇游,过了几天,长出了两条前腿。

(学生读变红的句子,老师顺势板书:长出两条前腿)

② 订正句子,圈动词。(板书:追)

小蝌蚪游哇游,过了几天,长出了两条前腿。他们看见一只乌龟摆动着四条腿在水里游,连忙追上去,叫着:“妈妈,妈妈!”乌龟笑着说:“我不是你们的妈妈。你们的妈妈头顶上有两只大眼睛,披着绿衣裳。你们到那边去找吧!”

3. 小蝌蚪为什么把乌龟当成了妈妈？

【预设】联系上文鲤鱼阿姨说的话“你们的妈妈四条腿,宽嘴巴。”乌龟也是这个样子。

4. 创设情境,有感情地朗读。

原来妈妈在这里,小蝌蚪连忙追上去,(激动地)叫着:“妈妈,妈妈!”

看到自己的妈妈,小蝌蚪连忙追上去,(兴奋地)叫着:“妈妈,妈妈!”

终于找到自己的妈妈,小蝌蚪连忙追上去,(喜出望外地)叫着:“妈妈,妈妈!”

满心欢喜的小蝌蚪,以为真的找到了妈妈,可是乌龟笑着说——男生接读:“我不是你们的妈妈。你们的妈妈头顶上有两只大眼睛,披着绿衣裳。你们到那边去找吧!”

5. 男女生分角色读第 3 自然段。

听了乌龟的话,小蝌蚪更加清楚妈妈长的样子了,他们继续去寻找妈妈。

(四) 合作 4～5 自然段,了解第三次找,感悟找到妈妈后的心情

在找妈妈的过程中,他们的身体发生了什么变化？他们看见的青蛙什么样？小蝌蚪做了什么？

1. 指名学生读第 4～5 自然段,其他同学想一想:小蝌蚪的身体发生了什么变化？

2. 交流反馈。

学生读句子,教师顺势板书:尾巴变短了。

小蝌蚪游哇游,过了几天,尾巴变短了。

3. 小蝌蚪看见的青蛙是什么样?(板书:游青蛙)

出示描写青蛙的句子:

他们游到荷花旁边,看见荷叶上蹲着一只大青蛙,披着碧绿的衣裳,露着雪白的肚皮,鼓着一对大眼睛。

4. 看到妈妈后,小蝌蚪和妈妈说了什么?

左三组和右三组分角色读一读小蝌蚪和青蛙妈妈的对话。

左三组:"妈妈,妈妈!"

右三组:"好孩子,你们已经长成青蛙了,快跳上来吧!"

5. 听了妈妈的话,小蝌蚪立刻——齐读。

他们后腿一蹬,向前一跳,蹦到了荷叶上。

(1) 读一读变红的词语,你有什么发现?(足字旁,与脚的动作有关。)

(2) 你们也做一做这几个动作。

6. 同学们,小蝌蚪找呀找呀,终于找到了自己的妈妈。当他们看到妈妈的时候,他们会说些什么?心情怎样?

【预设 1】假如我是小蝌蚪,我会说:"妈妈,妈妈,我们终于找到你了,真开心呀!"

【预设 2】假如我是小蝌蚪,我会说:"妈妈,我们的身体变化真大呀!"

同学们通过观察图,能够展开丰富的想象,说得真好!让我们一起再来读一读第 5 自然段。

(五) 学习第 6 自然段,了解青蛙的本领,激发情感

小青蛙蹲在荷叶上,不知什么时候尾巴不见了。(板书:尾巴不见了)

他们做了什么事情?

1. 齐读第 6 自然段。

2. 反馈问题。

(板书:跟捉害虫)

3. 拓展延伸,激发情感。

出示资料:一只青蛙每天能吃大约 100 只害虫,它们是庄稼的好帮手,人类的好朋友。

多能干的小青蛙呀,我们一定要保护青蛙。

四、回归文本,练习分角色朗读课文

1. 四人一小组,分别扮演小蝌蚪、鲤鱼阿姨、乌龟、青蛙。练习分角色朗读。老师巡视指导不同人物的语气。

2. 展示汇报,一生当旁白,一个小组展示。

五、梳理小蝌蚪成长为青蛙的过程,看图讲故事

1. 读文中的句子。

小蝌蚪游哇游,过了几天,长出了两条后腿。

小蝌蚪游哇游,过了几天,长出了两条前腿。

小蝌蚪游哇游,过了几天,尾巴变短了。

不知什么时候，小青蛙的尾巴已经不见了。

2. 根据小蝌蚪的生长变化，完成书第四页第二题。

(1) 按照顺序自己连连图片。

(2) 看图用自己的话说说小蝌蚪长成青蛙的过程。

池塘里有一群小蝌蚪，他们游哇游，过了几天，长出了两条（　　），又过了几天，长出了两条（　　），没过多久，（　　）变短了，最后，（　　）不知不觉地不见了，变成了一只只（　　）。

(3) 根据过程讲讲小蝌蚪找妈妈的故事。

六、拓展延伸，升华主题

1. 用图片介绍青蛙成长的过程。

2. 同学们，青蛙的成长过程就是繁衍生息。像这样的科学小故事还有很多，如：蚕的生长，蝴蝶的生长等。我们只要留心观察，就会发现我们的身边处处有科学，让我们一起去探索，去发现吧！

【板书设计】

小蝌蚪找妈妈

小蝌蚪→长出两条后腿→长出两条前腿→尾巴变短了→尾巴不见了（变成了青蛙）

[思考与练习]

1. 什么是童话？童话有什么特征？

2. 试举例说明童话的三种形象类型。

3. 朗读作品选读中的所有童话作品。

第九章 寓　言

寓言是一种历史悠久并独具个性的文学体裁。它起源于民间，将深刻的哲理和教训寄寓在简短生动的故事里，是劳动人民集体智慧的结晶，也随着人类思维进程的成熟而渐趋完善。寓言在长期的历史发展中，与童话相互渗透、借鉴与融合，我们要注意区分二者在内容和形式上的不同。

第一节　寓言概说

一、寓言的概念

寓言是种寄托着深刻含义的简短故事。作者把深刻的道理或某种教训通过一个生动有趣的小故事巧妙地表达出来。

“寓言”这一名称，在我国最早见于《庄子》。《庄子》言：“寓言十九，借外论之。”陆德明的解释是：“寓，寄也。以人不信己，故托之他人，十言而九见信。”意即假托他人之语，陈说自己之意。可见，“寓言”这一概念在当时还不是一种文体，而是借他人所说的话。此后，人们对寓言的概念作了许多宽泛的理解，也出现过诸如偶言、储说、譬喻、况义等称呼。1902 年，林纾与严培南、严璩兄弟合译出版了《伊索寓言》。1917 年，茅盾整理出版了《中国寓言(初编)》。至此，中国学术界对寓言的称呼得到了统一。

二、寓言的历史起源

寓言起源于民间，是从神话传说和动物故事演化而来的一种文体。寓言对神话传说有所继承和借鉴，采用了神话中的许多情节和角色。我们可以从古希腊和我国先秦寓言中找到神话与寓言之间渊源关系的轨迹。如《伊索寓言》中出现了许多希腊、罗马神话中的神的形象，我国先秦寓言中所出现的古皇氏名有几十之多，都是神话传说中的人物。尽管寓言与神话有一脉相承的关系，但是有明显的不同。神话是幼稚蒙昧的人类对自然、社会幻想性的解释，寓言却是逐渐走向成熟的人类对自己的生活及自然社会理性的发现，是趋向于自觉地认识生活的艺术反映。

动物故事是它的源泉。原始人的生活和动物极为密切，动物不仅直接影响着靠渔猎维持生活的人们的经济生活，而且进入了他们的精神生活之中。人类在熟悉动物生活，细致观察它们的形态、习性中，发现动物与人之间的某些相似之处，于是便通过想象赋予动物某些人的性格，把动物“人格化”，借以展现自己的理想，传达要说明的事理。

寓言在世界上有三大主要发祥地，即希腊、印度和中国。《伊索寓言》被誉为西方寓言的始祖，原是古希腊流传的讽刺故事，后人经过加工整理，统统汇集在公元前6世纪寓言作者伊索名下。它的出现，奠定了寓言作为一种文学体裁的基石。在欧洲文学史上有着极其深远而广泛的影响，一再成为后世寓言创作的蓝本。

印度寓言是世界寓言史上的又一座高峰。公元前6世纪问世的《五卷书》是古印度对世界影响最大的一部寓言童话故事集。它是古印度为宫廷孩子阅读而采编的，作为对王室后裔进行知识教育的工具。《五卷书》包含了很多生活中的哲理，有许多教人处世的道理，教诲的目的很明确。

与《五卷书》同时代出现的《百喻经》是天竺僧人伽斯那所撰。据说是佛说法时，有五百个不信佛教的人向佛提出种种问难，佛便举了98个譬喻质疑解答，后来便成了《百喻经》。其实这些故事可能原来流传于民间，作者只是加以收集、借题发挥，用以譬解宗教道理而已。《百喻经》的文字简单，故事生动有趣，可称得上是一部好的寓言集。

中国寓言的历史更为悠久，大约产生于先秦时期。比伊索寓言产生的时代早五百多年。在两千多年的漫长历史中，寓言经历了不同的发展阶段。先秦是中国古代寓言产生和蓬勃发展的时期。当时的寓言作品集中在诸子散文里，诸子百家为阐述哲理和自己的政治观点，并说服君主，他们在言谈辩论中大量引用神话传说、民间故事和历史典故，引譬设喻，使听者喜闻乐道、心悦诚服。如《孟子》中的《揠苗助长》《五十步笑百步》，《庄子》中的《庖丁解牛》《涸泽之鱼》，《韩非子》中的《滥竽充数》《郑人买履》，《吕氏春秋》中的《刻舟求剑》，《列子》中的《愚公移山》《杞人忧天》，《战国策》中的《画蛇添足》《狐假虎威》等，内容生动，寓意深刻。但寓言在当时还属于散文的附庸，并不是独立的文体。

两汉寓言的题材和手法大多沿袭先秦，作品基本包含于刘向的《说苑》《新序》和《淮南子》等著作中。《螳螂捕蝉》《叶公好龙》《塞翁失马》等，还有《对牛弹琴》《杯弓蛇影》都是脍炙人口之作。

魏晋南北朝是中国历史上的一个重大转变时期，哲学上、文学上、艺术上都有明显的过渡性质，其寓言的创作也是一样。邯郸淳的《笑林》开创了后世笑话体寓言的先河。志怪小说《搜神记》和轶事小说《世说新语》中都包含了寓言作品。

到了唐宋，中国古代寓言创作出现第二个高潮时期。其特点是寓言的讽刺性加强而哲理性减弱，古文运动的领袖人物都创作过寓言。如韩愈的《毛颖传》，柳宗元的《黔之驴》《临江之麋》和《永某氏之鼠》，欧阳修的《卖油翁》，苏轼的《小儿不畏虎》等。最具历史意义的是，寓言在这一时期摆脱了附庸地位，取得了独立的文体地位。

明代，又掀起两次寓言创作高潮。此时期出现了有卓越成就的寓言作家刘基、宋濂、刘元卿等，出现了寓言专著刘基的《郁离子》，宋濂的《燕书》《龙门太子凝道记》等。

中国现代寓言创作既继承了古代寓言的优秀传统，又接受了外国寓言的影响。鲁迅、胡适、茅盾、郑振铎等五四时期的名家巨匠都创作、翻译过寓言作品。现代著名文学家冯雪峰的《雪峰寓言》具有很强的针对性和战斗性。严文井、何公超、陈伯吹、聂绀弩等的寓言创作也取得了丰硕成果，新中国成立后新一代的寓言家、不同风格的寓言作品一批批涌现。湛卢、申均之、黄瑞云等的作品丰富了中国寓言的创作。

第二节　寓言的特征

一、寓意明确突出

故事和寓意是寓言必须具备的两个部分。法国著名寓言作家拉·封丹曾对此有过形象的阐释:“一个寓言,可以分作身体与灵魂两部分,所述说的故事,好比身体,所给予人的教训,好比灵魂。”寓意是寓言所包含的道理。寓言的寓意通常由作者直接点示出来。如《天鹅、梭子鱼和虾》一开头就点明:“合伙的人不一致,事业就会搞得糟糕;虽然自始至终担心着急,还是一点儿进展也没有。”《猫和厨子》的结尾说:“碰上这样的厨子,我一定要对他说道,该在你的厨房的墙壁上写着:奉命绝对不说空话,因为猫儿不应该用空话来管教的。”但是,寓意也有不直接点示出来的,这要由作者根据创作的需要而定。

寓言的寓意是肯定的、明确的,寓言最突出的特点就在于寓言作者都是直言不讳地表现自己对生活的真知灼见和审美评价。寓言比其他任何体裁的文学作品都更准确地表现出作者的观点看法。

二、比喻形象生动

寓言既然是假托故事来寄寓哲理,那就要求这故事必须具有明显的譬喻性质,正是在这个意义上,黑格尔在《美学》中将寓言归纳为“比喻的艺术形式,自觉的象征表现”。用严文井的话说,寓言是“用巧妙的比喻做成”的。伊索寓言里有一则家喻户晓的《狐狸与葡萄》,稍有动物常识的人都知道,狐狸是肉食动物,从来不会垂涎于葡萄,而寓言中却写成狐狸吃不到葡萄而说葡萄是酸的,这显然违反了“物”性,但读者都乐于接受。其原因是寓言在本质上只是一种比喻,一种影射,它所追求的不是故事本身的真实性,而是将整个故事当作一个比喻,来借此喻彼,以突现寓意。所以应注意到由于拟人化,一些动物故事在长期流传过程中所形成的典型形象的一般特性,如兔子的胆怯、狼的贪婪、狐狸的狡猾等,这些特性被用来讽喻人类的行为。也有的作者,创作习惯使他们笔下的形象具有特定的意义,例如拉·封丹经常用狮子比喻国王,用熊或老虎比喻贵族,用狐狸比喻朝廷里的官员,用猫比喻教士,用猴子比喻法官,用狼比喻坏蛋、流氓、恶棍,用兔子比喻老实人等。然而,同一种动物有时在同一位作家笔下也被赋予不同的思想品质,以不同的甚至是完全相反的面貌出现在不同的寓言里。以《伊索寓言》为例,《乌鸦和狐狸》中的狐狸是一个狡诈、贪婪的谄媚者的形象,而《狐狸和豹》中的狐狸则是心灵美的体现者,所以欣赏寓言,必须具体问题具体分析,把寓言所讲述的故事整体作为一个比喻来理解寓意。

三、篇幅短小精悍

寓言的故事一般都写得简洁短小。寓言是叙事性文学作品中最简短的一种。作者往往是从生活与自然之中截取一个最精彩的片段,并加以概括、提炼,不注重细节描写而重在揭示道理，因此寓言篇幅都较短小，有的只用三言两语即把要阐明的道理或讽刺对象的本质揭示出来。如《伊索寓言》中的《母狮子与狐狸》仅一句话“母狮子为狐狸所非难，说她只生产一匹，她答道：‘可是狮子呀！’”就阐明了“价值不能以数目计算，须看那德性”的深刻寓意。经过锤炼的寓言语言如诗一般精粹、凝重，耐人回味，给人以艺术享受。别林斯基称寓言是“理智的诗”。

第三节 寓言与童话的区别

童话和寓言由于在艺术手法上极为相似，它们之间的界限很难划分。有些讽喻性童话更难和寓言区分，还有一些篇幅稍长、情节完整、人物丰满的寓言也可看作童话。但童话和寓言毕竟是两种不同的文学样式，各有自己的特点。

一、读者对象不同

童话是专为儿童创作和编写的，以表现儿童生活为主，它的读者是儿童；而寓言不专属于儿童，它的创作并非为了儿童。寓言中有一小部分篇幅短、寓意浅的方可看作儿童文学。

二、体裁特征不同

寓言的篇幅较为短小，结构简单。童话篇幅较长，结构也较为复杂曲折，在故事情节的安排、形象塑造方面都有较高的要求。

三、幻想的要求与表现不同

童话和寓言的作者都是以幻想形式反映社会生活，但二者对幻想的要求与表现不同。童话创作要求幻想植根于生活，尊重童话逻辑，力求真幻虚实的结合自然和谐，以增强作品的感染力。童话作家根据自己的需要进行物性的选择、取舍时，必须遵循童话逻辑。而寓言则以表述教训、哲理为目的，是一种比喻、影射的文字，它只要求在幻想事物与现实事物之间找到一种联系，故事仅仅是为表达寓意而存在的，不注重故事本身的合理性。正因为童话和寓言对象幻想的要求不同，所以寓言的创作要比童话自由而广泛得多。

四、结构方式不同

寓言由故事和寓意两部分组成。点出寓意的形式是寓言最外在的一个特点，这使寓言的题旨一目了然、鲜明突出；而童话基本是通过形象、情节来表情达意的，作者的思想情感藏匿于形象刻画和情节描写之中。

第四节　寓言的多样化教学方法探究

虽说寓言故事短小、生动、有趣，是孩子们喜爱的文学体裁，可许多教师在进行寓言教学中曾一度陷入“生吞活剥、讲故事、背寓意”的不良模式。当前小学寓言教学中存在的问题突出表现在两个方面：一是“不把寓言当寓言来教”，教师拘泥于字、词、句的机械训练，呈现的是“碎片性”的教学，把寓言仅仅当作识字教材，或者仅仅当作普通的短文来教，忽视了它的讽刺性和教育性；二是“太把寓言当作寓言来教”，即教师抽象而拔高地讲解寓意，对文本内涵的理解和挖掘不够，在揭示寓意时太直奔主题，而对学生个性化的理解一味叫停，不能做到水到渠成，而是牵强附会，或是断层性的跳跃，犹如空中楼阁，学生可望而不可及。这两种倾向都要引起我们的高度重视。

钱锺书先生曾说：“小孩子该不该读寓言，全看我们成年人在造成什么一个世界、什么一个社会，给小孩子长大了来过活。”小学语文课堂上应该怎样来读审议，全看我们语文教师在解读中打造一个什么样的世界和引领他们去到一个怎么样的世界，来促进他们精神上和人格上的成长。艺术形象是寓言的躯体，道德教训是寓言的灵魂。只有将“艺术形象”这个躯体丰满起来、立体起来、鲜活起来并让我们与其熟悉甚至亲近起来，我们才能使这个“灵魂”活跃于我们心中。

因此，小学语文寓言教学改革的有效途径，就是要引导学生进行思维发散，多视角、多层次地解读，更应在以下四个方面下功夫：

一、让寓言教学充盈尊重

受传统教学观念的影响，小学语文教学偏重于知识的传授和能力的发展，重视标准答案，忽视学生个体差异，特别是对寓言这种文体，因着篇幅的短小精悍，为学生的多视角多层次的解读提供了更大的空间。在寓言教学中，应适应学生的心理和智力的发展。对学生的个性化理解，给予科学恰当的评价，予以纠正或完善。寓言教学是个性化的行为，教师要注重学生的个性差异，客观、公平地加以“裁判”，对学生即使是不成熟的，甚至是幼稚的看法，都要加以保护和引导，不要求全责备。这样更能点燃学生思维的火花。

二、让寓言课堂教学充满童趣

寓言犹如一面镜子，照出人们性格上的某种弱点，揭露人们生活中一些不良现象，通过善意的讽刺和嘲笑，使人们在幽默的笑声中认识并改正缺点，而这也正是寓言的魅力所在。寓言的教学，就是要充分借助寓言的这些特点，挖掘教学资源，让孩子们在艺术欣赏的过程中促进想象力和语言能力的发展，学会思考生活，进行自我教育。现代语文教育要求教师充分利用儿童活泼好动的天性，创设一种自由、平等、和谐的氛围在师生的对话、活动、交流中进入真情交融的境界。如何把童真童趣融入寓言课堂，使寓言教学富有诱惑力，促使学生好学、乐学呢？

（一）说说演演，融入角色

小学生活泼好动，乐于自我表现。根据儿童这一特点，让他们表演寓言中所描述的内容，可以迸发出儿童智慧的火花，打开思维之门，快乐地参与学习。小学语文教材中的寓言，大多贴近生活实际，要理解、读懂它们并不难，难点在于如何通过语言文字去体会其中的思想内涵。通过课堂表演来体会寓言的意境和感情，有时可以达到事半功倍的效果。

课堂表演能够促进儿童的创新思维，让孩子们愉快地投入课文所描绘的情景中去。课堂表演又将抽象的文字变换成生动活泼的艺术形象，小学生如同身临其境一般，能真切地体会到作品语言文字所表达的情感。例如在学习《蝉和狐狸》一课时，教师让学生戴上头饰，分角色表演，再加上生动的对话和精彩的表演，蝉和狐狸这两个鲜明的艺术形象就生动地再现出来，文章揭示的道理不言而喻。

（二）读读画画，兴趣倍增

小学生的想象力非常丰富。在课堂教学中，教师要扬长避短，减轻学生学习的负担。读读寓言，把自己理解的内容画下来，是发展儿童形象思维和创新思维的一条捷径。在语言文字训练中适时地运用画画这种方法，化枯燥无味的说教为具体可感的形象，让学生自己动手动脑，往往可以取得事半功倍的效果。例如在教《鹬蚌相争》这则寓言故事时，在学生读完故事之后，要求让他们运用手中的彩笔，将故事中所描绘的情景画下来。很快，蓝蓝的天空下，清澈的小河边，争斗不息的鹬蚌，被渔翁不费吹灰之力一把抓住。教师再把学生创作的作品，展示给大家看，议议、评评、比比，看谁画得好。这样孩子在浓浓的乐趣中主动地求知，读懂了故事背景，了解了作者通过故事揭示寓意的用意。以读书为基础，读读画画、画画读读，学得轻松，真是其乐融融。

（三）听听唱唱，轻松和谐

音乐是人类的第二语言，恰当地运用音乐创设良好的语文教学情境，有时可以达到“随风潜入夜，润物细无声”的效果。在教学中，有的寓言故事还可以适当配上音乐，使故事、教师、学生三者的情感融为一体，效果极佳。如教学《狐假虎威》这则寓言，为了让学生更生动地感受两个鲜明的艺术形象，教师可先用幻灯片显示出课文的插图，然后插入导语：“狐狸神气活现，大摇大摆；老虎东张西望，半信半疑。”接着播放音乐，老师范读课文。此时学生的视觉中呈现的是森林里两个很有特色的形象，他们已完全陶醉于故事的情节之中了。根据不同的教学内容和语言文字训练的要求，或播放乐曲、歌曲，或学生演唱，或教师弹奏，或师生齐唱，或配乐范读，学生学习如同欣赏音乐一样轻松愉快，学生自然乐学。

唱唱、画画、演演、说说是孩子们喜爱的活动。充满天真童趣的课堂，可以充分调动小学生的各种感官，激发他们的学习兴趣，在轻松、和谐、愉快的环境中，让一个个可爱的寓言在阅读中成为孩子们生命的力量，如春雨“润物细无声”地渗透到学生的灵魂深处，慢慢催化学生的情感，引领他们向着快乐的语文殿堂前进。

三、让寓言课堂教学展现美好

小学课本中所采用的寓言故事大都是通过具体的人物或人格化的动植物的艺术形象

来寄托某一道理。以此来引发学生的思维、想象，陶冶学生的道德情操，培养学生的审美观和道德观。学生在领会寓意的过程中得到了明是非、知善恶、识美丑的审美教育。那么如何在教学中挖掘寓言中的审美元素呢？

（一）在比较中感受语言的准确凝炼

寓言以其短小精悍、语言精练为特点，所以在教学中，教者通过添词、去词、换词等方法，引导学生在比较中感受寓言语言的准确、凝炼，从而受到祖国语言文字的熏陶，培养良好的语感。

（二）在对话中感悟形象的典型生动

优秀的寓言故事里有着丰厚的容量，蕴涵着深刻的人生哲理，需要学生们去推想、领悟言外之意，品评味外之味。在寓言王国里，狐狸和狼、小鹿和老虎不再是一种动物，它们是人格化了的“人”，就是人的言行举止也大多显得怪诞奇异，这些都能使学生经久难忘。

在教学中，教者要善于创造各种情境，引导学生与文中的人物对话，在对话中感悟人物的形象。例如，教学《滥竽充数》一文后，教者可引导学生扮演南郭先生，其他同学做小记者，对南郭先生进行采访，采访的内容由学生自定：“南郭先生，你为什么要逃跑？”“南郭先生，经过这件事后，你以后有什么打算？”“南郭先生，如果你的后人也学习吹竽，你有什么话想要告诫他的吗？”……学生通过与南郭先生进行对话，倾听南郭先生的逃跑感言，不仅深刻地理解了寓意，更重要的是南郭先生这样一个人物形象已然扎根于学生脑海，他们知道做什么事都要脚踏实地，滥竽充数、自欺欺人的行为是不可取的。还有像《农夫与蛇》《鹬蚌相争》《亡羊补牢》《守株待兔》等，这些故事中的形象，我们都可以用对话的方式，感悟人物形象，激励着学生做善良的人、智慧的人。

（三）在想象中走进人物的美好心灵

寓言故事常常配有插图，寓言作家所创造的插图具有幽默、风趣、童话般的意境。教学中，教师要指导学生观察插图，要重视把观察和想象结合起来，深入画面的意境，认识事物的本质意义，为揭示寓意做好准备。例如，一位老师在教《狼和小羊》一课时，让学生联系插图朗读课文，想象当时小溪边的情景。充分利用书中的插图，加强教学的形象直观性，让学生感知狼和小羊的个性特点——狼的粗暴、凶残和蛮横无礼，小羊的软弱温驯，从而对小羊产生同情、怜悯。审美建构实质上就是在阅读教学过程中追求一种艺术化的理想境地，以美的规律来优化和规范言语实践行为，使小学生进入审美的胜境，以美怡情、以美启真、以美激智、以美育德，从而促进语文素养和身心素质的全面和谐发展。在寓言教学中，教师要引导学生感受美，欣赏美，使学生得到美的陶冶，健康地成长。

四、在寓言教学课堂中发展语言

在寓言教学中，我们除了重视挖掘故事背后隐藏的哲理外，也不可忽视寓言教学对语言能力的培养。

（一）课堂教学和课外阅读相结合

我们可以从两方面引导学生进行课外阅读，培养学生良好的阅读兴趣。一是课前查找寓言的出处或背景。寓言故事多具哲理性、讽喻性，它用故事来影射社会生活。它来源于社会，同时也反映社会现象。因而，许多寓言故事都有具体的出处和一定的时代背景。如寓言《画龙点睛》，课前我们可以布置学生查找出处以及张僧繇这个人的背景。这种查找其实就是一种阅读的过程。二是阅读相同题材的寓言，丰富学生的思维。小学语文教材中的寓言主人公大多是动物，学了这一类的寓言故事后，我们可以让学生读读含有相同主人公的寓言故事。如苏教版第三册《狐狸和乌鸦》一课，通过描写狐狸千方百计从乌鸦处骗得了肉的故事，告诉我们不要轻易相信坏人的话。学完这则寓言后，学生们必将兴趣大增，这时要因势利导，指导学生阅读《伊索寓言》，例如《狐狸和葡萄》《断尾的狐狸》《狐狸和狗》《口渴的乌鸦》《燕子和乌鸦》等等。在寻找寓言故事的途中，学生不仅感知到了什么是美的，什么是丑的，什么是善，什么是恶，得到了美育教育，同时他们也领略到沿途风景的壮美，激发了他们阅读的兴趣。

（二）寓言阅读和作文教学相结合

语文教学的一个重要目标是激发学生的写作兴趣，提高学生的写作能力。寓言教学作为语文教学的一个方面，可以把读和写结合起来。

一是改编扩写。寓言以短小而著称，缺少细节描写，给学生提供了一个广阔的思维扩展、想象的空间。教师可以以原文为基点，利用扩写改编来丰富语言的内容，将寓言故事生动化，形象化。例如，《狐狸和葡萄》中写道："一个炎热的夏日，狐狸走过一个果园。"此处，我们便可引导学生对"夏日""果园"以及"狐狸"进行生动细致地描写。"于是他后退了几步，向前一冲，跳起来，却无法够到葡萄。狐狸后退又试。一次，两次，三次，但是都没有得到葡萄。"在这里，我们又可以让学生发挥想象，具体描绘狐狸几次分别用什么方法来够葡萄以及他几次够葡萄的心理。这样改写出的文章，人物刻画生动而传神。

二是写读后感。读后感，顾名思义，就是读了一本书、一篇文章后，以具体的感受和得到的启示为主要内容写下来的文章。所谓"感"，可以是从书中领悟出来的道理或精湛的思想，可以是受书中的内容启发而引起的思考与联想，可以是因读书而激发的决心和理想，也可以是因读书而引起的对社会上某些丑恶现象的抨击、讽刺。写读后感既可以加深对文章的认识，又可以培养学生深入思考的能力，还可以提高学生的写作水平。这在寓言教学中同样重要。

三是续写寓言。续写就是延伸文章的情节，篇外求意。续写要求学生不但能对自己已有的知识进行充分地理解、充实，而且逐步养成敢于除旧，敢于布新，敢于标新立异，敢于突破条条框框，敢于用多种思维方式探讨所学知识的思维习惯。续写可以启发学生通过想象延伸文章的理解，不仅发展了他们的探求精神，而且打开了学生的思路，培养了学生的创新思维。

四是创作寓言。运用寓言体裁进行习作，不仅可以促使学生深入思考，锻炼创新思维，形成多角度立意的能力；还可以增强学生灵活调遣素材的能力，锻炼学生议论说理的能力，提高他们的语言表达水平；同时也培养了他们细心观察身边的事物以及对社会现象敏锐的洞察力。学写寓言，首先要审题立意，其次要收集素材。当我们学习完一则寓言后，可以让学生根据寓意重新收集生活中的相关事例，编写同一寓意的寓言，亦可利用原有的主人公形象重新构思，编写同一人物不同寓意的寓言，还可给学生充分的自由想象空间，根据社会的某一现象自编寓言。

五是创造性加工。它既有文章的内容，又有自身的体验，既启发学生的创新思维，又培养学生的想象力。例如编排课本剧，阅读文学作品是第一步，在学生参与编剧的过程中，改写成课本剧是第二步，参加课本剧的排演，把台词说出来是第三步，最后学生们在欣赏表演时，分享排演成果时，听是最后一步，而在整个过程中学生都是学习的主体，从而有效地锻炼了听、说、读写的能力。

儿童文学视野下的小学寓言教学是一个崭新的课题，还有许多值得研究的地方。但不管怎么教学，都要尊重儿童，以儿童身心发展的特点为依据，最大限度地促进儿童的发展。

第五节　寓言阅读教学设计

一、寓言的创作

寓言创作和任何文学艺术作品的创作一样，都离不开生活。许多优秀的寓言本来就是由生活事件的触发而创作成的。一般来说可以分为三种情况：

第一种情况是，生活事件本身能够直接成为寓言创作的素材，作者以此为基础，挖掘事件所蕴含的哲理，由此创作出一篇成功的寓言。其实中国古代寓言中有不少以历史故事作为寓言题材的例子，例如司马迁的《史记·秦始皇本纪》中记载的“指鹿为马”事件，既是历史，也被后世改编为寓言，用来劝谏君王勿信奸佞小人的谗言。

第二种情况是，生活事件本身并不蕴含着什么哲理，不能直接成为寓言的素材，但是具有丰富想象力的有心人却可以由此得到启发，驰骋想象，编织出一个寓有哲理的有趣故事来，写成寓言，例如《坐井观天》《小马过河》等。

第三种情况，作者在接触到的某些现实生活事件中产生了一个想法，但他并不用一般的小说或戏剧的手法正面表现，而是用象征、影射、比喻、拟人等等手法编撰一则能够提炼哲理的有趣的小故事，也就成了寓言，例如《亡羊补牢》《揠苗助长》等。

二、作品选读

（一）部编版一年级上册

乌鸦喝水

一只乌鸦口渴了，到处找水喝。

乌鸦看见一个瓶子。瓶子里有水，可是瓶子很高，瓶口很小，里边的水又少，它喝不着水。怎么办呢？

乌鸦看见旁边有许多小石子，它想了一想，有办法了！

乌鸦把小石子一个一个地衔起来，放到瓶子里。瓶子里的水慢慢升高，乌鸦就喝着水了。

【点评】

这是一则经典的寓言故事。以“乌鸦喝水”为线索，经历“急着喝水——喝不着水——想办法喝水——喝着水了”这一系列变化过程，描写了一只遇到困难能仔细观察、认真思考的乌鸦。告诉人们做任何事情，都要认真思考，才能获得成功。

（二）部编版一年级下册

狐狸与乌鸦

狐狸在树林里找吃的。他来到一棵大树下，看见乌鸦正站在树枝上，嘴里叼着一片肉。狐狸馋得直流口水。

他眼珠一转，对乌鸦说：“亲爱的乌鸦，您好吗？”乌鸦没有回答。

狐狸赔着笑脸说：“亲爱的乌鸦，您的孩子好吗？”乌鸦看了狐狸一眼，还是没有回答。

狐狸又摇摇尾巴说：“亲爱的乌鸦，您的羽毛真漂亮，麻雀比起您来，可就差多了。您的嗓子真好，谁都爱听您唱歌，您就唱几句吧！”

乌鸦听了狐狸的话，非常得意，就唱了起来。“哇……”她刚一开口，肉就掉了下来。

狐狸叼起肉，一溜烟跑掉了。

【点评】

这是《伊索寓言》中的经典故事，讲述一只狐狸用奉承话骗取乌鸦一片肉的故事，通过三次对话，形象地表现了狐狸的狡猾和乌鸦的轻信，说明爱听奉承话容易上当受骗。

（三）部编版二年级上册

坐井观天

青蛙坐在井里。小鸟飞来，落在井沿上。

青蛙问小鸟：“你从哪儿来呀？”

小鸟回答说：“我从天上来，飞了一百多里，口渴了，下来找点儿水喝。”

青蛙说：“朋友，别说大话了！天不过井口那么大，还用飞那么远吗？”

小鸟说：“你弄错了。天无边无际，大得很哪！”

青蛙笑了，说：“朋友，我天天坐在井里，一抬头就看见天。我不会弄错的。”

小鸟也笑了，说：“朋友，你是弄错了。不信，你跳出井来看一看吧。”

【点评】

《坐井观天》根据《庄子秋水》中的相关内容改写。故事借由小鸟和青蛙简短的对话，揭示了一个深刻的道理：看问题、认识事物要学会全面分析，不能目光短浅，见多才能识广。

寒号鸟

山脚下有一堵石崖，崖上有一道缝，寒号鸟就把这道缝当作自己的窝。石崖前面有一条河，河边有一棵大杨树，杨树上住着喜鹊。寒号鸟和喜鹊面对面住着，成了邻居。

几阵秋风，树叶落尽，冬天快要到了。

有一天，天气晴朗。喜鹊一早飞出去，东寻西找，衔回来一些枯草，就忙着做窝，准备过冬。寒号鸟却只知道出去玩，累了就回来睡觉。喜鹊说："寒号鸟，别睡了，天气暖和，赶快做窝。"

寒号鸟不听劝告，躺在崖缝里对喜鹊说："傻喜鹊，不要吵，太阳高照，正好睡觉。"

冬天说到就到，寒风呼呼地刮着。喜鹊住在温暖的窝里。寒号鸟在崖缝里冻得直打哆嗦，不停地叫着："哆啰啰，哆啰啰，寒风冻死我，明天就做窝。"

第二天清早，风停了，太阳暖暖的，好像又是春天了。喜鹊来到崖缝前劝寒号鸟："趁天晴，快做窝。现在懒惰，将来难过。"

寒号鸟还是不听劝告，伸伸懒腰，答道："傻喜鹊，别啰唆。天气暖和，得过且过。"

寒冬腊月，大雪纷飞。北风像狮子一样狂吼，崖缝里冷得像冰窖。寒号鸟重复着哀号："哆啰啰，哆啰啰，寒风冻死我，明天就做窝。"

天亮了，太阳出来了，喜鹊在枝头呼唤寒号鸟。可是，寒号鸟已经在夜里冻死了。

【点评】

这是一则广为流传的民间故事，根据元末明初文学家陶宗仪撰写的《南村辍耕录》中的片段改写。故事讲述了喜鹊和寒号鸟对做窝的不同态度、不同表现和不同结果，说明了一个道理：美好的生活要靠辛勤劳动来创造，凡事要未雨绸缪。

（四）部编版二年级下册

寓言两则

亡羊补牢

从前有个人，养了几只羊。一天早上，他去放羊，发现羊少了一只。原来羊圈破了个窟窿，夜里狼从窟窿钻进去，把羊叼走了。

街坊劝他说："赶紧把羊圈修一修，堵上那个窟窿吧！"

他说："羊已经丢了，还修羊圈干什么？"

第二天早上，他去放羊，发现羊又少了一只。原来狼又从窟窿钻进去，把羊叼走了。

他很后悔没有接受街坊的劝告，心想，现在修还不晚。他赶紧堵上那个窟窿，把羊圈修得结结实实的。从此，他的羊再也没丢过。

揠苗助长

古时候有个人，他巴望自己田里的禾苗长得快些，天天到田边去看。可是，一天，两天，三天，禾苗好像一点儿也没有长高。他在田边焦急地转来转去，自言自语地说："我得想个办法帮它们长。"

一天，他终于想出了办法，就急忙跑到田里，把禾苗一棵一棵往高里拔。从中午一直忙到太阳落山，弄得筋疲力尽。

他回到家里，一边喘气一边说："今天可把我累坏了！力气总算没白费，禾苗都长高了一大截。"

他的儿子不明白是怎么回事，第二天跑到田里看，禾苗都枯死了。

【点评】

《亡羊补牢》这则寓言只用了几断简短的文字讲叙了一个生动有趣的，并且很与现实生活接近的这么一个小故事。从养羊人的羊圈破了个洞丢了羊，邻居劝告修补羊圈，他认为没用，到第二天又丢了羊才幡然醒悟，听取别人的忠告，找到补救的方法之后再也没丢过的小故事。理解了故事内容之后，重点是让儿童从这个小故事中得到一个道理，就是无论做错什么事，只要善于听取别人善意的劝告后，及时改正还不算晚。

《揠苗助长》讲的是古时候有一个人盼望禾苗长得快些，就把禾苗一颗一颗往高里拔，结果禾苗都枯死了。故事告诉我们：事物有它自身发展规律，如果违反自身发展规律，强借外力，强求促成，反而把事情弄糟。

（五）部编版四年级上册

故事二则

扁鹊治病

有一天，名医扁鹊去拜见蔡桓侯。

扁鹊在蔡桓侯身边站了一会儿，说："据我看来，您皮肤上有点儿小病。要是不治，恐怕会向体内发展。"蔡桓侯说："我的身体很好，什么病也没有。"扁鹊走后，蔡桓侯对左右的人说："这些做医生的，总喜欢给没有病的人治病。医治没有病的人，才容易显示自己的高明！"

过了十天，扁鹊又来拜见蔡桓侯，说道："您的病已经发展到皮肉之间了，要是不治还会加深。"蔡桓侯听了很不高兴，没有理睬他。扁鹊又退了出去。

十天后，扁鹊再一次来拜见，对蔡桓侯说："您的病已经发展到肠胃里，再不治会更加严重。"蔡桓侯听了非常不高兴。扁鹊连忙退了出来。

又过了十天，扁鹊老远望见蔡桓侯，只看了几眼，就掉头跑了。蔡桓侯觉得奇怪，派人去问他："扁鹊，你这次见了蔡桓侯，为什么一声不响就跑掉了？"扁鹊解释道："病在皮肤上，用热敷就能够治好；发展到皮肉之间，用扎针的方法可以治好；即使发展到肠胃里，服几剂汤药也还能治好；一旦深入骨髓，只能等死，医生再也无能为力了。现在蔡桓侯的病已经深入骨髓，所以我不再请求给他医治！"

五天之后，蔡桓侯浑身疼痛，派人去请扁鹊给他治病。扁鹊早知道蔡桓侯要来请他，几天前就跑到秦国去了。不久，蔡桓侯病死了。

纪昌学射

飞卫是一名射箭能手。有个叫纪昌的人，想学习射箭，就去向飞卫请教。

开始练习的时候，飞卫对纪昌说："你要想学会射箭，首先应该下功夫练眼力。眼睛要牢牢地盯住一个目标，不能眨一眨！"纪昌回家之后，就开始练习起来。妻子织布的时候，他躺在织布机下面，睁大眼睛，死死盯住织布机的踏板。两年以后，纪昌的本领练得相当到家了——就是锋利的锥尖要刺到眼角了，他的眼睛也能不眨一下。

纪昌对自己的成绩感到很满意，以为练得差不多了，就再次去拜见飞卫。飞卫对他说："虽然你已经取得了不小的成绩，但你的眼力还不够。你要练到把极小的东西看得很大，把模糊难辨的东西看得很清楚，那时候再来见我。"纪昌记住了飞卫的话，回到家里，又开始练习起来。他用一根牛尾毛拴住一只虱子，把它吊在窗口，然后每天站在虱子旁边，聚精会神地盯着它。那只小虱子，在纪昌的眼里一天天大起来，练到后来，大得竟然像车轮一样。

取得了这样大的进步，纪昌赶紧跑到飞卫那里，报告了这个好消息。飞卫高兴地拍拍他的肩头，说："你就要成功了！"于是，飞卫开始教他怎样开弓，怎样放箭。

后来，纪昌成了百发百中的射箭能手。

【点评】

《扁鹊治病》根据《韩非子·喻老》相关内容改写，取材于战国时名医扁鹊的传说故事，主要写扁鹊几次指出蔡桓侯病在何处，劝他赶快治疗，而蔡桓侯坚信自己没病，致使延误了病情，小病酿成了大病，病入膏肓，无药可医。这则寓言告诉我们：刚愎自用、太过固执没有好的结果，应该防微杜渐，把"毛病"扼杀在萌芽状态。否则，它会像滚雪球一样，越来越严重。

《纪昌学射》根据《列子·汤问》相关内容改写，讲的是纪昌拜飞卫为师学习射箭的故事，飞卫告诉他先要下功夫练眼力，一是"眼睛要牢牢地盯住一个目标，不能眨一眨"；二是"练到把极小的东西看得很大，把模糊难辨的东西看得很清楚"。纪昌下功夫练了眼力后，飞卫才开始教他开弓放箭。后来，纪昌成了百发百中的射箭能手。故事阐明了无论学什么技艺，都要从基本功入手，同时也说明了学习者的恒心和毅力以及名师的指点对学习结果有着很重要的作用。

三、教学设计案例

寓言是一种以故事方式实现劝谕性或讽刺性的文学体裁，通常采用夸张的手法描写人物和事件，或通过动植物、非生物的拟人化，以简单通俗易懂的故事，显示抽象普遍的生活哲理和道德教训。课堂中的寓言阅读在于让学生了解寓言故事背后的生活寓意。

《坐井观天》教学设计

【设计理念】

新课程理念强调"阅读教学是教师、学生、文本三者之间对话的过程"，本设计秉承这样的理念，以教师为主导、学生为主体，把教师训练的意图和训练的技巧藏起来，以读悟情，以情带读，以读传情，通过师生互动、生生互动、分角色朗读与创设情景等促使学生在跟文本对话的过程中品味语言，感悟课文寓意，掌握学习方法，形成能力，最终实现工具性与人文性的和谐统一。

【教材分析】

《坐井观天》是部编版小学语文二年级上册第五单元第一篇课文。这是一则寓言，通过生动有趣的对话，给孩子们讲述了一个寓意深刻的故事，故事通过青蛙和小鸟之间争论天有多大，阐述了一个深刻的道理：看问题、认识事物要学会全面分析，不能眼界狭隘，做一只井底之蛙。本文的学习重点在于青蛙与小鸟的三次对话，通过对话揭示坐井观天的深刻寓意，即看问题要全面，不能坐井观天。让学生在朗读中体会青蛙与小鸟的内心情感，读懂课文寓意。

【学情分析】

《坐井观天》是一篇生动有趣，寓意深刻的故事，对于二年级的孩子来说，既有很强的吸引力，又有一定的难度，所以不容易把握文章的内涵，在教学中应该通过多种方法来解决。从识字方面来说，学生已经是二年级了，他们已经掌握了很多识字的方法。课堂上，应该放手让学生用自己学过的方法独立识字。朗读方面，二年级学生读书已经能够达到正确、流利，有一部分孩子还能够达到有感情。因此，课文朗读也应放手，让学生在读中感悟，在读中积累。在学生理解文意方面，小学生对事物的认识常常是片面的，容易把部分当整体，所以这个故事的寓意对小学生来说，具有现实的指导意义。

【教学目标】

1. 借助汉语拼音，认识“沿、答”等 9 个生字，读准多音字“哪”，会写“井、观”等 8 个生字，会写“坐井观天、井沿”等 7 个词语。

2. 正确、流利、有感情地朗读课文，理解“说大话、无边无际”等词语，练习读出反问语气。

3. 通过角色体验，创设情境，分角色朗读课文，体会青蛙的无知与自大和小鸟的友好与见多识广，从而明白看问题、认识事物要看得全面。

【教学重难点】

1. 重点：认识本课生字词，分角色有感情地朗读青蛙与小鸟的对话。

2. 难点：通过朗读课文，明白寓言的深刻道理，看问题要全面。

【教学方法】

朗读指导法、情境教学法、游戏法。

【教学准备】

1. 生字卡片。

2. 青蛙和小鸟剪贴画与头饰。

3. 动画视频和音乐。

【课时安排】

2 课时。

【教学过程】

第一课时

一、猜谜激趣，导入新课

1. 猜谜语。

引导语：上课之前，我们先猜个谜语。“一位游泳家，说话呱呱呱，小时像逗号，长大穿绿袍。”这是谁呀？

对，这就是青蛙。小青蛙穿着绿衣服，所以，青蛙的“青”字，就是“青色”的青，没有虫字旁，不是“蜻蜓”的蜻。

2. 揭示课题。

过渡语：今天我们要学习一篇和小青蛙有关的故事《坐井观天》。（师板书课题，生书空，重点指导“观”）

3. 齐读课题。

二、初读课文，学习生字

1. 自由读课文。要求：读准字音，读通句子，把课文读正确。

2. 检查读书情况。

(1) 出示文中句子。（抽学生读、齐读）

A. 小鸟飞来，落在井沿上。（用水井图帮助理解“沿”，再延伸运用。）

B. 小鸟回答说：“我从天上来，飞了一百多里，口渴了，下来找点儿水喝。”

C. 朋友，别说大话了。

D. 小鸟说：“你弄错了。天无边无际，大得很哪！”（“哪”多音字，区别读音。）

E. 朋友，我天天坐在井里，一抬头就能看见天。

(2) 出示词语。（抽生读，读不准相机教；开火车领读，读对了跟读，读错了纠正读。）

井沿　回答　口渴　喝水　大话　弄错　抬头　无边无际

(3) 出示“我会认”字。（读音、识记）

A. 同桌交流识字（注意相互正音，并交流识记方法，交流最有价值的方法。）

B. 汇报交流。注意强调：

“渴、喝”可以编儿歌：口渴想要水，喝水要用嘴。

“答、话、错、际、哪、抬”加一加、换一换。

C. 识字游戏：摘苹果游戏。

D. 齐读生字。

三、再读课文，感知大意

1. 过渡语：同学们，字音读准了，相信我们现在能把课文读得更通顺了，谁愿意来挑战一下？读完你们要回答老师几个问题：主人公是谁和谁？它们分别在哪里？在干什么？

2. 抽学生读课文，边读边思考问题。

3. 学生汇报。（贴出青蛙和小鸟，相机板书：争论）

小鸟飞到井边喝水，与坐在井底的青蛙发生了争论。

四、写字指导

1. 出示田字格生字：

井　观　沿　答　渴　喝　话　际

2. 指名点读，可以组词造句。

3. 仔细观察，这八个字在结构上你有什么发现？左右结构字左窄右宽，今天我们就重点书写这六个左右结构的字。

4. 交流注意笔画。（容易写错的笔画）

5. 示范指导：渴。

6. 学生书写，教师巡视从旁指导，师提示写字姿势：头正、肩平、腰直、一拳、一尺、一寸、足安。

7. 展示学生书写，引导学生相互评价。

8. 继续观察书写剩余生字。

第二课时

一、游戏导入，激发兴趣

1. 同学们，上节课我们学习了《坐井观天》的生字词；那么，今天正式上课之前，我们来玩个小游戏(猜猜我是谁?)出示带有生字词的青蛙剪贴画，随机点同学读，读对了，全班跟读。

2. 通过上节课的学习，我们还知道了课文讲的是青蛙和小鸟的故事。我们从课文中得知青蛙和小鸟争论天有多大，那么他们是怎么争论的呢？结果又是怎样的？这则寓言要告诉我们什么样的道理呢？这节课我们就继续来学习这篇寓言故事。

(**设计意图：**一改以往"谈话式"的教学导入，虽然同是复习生字词导入，但是以游戏形式吸引学生注意力，调动学生的积极性，同时营造轻松舒适的教学环境，为师生接下来互动奠定基础。继而提出本节课的几个重点问题，引发学生思考与探究意识。)

二、细读课文，体会对话

【教师活动】

1. 青蛙与小鸟争论天有多大，那么它们争论了几次呢？(明确：3 次)那么老师想请同学们用横线画出青蛙说的话，用波浪线画出小鸟说的话。

ppt 展示：

横线和波浪线分别对应的青蛙和小鸟的话，让同学们检查是否正确。

2. 学习第一次对话，"你从哪儿来呀?"这句话能体现青蛙的开心、激动与好奇。(明确：因为青蛙天天住在井里，对小鸟的到来很开心和好奇)

指导朗读：先请同学读一读这句话，带着开心、激动与好奇的感情读一遍，再全班同学齐读一遍。

3. "我从天上来，飞了一百多里，口渴了，下来找点儿水喝。"分析"一百多里"有多远，让同学们自由想象小鸟飞过了哪些地方。(明确：大海、沙漠、城市，还看到了许许多多的动物)

指导朗读：请两位同学分角色朗读，读出青蛙的开心和小鸟的友好。

过渡："一百多里"？青蛙好奇又疑惑，那么它相信小鸟说的话吗？

【学生活动】

1. 指名一位学生带着开心与好奇的感情读一遍青蛙的话，全班齐读青蛙的话。

2. 请两位同学分角色朗读青蛙和小鸟的话。

3. 体会青蛙的开心和小鸟的友好，齐读一遍它们的对话。

(**设计意图：**提高学生的自主学习能力，分角色朗读调动学习气氛。多次朗读，促进学生对情感的把握与体会。)

三、精读课文，角色体验

【教师活动】

1. 学习第二次对话，采用自主学习，小组讨论形式，探讨青蛙到底相不相信小鸟说的话，从哪里看出来的，ppt 展示自主学习要求。

ppt 展示：

(1) 4 号同学带领全班齐读第四和第五自然段。

(2) 2号和3号分角色朗读青蛙和小鸟的话。

(3) 1号总结青蛙是否相信小鸟说的话，从哪里看出来的。

2. 请小组上讲台展示学习成果，让台下同学评价。然后仔细分析青蛙的话“朋友，别说大话了。天不过井口那么大还用飞那么远吗?”(明确：“大话”的意思，还有反问句体会，猜一猜青蛙的真实意思。)指名读出青蛙怀疑的语气。(板书：井口那么大)

3. 分析小鸟的话“你弄错了，天无边无际，大的很哪!”(明确：“无边无际”，同学们想象还有什么是无边无际的?)然后全班请男生读青蛙说的话，女生读小鸟说的话。(板书：无边无际)

ppt 展示：

“朋友，别说大话了。天不过井口那么大，还用飞那么远吗?”

“你弄错了，天无边无际，大得很哪!”

下一张 ppt 展示：

草原、沙漠、森林、城市的图片

4. 请同学们思考到底是谁错了，学习第6～7自然段，(明确：小鸟是对的，青蛙错了)但是青蛙笑了，这是一种怎么的笑呢？小鸟也笑了，它又是怎样的呢？请同学们齐读一遍它们的对话，细细体会。(预设：青蛙的笑是嘲笑、讽刺，小鸟的笑是善意的、友好的。)

ppt 展示：

青蛙图片：“朋友，我天天住在井里，一抬头就能看到天。我不会弄错的。”

小鸟图片：“朋友，你是弄错了。不信，你跳出井来看一看吧。”

5. 思考青蛙为什么会认为天不过井口那么大？游戏体验“纸筒看黑板”。那么如何让青蛙相信小鸟呢？(明确：让青蛙跳出井来。)小练笔：青蛙出来以后看到了什么？它会对小鸟说什么呢?

6. 请同学自愿来分角色表演。一起给小青蛙编儿歌，拍手唱儿歌。

【学生活动】

1. 按照老师的要求，仔细体会青蛙与小鸟的情感对话，通过朗读体会情感。

2. 感悟青蛙与小鸟的品质分别是目光短浅、见多识广。

(**设计意图：**自主合作学习，提高学生的团队意识，促进同学间和睦相处，而且能提高学习效率。创设情境，通过角色体验青蛙与小鸟的情感更加形象生动，从而将同学们真正带入这篇寓意深刻的寓言故事中。)

四、拓展延伸，深化理解寓意

1. 课文学到这里，相信同学们都理解了这篇课文给我们的启示，青蛙天天住在井里，所以认为天不过井口那么大，视野被阻挡，所以目光短浅，而小鸟呢，在天空中自由飞翔，去过许多地方，所见所闻都比较多，所以见多识广。作为一名小学生，我们应该向小鸟学习。其实生活中也有许多坐井观天的例子。师读，让学生感悟。然后送给同学们一句诗：“欲穷千里目，更上一层楼。”

ppt 展示：

(1) 原来以为我们班的朗诵够好的了，去听一场朗诵会，才知道我们以前是坐井观天。

(2) 学习不仅是学书本上的东西,还需要在生活中实践,才不至于坐井观天。

(3) 我们作为学生一定要多读书,多看报,学习更多的知识,不要像青蛙那样坐井观天。

(**设计意图:**联系生活实际与小学生学习上的情况,激发学生思考,引导学生要多出去看看,多看看书,拓宽自己的视野,丰富自己的精神世界,让学生自由想象。)

五、升华情感,布置作业

青蛙与小鸟的故事告诉了我们不能坐井观天,要丰富自己的见识,我们送给小青蛙一首歌吧。ppt 展示:

儿童歌曲:《坐井观天》

六、布置作业

1. 积累与坐井观天意思相近和相反的成语。

2. 把这个故事讲给家长听,并告诉他们你学到了什么。

(**设计意图:**通过词语积累加深对课文的理解,还能起到拓展知识的作用;将课文讲给家长听,也加深对课文的寓意理解。)

【板书设计】

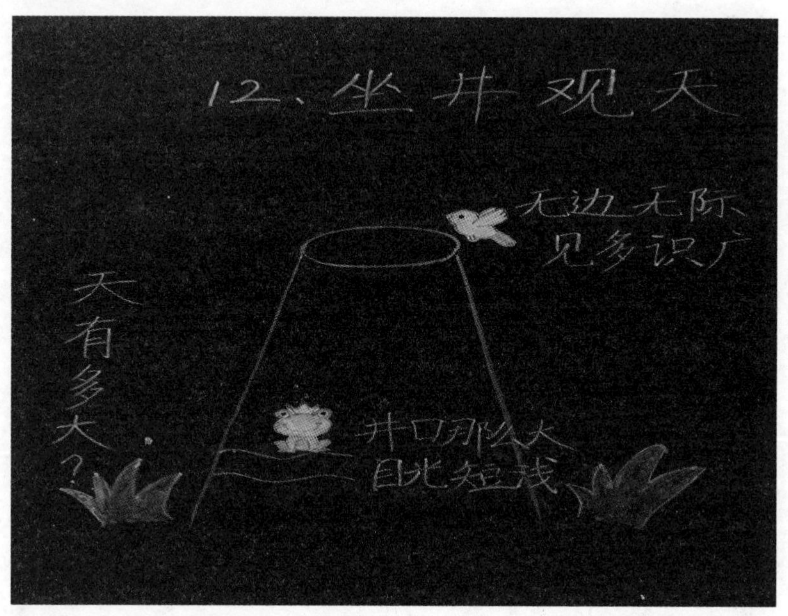

[思考与练习]

1. 什么是寓言?寓言有什么特点?

2. 试比较童话和寓言的异同。

3. 阅读《鹅卵石》,分析其主旨。

鹅卵石

蔡振兴

峭壁轰然一声响，大小石块滚落海滩。石场工人忙去扛抬那些棱角尖锐的石块，运出去造桥墩、垒堤坝、打墙基。最后只剩下海滩上原有的一块圆整光滑的鹅卵石。

“为什么不把我抬走?”鹅卵石因受到冷落而气愤。石场工人回答说：“你没有棱角，你任何一个角度都受不得力。用你造桥桥要断，用你垒坝坝要坍，用你造楼楼要倒。”

“我是大海用十万次巨浪塑造成的。”

“我们喜欢大海孕育的圆圆的珍珠，但我们不喜欢大海创造的圆滑的石头。”

第十章 儿童故事

儿童故事是一种具有悠久历史的儿童文学体裁。它以轻松愉快的节奏、跌宕起伏的情节、充满童趣的语言在孩子们心中播撒着文学的种子，是儿童文学中运用最普遍、流传最广泛、很受儿童喜爱的一种艺术形式。

第一节 儿童故事概说

儿童故事是以叙述生动的事件为主的、适合儿童读和听的文学作品。它可以供儿童阅读，但更主要是用来讲给儿童听的。

儿童故事与童谣一样有着源远流长的历史，因为它同样是在人民口头创作中孕育发展起来的。在几千年的封建社会里，伴随孩子成长的除了一些神话、传说、民间童话，再有就是有一定幻想因素，以讲述飞禽走兽生活、习性为主的动物故事和现实性较强的民间生活故事。如兔子尾巴为什么短、猫和老鼠的故事、长工斗财主的故事、巧媳妇的故事、聪明人的故事等。此外，还有一些叙写古代儿童聪明智慧的故事，如元代虞韶的《日记故事》中的《曹冲称象》《灌水浮球》《司马光砸缸》等，都是孩子非常喜欢的故事。

我国现代儿童故事，从 1909 年最早以学龄前儿童为对象的刊物《儿童教育画》创刊开始，随后各种供幼儿欣赏的故事陆续见诸各种儿童报刊，如陆费逵的《我小时候的故事》、徐志摩的《吹胰子泡》、陈伯吹的《破帽子》、叶圣陶的《小蚬的回家》等，但数量和佳作较少。

中华人民共和国成立后，儿童故事的创作开始走上正轨。为适应儿童读者的需求，作家们开始关注儿童的生活，精美之作开始出现，特别是新时期以来，儿童故事大量涌现，佳作迭出，如杨福庆的《谁勇敢》、李其美的《鸟树》、安伟邦的《圈儿圈儿圈儿》等。

孩子们都是天生的故事迷，他们总是围着大人恳切地提出要求："给我们讲个故事吧！"等到他们识了字，就会到处搜罗故事来读。正因为有儿童的阅读需求，各种各样的故事也在接受实践中愈来愈成熟、愈来愈丰富、愈来愈完善，其创作手法也日趋多样。可以说，孩子们接触最早最多的文学样式就是故事。

故事能让儿童在繁重的学习任务之外获得一番乐土，可以不假思索地袒露天性，获得心灵的解放与情绪上的愉悦。所有这些，都是其他文学形式难以替代的。

第二节　儿童故事的特征

儿童故事是备受儿童喜爱的一种艺术形式。它故事性强，情节连贯，以叙述为主要表现手法，这与成人所阅读的故事差别不大。但作为以少年儿童为对象的儿童故事，又有其区别于成人故事的艺术特征。

一、故事完整，情节生动

儿童故事历来深受儿童欢迎，其中一个很重要的因素就是儿童故事有完整、生动的情节。孩子们总是喜欢听那些有头有尾的完整故事，他们总是期待着事件的结局。“后来呢?”“后来怎么样?”这是孩子听、读故事时不断发出的追问。与儿童审美思维的直观性相一致，每则故事几乎都围绕一个中心来展开，注重事件的轮廓和完整，不求细节的详尽描写，更忌讳成段的议论和心理刻画，即使是必要的环境描写，也十分简洁，这些都使故事的高潮与结局得以尽快到来。叙述也多用顺叙的手法，一层一层地展开情节，完整而有序地将故事完全打开，结局一般总是真善美战胜假恶丑的“大团圆”式。故事的完整性带给儿童一种完美无缺的心理满足与美感享受。

由于儿童的注意力易于分散和转移，平淡无奇的故事很难把他们吸引到作品的情境中去，必须有处于不断运动发展中的起伏跌宕的情节贯穿始终，才能引导小读者高高兴兴地去读(听)到结尾。好的情节总是允许孩子们参与行动，感受冲突的发展，意识到高潮的出现，接受令人满意的结局。冲突是情节的源泉，也是故事中最扣人心弦与激动人心的地方。儿童故事中的冲突表现在多方面，包括人与人的冲突、人与自然的冲突、人与社会的冲突、人与自身的冲突等。

为了增强故事的可读性，作品常设置悬念来激起儿童的好奇心，因为儿童都有“打破砂锅问到底”的心理，悬念的设置就是利用了这一心理来激起儿童的阅读兴趣。悬念的设置，还使儿童变被动的接受者为主动的参与者，使儿童的思维能力和解决问题的能力得到锻炼与提高。如周策《会飞的小偷》中，“谁是会飞的小偷?”是贯穿故事始终的悬念。由“小偷会飞”设下悬念，到花园弄三起盗窃案误解李小龙，跟踪李小龙到尤老鼠家，赃物被获、误会解除，到最后解开“会飞的小偷”之谜(倒叙)这个悬念，使故事情节生动，极具吸引力。

二、富于儿童情趣

儿童故事追求儿童趣味，即指儿童故事情节必须有使儿童读者(或听众)感到愉快、有意思、有吸引力和感染力等审美特征。因为儿童阅读或聆听故事，并非为接受教育，而是为了从中寻求愉悦。儿童的注意力容易分散和转移，平淡无奇的故事很难把他们带进作品的境界中去，童趣盎然的故事才会激发他们的兴趣和热情。因此，儿童故事必须富有儿童情趣。

儿童故事追求趣味性，是由阅读对象的审美情趣所决定的。儿童喜欢想象、神奇、惊险与充满游戏性的快乐生活，因此，他们渴望所读(听)到的儿童故事中也具有这些快乐的情趣。儿童故事中对充满儿童情趣的社会生活的描写使儿童感到亲切，他们就容易投入作品中去，再次体验他们曾经经历或想象过的生活，从而产生愉悦，获得美感。儿童故事中的儿童情趣，并不局限于儿童生活的描写，它是生活情趣中那部分能够为儿童心领神会的、饶有风趣的、足以引起儿童的幽默感和会心微笑的东西。以成人和其他事物为描写对象的儿童故事，如果是用儿童的眼光审视、从儿童的角度描写，也会使其富有儿童情趣。

因此，儿童故事中的趣味性来自作家对拟人、夸张、对比、反复、讽刺、幽默、诙谐、闪回等艺术手法的灵活运用。尤其是拟人和夸张，运用得当，会大大增强故事的趣味性。例如金逸铭的《字典公公家里的争吵》虽是诗的形式，但其中有这样的描绘：感叹号“拄着拐杖”，认为自己的感情最强烈，文章里谁也没有他重要；小问号“张大耳朵”，提出了抗议：“哼，要是没有我来发问，怎么能引起读者的思考?”句号总爱留在最后作总结报告：“只有我才是文章的主角，没有我，话就说得没完没了。”这些拟人化手法的运用，极富趣味性，又能将知识传达给儿童，因此是儿童故事中常见的表达手法。夸张的运用在儿童故事中更为普遍，兼之其他手法的综合运用，使儿童故事趣味盎然。例如，儿童文学作家郑春华的系列故事《大头儿子和小头爸爸》中采用了强烈的对比夸张手法。“大头儿子和小头爸爸”，光看题目，就极富幽默感。儿子是大头，爸爸反而是小头，夸张对比引起强烈的反差，富有情趣，令人忍俊不禁。

作家赋予儿童故事的游戏精神也会给作品增添无穷的情趣魅力。例如《大头儿子和小头爸爸》的十二则故事中，专写父子游戏的就有《大灰狼》《好鬼》《游戏》等。而在每则故事中又突出了叙述形式的游戏性，大大增强了作品的趣味性。像《两个人的小屋》中，大头儿子拿出羽毛，狠狠打小头爸爸的脚心的情景；《两个人出门去》中，大头儿子喂小头爸爸吃花生米的动作等，都充满了儿童情趣，使孩子们读来觉得十分亲切。优秀的儿童故事总是在健康乐观的情调氛围中，展示生活中那些新颖别致、耐人寻味而充满儿童情趣的事件，在完整、连贯、简洁、风趣的叙述中，把儿童带入新奇、充满乐趣而有利于其身心发展的艺术天地，让他们在好奇心得到充分满足后，在尽情的欢笑中品味故事的主旨，从而获得某种启迪人生的经验。

三、质朴活泼的口语

儿童故事以叙事为主，常常是用绘声绘色的讲述形式传达给儿童听众的。所以它在语言上最突出的特点就是口语化，即明快、质朴、通俗，句式较短，没有生僻的词语，表现力强，儿童生活气息浓郁，请看安伟邦的《圈儿圈儿圈儿》：

> 大成爱看书，可是不爱写字，老师教他写字，他说：“我只要能念就行了。”
>
> 一天，上语文课，老师要考大家听写。大成一听着慌了。他拿着笔，手有点发抖。只听老师念道：“啄木鸟，嘴儿硬，张翅膀，捉小虫，大家叫它树医生。”
>
> 大成写不出来。他又听老师说：“把不会写的字画个圈儿。”大成红着脸在纸上写道：“O木鸟，OOO，张OO，O小虫，大家叫它树O生。”
>
> 他写完，交了上去。

第二天，老师请他把自己写的照样念一念。他只好念道：

“圈儿木鸟，圈儿圈儿圈儿，张圈儿圈儿，圈儿小虫，大家叫它树圈儿生。”

念着念着，同学们哗的一声笑了。大成也很难为情。

老师说：“大成，你自己写的字，自己都看不懂，别人怎么能看得懂呢？”

大成想：“老师说得对呀！我应该好好学习写字。要是别人也把字画上圈儿，我到哪里去找书看呢？”

这篇故事全文不满300字，通篇用幽默、诙谐、质朴、明快的叙述语言，描绘出一个不认真学习的孩子的种种窘相，洋溢着浓郁的儿童生活气息。

第三节　儿童故事的分类

儿童故事的分类方法有很多，根据不同的方法，可以分出不同的类型。

根据作者可分为民间故事和创作故事；根据表现形式可分为图画故事和文字故事；根据题材可分为生活故事、历史故事、人物故事、动物故事、侦探故事、旅行见闻故事、知识故事和幽默讽刺故事等类型。一般来说，人们采用第三种分类法，即以题材为划分标准。但由于图画故事有比较显著的个性，所以又将它单独列为一个门类加以研究。不论从哪个角度划分，各类作品都有着作为故事代替的共性特征，同时也有着各自的特点。下面介绍几种常见的儿童故事类型。

一、民间故事

儿童文学意义上的民间故事，指除幻想故事（民间童话）和民间动物故事以外的，在民间口头流传，适合对儿童讲述并为儿童所喜爱的故事。它是包含时间、地点、人物、情节等要素，具有一定传奇性和幻想成分，篇幅较短的口头文学。

民间故事的特征大概有三：其一，时间地点的交代具有模糊性，常以“古时候”“从前”“很久很久以前”等时间词来交代时间，以“在一个美丽的地方”“在一座古老的城堡”等来展开情节；其二，人物类型化，常以人物的身份来代替从物的名姓；其三，情节单纯而完整，常常围绕一个中心事件来展开情节，讲述有头有尾的故事。反复、对比是民间故事中惯用的艺术手法。

适合儿童聆听和欣赏的民间故事，主要有民间生活故事、民间机智人物故事、民间笑话故事等。民间生活故事包括长工和地主的故事，如程一剑记录的《火龙单》；三兄弟故事，如顾昌燧记录的《狗耕田》；巧媳妇故事，如周健明记录的《巧媳妇》；传授生活经验的故事，如韦木记录的《二锄麦子碾断棒》等。民间机智人物故事，如赵世杰编译的《阿凡提的故事》，龙岳洲搜集整理的苏州民间故事《阿方的故事》，陈清漳、赛西整理的蒙古族民间故事《巴拉根仓的故事》等。民间笑话故事如宋守良搜集整理的《两个媳妇》等。

二、改编故事

改编故事指以中外的文学名著为依据而改编的适合儿童阅读欣赏的故事，也称文学名著故事。儿童应该同成人一样，能够在世界优秀的文学遗产中得到美的享受。但由于儿童掌握的知识有限，生活阅历较浅，理解能力较弱，他们对具有相当思想深度的文学名著还难以全面地接受和深入地理解。因此，将文学名著改编为便于孩子接受的故事越来越受到人们的关注。于是，“改编故事”也随之成为儿童故事中的一大类型。

早在19世纪，英国作家兰姆姐弟就把莎士比亚的戏剧改写成适合儿童阅读的儿童故事《莎士比亚戏剧故事集》。此外，诸如《堂吉诃德》《格列佛游记》《秘密花园》《大卫·科波菲尔》等世界文学名著，以及中国古典名著《史记》《三国演义》《水浒传》《聊斋志异》等，也都被改编成适合儿童、少年阅读的故事，这些成为了孩子们的精神食粮。例如，王永生根据罗贯中的《三国演义》改写成《诸葛亮》、李庶根据英国作家斯威夫特的《格列佛游记》译写的《大人国和小人国》等。

改编故事的特点是：保持原著的故事元、主题思想、主要人物；保留原作主干情节并强化；将原著体裁变为以叙述为主的故事体裁，突出故事性；将书面语变为文学口语，同时兼顾原著的语言风格。

三、生活故事

生活故事是直接源于现实生活，大都取材于现实儿童生活或与儿童生活有关的社会内容，有很强的针对性。

由于儿童文学的文体分类中有单列的童话、寓言等（其实它们也是儿童故事），所以通常我们所说的儿童故事往往是指生活故事。这类故事在儿童故事中数量最多，占有重要地位。它主要是在实际生活的基础上，经过艺术加工而构成的。因此，其中的情节与人物，对于儿童来说，就具有更多的真实感和亲切感，也就更容易使他们欣然接受，在教育儿童健康成长方面，能发挥较大的作用。生活故事中主人公是儿童，有的表扬儿童的优良品德和模范行为；有的委婉地批评儿童的错误行为，或对他们的缺点进行善意的讽刺；有的采取了集中对比的写法，在同一个故事里既有正面形象，也有反面形象。有些专为儿童写的生活故事，其主人公不是儿童，但作品是从儿童的角度观察，有真挚的儿童情感，也属于儿童故事。如列夫·托尔斯泰的《谢谢你》：

> 一个小男孩玩儿的时候，不小心打碎了一只漂亮的碗。谁也没看见碗是他打碎的。
>
> 爸爸回来，问道：
>
> “谁打碎的？”
>
> “我。”
>
> 爸爸说：“谢谢你，因为你说了真话。”

故事的主题非常浅显，含义却很深刻：做错了事，只要说真话，也会得到表扬。这个故事对诚实的孩子是积极鼓励，对撒谎的孩子则是一种正面引导。

再如《圈儿圈儿圈儿》《六个娃娃七个坑》《谁勇敢》等都是优秀的儿童生活故事。

四、历史故事

选择历史上有重大影响的事件，编写成适合儿童阅读的故事，就是历史故事。这类故事，按照历史年代的次序，生动有趣地讲述历史上各种重大事件的情节及其特点，使儿童比较明确、具体地认识一些历史情况。历史故事也总是要写到历史人物的，它和写历史人物的人物故事有相通之处而又有区别。历史故事以写历史事件为主，人物故事以介绍人物为主。前者如《太平天国的故事》《上海小刀会的故事》等；后者如《鲁班的传说》《岳云》等。历史故事具有形象直观、生动感人的艺术魅力，对于让儿童了解中华民族光辉灿烂的历史、弘扬爱国主义精神、继承传统美德等方面都具有不可替代的作用。少年儿童出版社出版的《上下五千年》就是一套有关中外历史的大型故事丛书，曾一版再版，发行几百万册。

五、动物故事

以动物或主要以动物为主人公的儿童故事就是动物故事。从它们反映的内容看，大致可分为两类。一类是通过描写动物的生活和行为以及它们之间的相互关系，生动有趣地介绍各种动物的形象特征、习性等的故事。如法国女作家黎达的《海豹历险记》，叙写了一群海豹在北冰洋里的生活及冒险历程，不仅真实而科学地介绍了各种动物的习性、专长，而且揭示了大自然的种种奥秘，内容丰富多彩，具有丰富的认识价值。另一类是借助动物形象，间接地反映人类社会生活、人与人之间的关系，体现人们对真与假、善与恶、美与丑的爱憎分明的观点。如萧良的《孤雁》，运用拟人的手法，在赋予孤雁丧夫、沦为雁奴、遭歧视、被驱逐种种不幸的同时又赋予了她忠贞不二的高贵品质。由于喜欢小动物是儿童的天性，在世界各国民间文学中及作家创作的儿童文学中，动物故事都占有很大比重。动物故事同以动物为主人公的童话、寓言及小说较难区别。如要加以区别的话，那就是它的幻想程度不如童话那样强烈，它的讽喻性不如寓言那样明显深刻，它的形象塑造不如小说那样细致。

第四节　儿童故事的多样化教学方法探究

从学前班到小学，都有故事的阅读教学，需要根据学生对象的年龄、教学目标、故事材料的条件，选择和组合故事基本的教学方法。这些基本方法主要包括：

一、故事绘读

年龄越小的儿童越对故事绘读有兴趣，在学前班和小学低年级的教学中，采用学生自由绘读故事的方式，可以吸引学生更投入地进入故事情境，感受故事的内容。应注意故事绘读占据的教学空间，最好安排在教学内容已基本完成的时间段，或作为课后的补充延伸学习。

二、故事复述

故事复述在故事教学中应该有普遍的应用，它能帮助学生梳理故事发生的线索、头绪和经过，围绕故事的复述还可以有故事细节的想象和补充，能够锻炼学生的口头表达能力、记忆能力和思维能力。故事复述可由多人以接力形式进行，让学生关注故事的逻辑和衔接。

三、故事情境表演

故事情境表演在学前班和低年级经常使用，它适合于有人物、语言和行动比较丰富的故事，故事道具应尽可能简单，重点也不在表演本身，而在于故事内容的演绎和体验。应该允许学生根据教材文本进行适度的个人发挥。

四、故事的延伸阅读

儿童对故事有着比较浓厚的兴趣与过往阅读经验，而大量的作品让学生的课外故事延伸阅读有着丰富的资源，可以在整个学期甚至学段的故事阅读教学中以各种连接方式进行持续地延伸阅读。应重视课外故事阅读的效应。

五、生活中的故事

高年级的阅读教学可以提示学生注意故事对生活的反映和表现，应启发他们关注生活中与故事内容贴近或相似的事件，在自己的生活中发现故事的素材，加深对作品的理解，在可能的情况下，讲述身边发生的故事或据此进行故事的写作练习。

六、故事的口头创作、续写与改写

中低年级的故事教学可以引入故事的口头创作、续写和改写，可以先以故事文本的改造为基础，从口头到书面，逐步推进。应鼓励对故事做个人化的猜测和重构，充分调动学生的想象力和艺术创造力，使故事教学的读写活动尽可能以生动活泼的方式进行。有条件的话，可提供包括壁报、校刊、网络平台等在内的各种展示、交流、发表机会。

第五节　儿童故事阅读教学设计

一、儿童生活故事的创作

在儿童文学创作中，生活故事是一种直接观照现实，对儿童的日常活动作具体展现的体裁，要写得新奇有趣，使孩子们感到真切、乐于接近，又从中受到教益、有所领悟，所以应在以下几方面努力。

（一）创作应着意于求新

儿童生活故事大多从儿童的生活中取材，亲情、友情、同情弱小等几乎成了它永恒的主题。要创作出富有新鲜感和艺术生命力的作品，决不能囿于传统的题材题旨，也不应仅仅满足于童真童趣的展现，而应开阔思路，在立意、取材、构思等方面出奇制胜，有所突破。如朱丽蓉的《爸爸不在家》就写得不落窠臼。这则故事的主人公是一个叫达达的孩子，他的爸爸出差去了，屋里静悄悄，问妈妈："爸爸不在家，我们怎么办？"回答是："还有小达达呢，达达不也是个男子汉吗？"妈妈的话似是随意的玩笑却见作者提炼的功力。让年幼一代长成有力的男子汉，不正是年长一代的期望么？正是这一睿智的引导，使小达达稚嫩的心田萌生出做一个男子汉的自豪感和责任感：大灰狼来了怎么办？"我是男子汉，我去打！""把大灰狼统统打死。"继之而来的是满溢稚趣却又透出决心捍卫妈妈的行动，这个故事说明作者把视线投向未来，注目于年幼一代成长的方向，立足于一定高度去表达题旨的用心。

(二) 生活故事主要运用写实的手法

但这并非摒除想象与幻想。在构思中融进想象与幻想，并非仅仅是展现儿童那些富有童话色彩的想象与幻想，而在于着力发掘生活本身所能产生的这方面的因素，加以丰富、发展，组合于作品所描写的生活图景之中，成为故事整体的一个有机环节。

(三) 幼儿生活故事还应讲求谐趣

"趣味是儿童故事的基础。"60 年前，陈伯吹先生即如是说。不管成人作者想在故事中寓含什么思想、事理或教训，对于儿童来说，听故事仅是为了得到快乐。生活故事创作应讲求谐趣，多一点戏谑和幽默。比如，皮朝晖的《改名记》，讲述一个名叫夏蓝的孩子缠住爸爸给他把名字改一改，因为小朋友把他叫成"烂嘴"。爸爸让他改叫夏洋，他说这会被叫成"洋鬼子"；让他叫"夏飞"，他又说会被叫作"大飞虫"。像夏蓝这样的孩子，生活中并不少见，他们彼此爱戏谑，又极较真，可以由某一字词的谐音引发的许多笑话、趣话让人忍俊不禁，而且这些孩子的反应极其机敏，让人啼笑皆非。

(四) 语言要流畅、通俗和口语化

要做到语言的流畅、通俗和口语化，必须加强与儿童的接触，从儿童的现实生活中撷取最富有表现力、最有童趣的语言。

二、作品选读

(一) 部编版二年级上册

曹冲称象

古时候有个大官，叫曹操。别人送他一头大象，他很高兴，带着儿子和官员们一同去看。

大象又高又大，身子像一堵墙，腿像四根柱子。官员们一边看一边议论："象这么大，到底有多重呢？"

曹操问："谁有办法把这头大象称一称？"有的说："得造一杆大秤，砍一棵大树做秤杆。"有的说："有了大秤也不成啊，谁有那么大的力气提得起这杆大秤呢？"也有的说："办法倒有一个，就是把大象宰了，割成一块一块的再称。"曹操听了直摇头。

曹操的儿子曹冲才七岁，他站出来，说："我有个办法。把大象赶到一艘大船上，看船

身下沉多少，就沿着水面，在船舷上画一条线。再把大象赶上岸，往船上装石头，装到船下沉到画线的地方为止。然后称一称船上的石头。石头有多重，大象就有多重。”

曹操微笑着点点头。他叫人照曹冲说的办法去做，果然称出了大象的重量。

【点评】

本文根据《三国志·魏书·武文世王公传》相关内容改写。故事讲的是曹操的儿子曹冲小时候动脑筋想出了称大象的办法的故事。一个七岁的孩子，想出称象的办法比官员强，比官员妙，这实在难能可贵。曹冲称象的故事，因此广为流传。曹冲爱动脑筋，善于观察，富于联想的品质，值得儿童认真借鉴。

（二）人教版二年级上册

小柳树和小枣树

院子里有一棵小柳树和一棵小枣树。

小柳树的腰细细的，树枝绿绿的，真好看。小柳树看看小枣树，树枝弯弯曲曲的，一点儿也不好看。小柳树说：“喂，小枣树，你的树枝多难看哪！你看我，多漂亮！”

春天，小柳树发芽儿了。过了几天，小柳树的芽儿变成小叶子，她穿上一身浅绿色的衣服，真美！她看看小枣树，小枣树还是光秃秃的。小柳树说：“喂，小枣树，你怎么不长叶子呀？你看我，多漂亮！”

又过了好些日子，小枣树才长出了小小的叶子。这时候，小柳树的叶子已经长得又细又长了。她在微风里得意地跳起舞来。

到了秋天，小枣树结了许多又大又红的枣子。大家把枣子打下来，坐在院子里，高高兴兴地吃起来。

小柳树看看自己，什么也没结。她想：从前我总是说枣树不好看，这回她该说我啦！可是过了一天又一天，小枣树什么也没说。小柳树实在忍不住了，她问小枣树：“你怎么不说我呀？”小枣树不明白，问道：“说你什么呀？”小柳树低下头，说：“说我不会结枣子呗……”

小枣树温和地说：“你虽然不会结枣子，可是一到春天，你就发芽长叶，比我绿得早；到了秋天，你比我落叶晚。再说，你长得也比我快，等你长大了，人们在树阴下乘凉，那有多好啊！”

小柳树听了，不好意思地笑了。

【作者简介】

孙幼军，著名童话作家，中国首位国际安徒生奖提名者，被誉为“一代童话大师”，著有《小贝流浪记》《小布头奇遇记》等。

【点评】

故事以拟人的手法介绍了小柳树和小枣树各有长短。借小柳树和小枣树生长情况的不同，赋予它们不同的性格特点：小柳树因为自己长得漂亮而得意，瞧不起小枣树；而小枣树不因自己长得没有小柳树好看而泄气，也不因自己结了又大又红的枣子自高自大，相反还夸奖小柳树。这是一篇很有趣的故事，从故事中让儿童明白尺有所短，寸有所长的道理，知道要多看别人的长处。

（三）部编版三年级下册

我不能失信

一个风和日丽的早晨，宋耀如一家用过早餐，准备到一位朋友家去做客。二女儿宋庆龄特别高兴，她早就盼着到这位伯伯家去了。伯伯家养的鸽子，尖尖的嘴巴，红红的眼睛，漂亮极啦！伯伯还说准备送她一只呢！

她刚走到门口，突然停住了脚步，皱起了眉头。

父亲看见了，奇怪地问："庆龄，你怎么不走啦？"

"爸爸，我不能去了，我昨天和小珍约好了，今天她来我们家，我教她叠花篮。"庆龄说。

"你不是一直想去伯伯家吗？改天再教小珍吧。"父亲说完，拉起庆龄的手就要走。

"不行！不行！小珍来了会扑空的，那多不好啊！"庆龄边说边把手抽回来。

"那……回来你去小珍家解释一下，表示歉意，明天再教她叠花篮，好吗？"妈妈在一旁说。

"不，妈妈。您说过，做人要信守诺言。如果我忘记了这件事，明天见到她时，向她道歉是可以的，但是我已经想起来了，就不能失信了！"庆龄坚定地说。

"我明白了，我们的庆龄是个守信用的孩子。"妈妈望着庆龄笑了笑，说："那你就留下来吧！"

送家里人出门后，庆龄一个人回到房间里，耐心地等候着。她一会儿拿起一本书看，一会儿又坐到琴凳上弹钢琴，平时很熟的曲子，今天却总是弹不准。可是，直到全家人吃过午饭回来，小珍也没有来。妈妈心疼地说："我的女儿一个人在家，该多没意思啊！"庆龄仰起脸回答道："一个人在家，是很没劲。可是，我并不后悔，因为我没有失信。"

【点评】

本文讲述的是宋庆龄小时候诚实守信的故事。故事中运用了大量的对话来表现小庆龄的真诚与守信，赞美了小庆龄诚实守信的可贵品质。

（四）部编版四年级上册

为中华之崛起而读书

新学年开始了，修身课上，沈阳东关模范学校的魏校长向学生们提出了一个严肃的问题："你们为什么而读书？"

"为家父而读书。"

"为明理而读书。"

"为光耀门楣而读书。"有人干脆这样回答。

有位同学一直默默地坐在那里，若有所思。魏校长注意到了，他打手势让大家安静下来，点名让那位同学回答。那位同学站了起来，清晰而坚定地回答道：

"为中华之崛起而读书！"

魏校长听了为之一振！他怎么也没想到，一个十二三岁的孩子，竟然有如此的抱负和胸怀！他睁大眼睛又追问了一句："你再说一遍，为什么而读书？"

"为中华之崛起而读书！"

魏校长听了，高兴地连声赞叹："好哇！为中华之崛起，有志者当效此生！"

这位同学是谁呢？他就是周恩来，中华人民共和国的第一任总理。

周恩来出生于1898年。十二岁那年，他离开家乡江苏淮安，随回家探亲的伯父来到了东北沈阳。一到沈阳，伯父就告诉他，沈阳有些地方是外国人的租界，不要随便去玩，有事也要绕着走，免得惹出麻烦没有地方说理。

少年周恩来疑惑不解，问道："那不是我们中国的地方吗？为什么不能去呢？"

"中华不振哪！"伯父叹了口气，没有再说什么。

十二岁的周恩来当然不能完全明白伯父的话，但是"中华不振"四个字和伯父沉郁的表情却让他难以忘怀。

一个星期天，周恩来背着伯父约了一个同学进了租界。这一带果真和别处大不相同：街道上热闹非凡，往来的大多是黄头发、白皮肤、大鼻子的外国人。

正当周恩来和同学左顾右盼时，忽然发现巡警局门前围着一群人。他们凑了过去，只见人群中有个女人正在哭诉着什么。一问才知道，这个女人的亲人被洋人的汽车轧死了，她原本指望巡警局给她撑腰，惩处这个洋人，谁知中国巡警不但不惩处肇事的洋人，反而训斥她。围观的中国人都紧握着拳头，但这是在外国人的租界里，谁又敢怎么样呢？大家只能劝慰这个不幸的女人。

此时的周恩来才真正体会到"中华不振"这四个字的沉重分量。怎么把祖国和人民从苦难和屈辱中拯救出来呢？这个问题像一团烈火一直燃烧在周恩来心中。所以，当修身课上魏校长提出为什么而读书这个问题时，就有了"为中华之崛起而读书"的响亮回答。

【点评】

《为中华之崛起而读书》讲的是少年周恩来立志的故事。少年周恩来耳闻目睹中国人在外国租界，受洋人欺凌却无处说理，周围的人敢怒不敢言，从中深刻体会到伯父说的"中华不振"的含义，从而立志"为中华之崛起而读书"。故事赞扬了少年周恩来的博大胸襟和远大志向。

三、教学设计案例

儿童故事体裁在小学各年级特别是中低年级语文教材中占有较大比重，包括生活故事、传说故事、历史故事、动物故事等具体品种，童话故事更为常见。故事带有口传文学性质，有独特的体裁特征，它的阅读教学相应区别于其他文学体式。

《为中华之崛起而读书》教学设计

【教材分析】

《为中华之崛起而读书》是部编版小学语文四年级上册第七单元的一篇精读课文。本文属于叙事型文章，叙述的是周恩来少年时代耳闻目睹了中国人在外国租界里受洋人欺凌却无处说理的事情，从中深刻体会到伯父说的"中华不振"的含义，从而立志要为振兴中华而读书，表现了少年周恩来的博大胸怀和远大志向。文章结构严谨，思想性强，利于引发学生思考自己读书的目的，激励学生将自己的学习生活与实现中华民族伟大复兴的中国梦联系在一起，也利于学生学习在阅读中体会人物的思想感情。

【学情分析】

四年级的学生思维活跃，表现欲强，具备一定的阅读理解能力，能够较好地自主感悟课文内容。但本文的时代背景与学生的生活相差太远，学生不易进入文本情境，难以理解“中华不振”之因，难以深刻体会人物情感。因此，本课的设计力求在凸显文本对话的基础上，将课内外的语文学习资源整合起来，采用读一读，品一品，想一想，说一说，议一议，写一写，演一演等学习方式，使学生深入体会周恩来立志的原因，感受少年周恩来博大的胸怀和远大的志向。

【教学目标】

1. 认识本课“崛、范”等 8 个生字，会写“肃、晰、振”等 13 个生字，正确理解“严肃、疑惑不解、清晰”等词语。

2. 默读课文，想想课文讲了哪几件事，再连起来说说课文的主要内容。

3. 有感情地朗读课文，结合历史资料，理解少年周恩来立志“为中华之崛起而读书”的原因，体会“中华不振”的含义。

4. 感受少年周恩来的博大胸怀和远大志向，树立为实现中华民族伟大复兴的中国梦而刻苦学习的远大理想。

【教学重难点】

1. 重点：有感情地朗读课文，理解少年周恩来立志“为中华之崛起而读书”的原因，体会“中华不振”的含义。

2. 难点：了解当时的社会背景，深入体会少年周恩来立志的原因；树立为国家繁荣和民族振兴而刻苦学习的远大理想。

【教学方法】

情境教学法、朗读指导法、自主学习法、合作探究法。

【课时安排】

2 课时。

【教学过程】

第一课时

一、课前谈话，导入新课

1. 请看这个“志”字，上“士”下“心”。在我们中华民族的传统习俗中，具有一定身份地位的，或是有一定知识技能的人才能称为“士”。而“志”就是“士”经过用“心”的思考立下的志向。

2. 说说你小时候立下的志向吧。

(我要当医生。我要当航天员……)

3. 过渡语：很好。今天，我们要一起学习少年周恩来的立志故事。

4. 板书课题，齐读课题。

（**设计意图**：从志向谈起，轻松入课，激发学生学习兴趣和求知欲望。）

二、初步读文，了解课文内容

1. 自由朗读课文，要求：读准字音，读通句子。

(1) 学习生字。

交流自学字词的情况。教师检查、指导。

过渡语：要想读懂文章，扫清“地雷”是必须的。这篇课文中的生字词你们能认识，能正确地读出来么？

课件出示生字词：

租界　麻烦　胸怀　屈辱　欺凌　肇事

热闹非凡　左顾右盼　疑惑不解　铿锵有力　清晰而坚定

过渡语：真好。还有一些词，由于特定的时代，理解起来有困难，需要我们查找一些资料。例如“租界”，谁知道？（不知道）

请看这幅图（课件出示图片）

这就是清朝末年我们受到列强欺辱的时局图。当时的美帝国，英帝国，日帝国，沙皇俄国等，国力强过中国，于是就抢占我们的领土，说是租用，实际上是霸占，这就形成了列强割据，租界林立的“时局图”。而在租界内就是灯红酒绿，莺歌燕舞，在租界外则是民不聊生，苦难悲情。

过渡语：有一些词，光看字面意思还不行，联系课文才能理解更透彻。比如“欺凌”，谁来说说这个词的意思？（欺负，欺压，侮辱……）

2. 课文中是怎么说的，中国人受到怎样的欺凌？谁能给咱们读一段课文，帮助大家具体地理解这个词的意思？（生读）

3. 大家一边读，一边感受当时的中国人在自己的国土上受到怎样的欺凌。

4. 生自由读片段。在读中相机引导理解“肇事、左顾右盼、铿锵有力”等词语的意思。

三、再读课文，把握大意

1. 过渡语：这是一个少年周恩来的立志故事，围绕周恩来写了三个小故事。现在请大家默读课文，把三个小故事找出来。

明确：(1) 周恩来到东北，伯父和他说不要轻易到租界去玩。

(2) 周恩来和同学闯租界。

(3) 修身课上，周恩来立志为中华之崛起而读书。

（**设计意图**：教给学生读书概括大意的方法：通过事情的起因、经过、结果来概括课文的主要内容。）

2. 说得很好。还可以简洁一些。老师也尝试着概括了三个故事的小标题。大家看看，比比，和你们概括的有什么不同。

（课件出示）耳闻“中华不振”(1～6)；目睹“中华不振”(7～8)；立志“振兴中华”(9～17)。

（**设计意图**：从寻找三个小故事，到归纳小故事大意，再到串联全文大意，呈现串联式结构图，有利于学生从整体把握课文大意。）

四、参与体验，拓展延伸

1. 同学们，听了周恩来的回答后，你来想一想：自己是为什么而读书的呢？

2. 还有许多像周恩来一样的伟人，他们也是为了祖国的崛起而努力学习，为祖国的崛起做出了巨大的贡献，你想到了谁？

3. 小结：中华不振深深刺痛了周恩来的心，“为了中华之崛起而读书”这个清晰而坚定的声音让我们看到了祖国的希望，课下请同学们搜集有关周恩来的资料，多多了解这位伟人。

第二课时

一、温故设疑，想想画面

1. 出示上节课所学的部分字词：

左顾右盼、巡警、吵嚷、衣衫褴褛、得意洋洋、轧死、撑腰、惩处。

2. 检查反馈，如：指名读、开小火车读、让读得好的学生当小老师领读。

3. 根据所出示字词，想象画面。

4. 师指导学生联系文本，根据所出示字词，再次想象画面，并写下来，和同伴分享。

5. 指名学生说说自己想象到的画面。师指导方向，鼓励为主。

6. 教师总结画面，并相机导到第 8 自然段的学习。

（**设计意图**：复习字词不但加深了学生对字词的掌握，也为想象画面提供了线索，为导出第 8 段最“揪心”的画面做了铺垫，还为体会人物形象酝酿感情，学习方式将听、想、说、读、写有机结合，提高了学生语文综合能力，也为理解文本情感埋下伏笔。）

二、以演促悟，初步感悟

画面 1：品一品，演一演，感受洋人的得意和妇女的不幸。

1. 同学们，刚才我们想象到的画面，看看课文是怎样描述的呢？请同学们用自己喜欢的方式自由朗读课文第 8 自然段，画出令自己感受深刻的词句。

学生交流感受深刻的词句，教师相机指导学生品读重点词句，以感受“中华不振”。

2. 提问：在品析朗读词句的过程中，从文中你们看到怎样的画面？

【预设 1】亲人被轧死的衣衫褴褛的妇女、得意洋洋的洋人、不惩处洋人反而把妇女训斥了一通的中国巡警。

【预设 2】紧握着拳头却只能劝劝不幸妇女的围观的中国人。

3. 提问：你的感受如何？

【预设】愤怒。

4. 带着体会到的情感，请同学们来演一演。对学生动作、神情、语气等加以指导。

5. 出示“华人与狗不得入内”课件图片，播放百年前的中国被帝国主义侵略的视频。

提问：看到这些，你们又想说些什么？造成这样的原因又是什么呢？

【预设 1】这是对我们华人的侮辱。

【预设 2】中华不振。

6. 引读：

这个妇女的亲人被洋人的汽车轧死了，她原指望____________。谁知__________________，反而________________。围观的中国人都________________。但是，________________？只能________________。

7. 指导学生多样朗读,如:自由练读,同伴互读,指名读,齐读。

8. 同学们,为什么洋人轧死了中国人还得意扬扬?为什么中国巡警不但不惩处肇事的洋人,反而把妇女训斥了一通?为什么围观的中国人都紧握着拳头,却只能劝劝那个不幸的妇女?

这一切,都是因为……

【预设】中华不振。

过渡语:从刚才同学的朗读、表演和视频的播放中,我们知道这一切都是因为"中华不振",那么文中还有哪里体现了"中华不振"呢?小组轮读,全班交流,随机学习相应的画面。

(**设计意图:**感悟"中华不振"是本课教学的重点。为了突出这一重点,本环节是引导学生抓住洋人、中国巡警、围观的中国人对被轧死亲人的妇女表现出的态度入手,通过品一品、读一读、想一想、演一演等方式,并将社会背景资料引用到课堂,使学生能深入体会周恩来立志的原因,感受"中华不振"的含义。)

三、指导研读,读中悟情

画面2:读一读,想一想,体会伯父的无奈和少年周恩来的不解。

指导学生分层朗读,提高学生对人物感情的理解与把握。

1. 指名分角色朗读少年周恩来和伯父的对话,师生评议。

2. 想一想:从对话当中,你看到一个怎样的伯父?你又看到一个怎样的少年周恩来?你还看到一个怎样的中华?

(1) 我看到了一个________的伯父。

(2) 我看到了一个________的少年周恩来。

(3) 我看到了一个________的中华。

【预设1】无奈、担心、焦虑、悲伤、哀愁……

【预设2】疑惑不解、爱追问、爱思考……

【预设3】不振、没处说理去……

3. 指导学生朗读少年周恩来和伯父的对话。

(1) 你认为应用怎样的语气去读伯父的话?周恩来的话又该怎样读呢?(生交流,师小结)

(2) 教师示范指导学生朗读,提高学生对人物感情的理解与把握。

(3) 学生自由练读。

(4) 同伴分角色练读少年周恩来和伯父的对话。

(5) 指名分角色朗读少年周恩来和伯父的对话,师生评议。

(**设计意图:**本环节主要用指导学生有感情朗读的方法,引导学生体会少年周恩来和伯父的对话,以此感受"中华不振",真正做到读中悟,悟中读。)

四、自主探究,合作生智

画面3:议一议,说一说,品味租界的大不相同。

1. 指名读第7自然段。

2. 思考:哪些词语给你留下了深刻的印象?为什么?

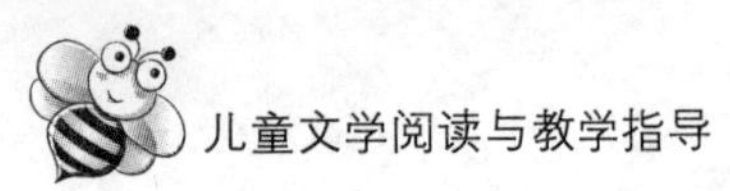

3. 提示:想象租界外是怎样的?学生交流讨论词语,以体会租界的大不相同,从而感受"中华不振"。

【**预设**】闯进、灯红酒绿、热闹非凡、耀武扬威……

4. 指导学生朗读第7自然段,抓住"闯进""嘿""果真""大不相同""灯红酒绿""热闹非凡""耀武扬威"等词语重点指导。

5. 师小结:灯红酒绿、热闹非凡的租界是不允许中国人随便入内的,里面是看不到一个中国老百姓的身影的,到处都是洋人,而且只能受到洋人和耀武扬威的巡警欺凌。因为中华不振,这种欺凌每天都在租界上演着。

(**设计意图**:本环节引导学生交流讨论描写租界的词语,以此让学生品味到租界的大不相同,从而感受"中华不振",并通过想象租界外的情景,指导学生朗读,加深学生对租界的理解。)

五、回归主题,升华情感

画面4:写一写,演一演,感知周恩来的远大志向。

1. 从租界回来以后,周恩来常常一个人在沉思,他在想些什么呢?请你把这些想法写下来!

2. 指名汇报,师点拨指导。

3. 周恩来正是基于这样的思索,才会在那次修身课上清晰而坚定地答道:________?

【**预设**】为中华之崛起而读书。

4. 指名分角色演一演修身课上的情境,师生评议。

5. 采访活动:你作为一名记者,采访刚刚在修身课上铿锵有力地说出"为中华之崛起而读书"的少年周恩来。

6. 写一写采访之后的感受,加深体会少年周恩来的博大胸怀和远大志向。

7. 学生有感情地朗读对话部分,并分角色合作读。

8. 师引读:

他在少年时就立志——为中华之崛起而读书!

这可是周恩来一生信守的诺言啊——为中华之崛起而读书!

这可是周恩来终生为之奋斗的目标啊——为中华之崛起而读书!

(**设计意图**:本环节引导学生走进周恩来内心世界,将情感诉诸笔端,在读写之中,情感得到升华。同时,设计演一演情境,并随之安排采访活动,有利于学生与文本人物情感产生共鸣,加深体会周恩来的博大胸怀和远大志向。)

六、拓展文本,深化主题

1. 同学们,"为中华之崛起而读书"这九个字是周恩来一生信守的誓言啊!以课件呈现一组周恩来总理生平中具有代表性的图片为载体,以此来说明周恩来总理后来是怎样实践自己的誓言的。

2. 联系自己的生活实际,想一想自己读书是为了什么?说一说我们应如何践行"为中华之崛起而读书"。学生自由表达,师相机鼓励,引导学生结合时代的主旋律,即从实现中华民族伟大复兴的中国梦来谈。

(**设计意图**:本环节适当地拓展了人物,不仅丰满了人物形象,也让学生明白光立志还不够，更要用实际行动去实现自己的誓言。同时，也激励学生以周恩来总理为榜样，为实现中华民族伟大复兴的中国梦而读书，激发学生热爱祖国、振兴中华的热情。）

七、布置作业

课后收集有关周恩来总理的照片、图片、故事、名言、语录、传记等资料，开展一次周恩来总理事迹展，缅怀周恩来总理的丰功伟绩。

【板书设计】

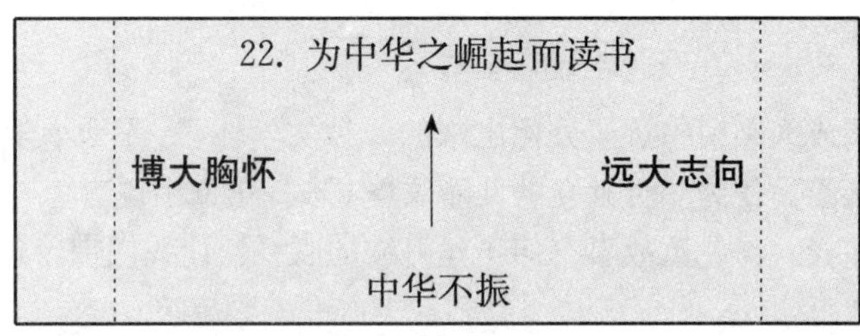

[思考与练习]

1. 结合作品说明儿童故事的特征。

2. 从小学语文课本中选出一篇历史故事和一篇历史人物故事，比较说明历史人物故事同历史故事对历史事件和历史人物之间的关系的不同处理。

3. 在班上开个故事会，每人讲一个自己创作的儿童故事，大家评一评，看看谁讲的故事情节曲折生动。

第十一章
儿童小说

儿童小说是从成人小说中逐渐分化出来的一种文学体裁，深受小学高年段和初中阶段的少年儿童的喜爱。作为一种独立的儿童文学样式，儿童小说有怎样的审美特征？它与成人小说有何差异？与儿童故事有何千丝万缕的联系？让我们带着这些问题进入儿童小说世界。

第一节　儿童小说的概说与分类

一、儿童小说的概说

儿童小说作为一种叙事文体，它的范畴应包括两方面：一是小说的；二是儿童的。要判断一部文学作品是否兼属这两个范畴，在过程上要先确定它是不是小说，再确定它是否适合儿童读者。

（一）儿童小说是小说

儿童小说是小说就应当符合小说创作的基本规律。人物、情节、主题被称为小说的三大要素。小说是作家通过故事情节的展开来刻画人物，表达作者的思想、感觉和情绪，所以作家创作时都要紧扣这三大环节。小说还要运用各种表现手法，通过人物、情节、故事、环境等的具体描写，广泛而细致地表现社会生活。它不受真人真事的限制，允许虚构，允许合理想象，写法比较自由。强调儿童小说首先要是小说，就是在于不能忽视它作为小说的本体特征，忽视它的文学性。

（二）儿童小说是以儿童为主要读者对象的小说

儿童小说的主要阅读对象是小学高年级和初中学生。要判断一篇小说是不是儿童小说，不是根据描写的是不是少儿生活、少儿形象，而是根据作者的视角是否符合少年儿童的心理状态和审美情趣，小说所产生的文学效果是不是为少年儿童感兴趣，乐于接受。因此作者在创作过程中选材、构造故事、塑造人物等方面都要考虑少年儿童读者独特的审美接受特点，以获取少儿读者的认可。当然，这只是作者的主观愿望。作品能不能为少儿读者认同，还得看其产生的文学效果，至少能够使少儿去接近，有阅读的欲望。其内容能为少儿所接受，能对他们的成长提供经验意义。比如卢梭的《爱弥儿》，主人公爱弥儿是少年儿童，内容写的也是爱弥儿的成长生活，但作品没有为少儿读者提供经验意义，作品是通过对爱弥儿成长过程的剖析来阐发作者的教育观点，以引起教育界对儿童教育的关注的。

因此，严格地说，这篇小说不属于儿童小说，应是一篇教育小说。而马克·吐温的《汤姆索亚历险记》《哈克·贝利费恩历险记》则既是少儿感兴趣、喜欢读，又是他们容易理解、容易接受，为他们提供社会化经验的小说。所以这样的作品才称得上少儿小说佳作。

综上所述，所谓的儿童小说，就是指少年儿童感兴趣、易理解、易接受，有助于他们健康成长的小说。“小说”的范畴表明了儿童小说在文体的类别归属；“儿童的范畴”界定了儿童小说在“小说”领域中的位置。

二、儿童小说的分类

儿童小说的分类按不同的标准，可以划分出不同的种类。根据篇幅的长短，可分为长篇儿童小说、中篇儿童小说、短篇儿童小说三种；根据叙述的方式，可分为第一人称儿童小说和第三人称儿童小说两种；以表现手法可分为以故事见长和以心理描写见长的两类…… 总之，标准不同，分类各异。

下面我们重点根据题材角度的不同进行分类。

（一）生活题材小说

生活小说是真实地塑造儿童形象，反映儿童学校生活、家庭生活及社会活动的小说。这类小说在儿童小说中数量最多，题材范围广泛，可以写师生之情、父母子女骨肉亲情、兄弟姐妹手足情深、同学友谊等。这类小说与儿童心灵相通，极易引起他们思想感情的共鸣。如张成新的《三点半放学》，秦文君的《男生贾里》《女生贾梅》等。

（二）历史题材小说

历史小说是以历史人物和事件为题材，反映一定历史时期的生活面貌的小说。这类小说，要求忠实于史实，也允许有一定的艺术虚构，可谓是形象化的历史教科书，深受孩子们喜爱。如《说岳全传》。

（三）惊险题材小说

惊险小说是主要通过曲折惊险的情节来充分表现儿童的天性和聪明才智的小说。小说中的“惊险”，必须符合儿童的心理承受力，不能有恐怖的色彩。惊险小说包括探险记、历险记、侦破类等，如马克·吐温的《汤姆索亚历险记》、笛福的《鲁滨逊漂流记》等。

（四）动物题材小说

这类题材的小说更适合低年级读者阅读。它的主人公是动物，一切都拟人化了。但有一种作品以动物为主人公，生动地描写动物与动物、动物与人的关系，写出彼此情感的交流，表现出深刻的意蕴。如沈石溪的《第七条猎狗》，写一条猎狗在被老猎人误会赶走的情况下，奋不顾身击退豺狗，保护了老猎人和他的孙子、牛群，而自己却受了伤。动物性、人性、哲理性浑然一体，有极强的艺术感染力。

（五）科幻题材小说

科幻小说是指以幻想的方式描述自然科学领域内以往或未来的某种奇迹的小说。科学性、趣味性和文学性统一在作品中。如儒勒·凡尔纳的长篇科幻小说《海底两万里》，在展开富有戏剧性的惊险情节的同时，借助丰富的想象，表现了色彩斑斓的海底世界，又融

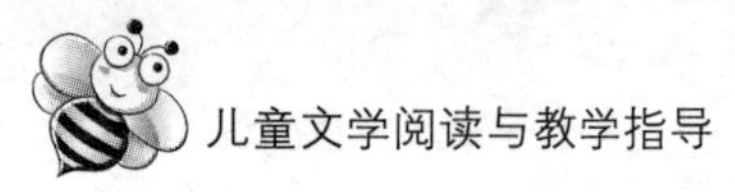

入大量的海洋、历史等方面的知识，具有雄浑的气势和引人的魅力，不但让小读者增长科学知识，而且能培养儿童对科学的兴趣。

第二节　儿童小说的特征

一、主题积极且针对性较强

儿童小说的主要阅读对象为少年儿童，他们的理解能力、接受能力还很有限，所以儿童小说的主题要求积极明确，突出而集中。如果主题过于含蓄隐晦，会使小读者在读完作品后如坠云里雾里而不知所云。只有主题积极鲜明，才便于儿童接受，才能使小说这种文体在儿童成长过程中起积极的引导作用，让少年儿童从小说中受到感染和熏陶，从而促使他们积极、健康成长。

例如都德的《最后一课》，是一篇弘扬爱国主义主题的儿童小说，小说通过塑造韩麦尔先生、镇里的普通人民以及处于思想大转折时期的小弗朗士等一系列艺术形象，自然地流露出感人至深的爱国主义精神，主题积极而鲜明，因而能够感动少年读者。与主题的鲜明、积极密切相关的，是主题的针对性。优秀的儿童小说之所以成功，其中很重要的原因就是主题的针对性较强。凡是从少年儿童的思想实际出发，根据时代的、历史的、社会的要求对小读者进行明确的认识社会、理解人生的引导，这样的小说就具有针对性。如管桦的《雨来没有死》就是这样具有鲜明针对性的爱国小说。

小说主题的鲜明、积极、有针对性，不但可以产生强烈的短期效应，而且会给小读者留下亲切、美好、久久难忘的印象。

二、情节曲折生动，可读性较强

在儿童小说中，情节是重要的一环，典型人物的性格特征就是在情节的展开过程中得到体现的。人物形象是否鲜明，故事是否生动，主要看情节的安排。小说家采用多元化的方法结构情节，使故事波澜起伏、曲折生动而且脉络清晰，这样的小说就会变得精彩起来，就会有较强的可读性，因为少儿的阅读心理决定了他们对充满情节趣味和强烈故事性的作品始终怀着极大的热情和兴趣。儿童小说具有很强的故事性，有着令小读者非得一口气看完而欲罢不能的艺术魅力。如张天翼的《罗文应的故事》，便是围绕着罗文应想改正缺点但又缺乏自制力这一主要矛盾冲突来展开情节。作者往往在罗文应即将战胜自己的一瞬间，由于某个突然出现的偶然因素的干扰而前功尽弃，如此反复多次，将矛盾推向高潮，促使矛盾的最终解决。这样曲折的情节，就能吸引小读者的阅读注意力。再如《三色圆珠笔》中那支三色圆珠笔到底是谁偷的?《“欢乐女神”的故事》中那位欢乐女神究竟欢乐不欢乐？故事情节都是一波三折、引人入胜的。

三、注重塑造生动、丰满、可信的人物形象

古今中外大凡优秀的儿童小说，其人物形象都是生动、丰满、可信的，因而都是令人难

忘的，如《罗文应的故事》中的罗文应，《谁是未来的中队长》中的李铁锚，《三色圆珠笔》中的徐晓东等。

儿童小说十分注重人物形象的塑造，对人物形象的要求是生动、丰满、可信。这也是儿童小说与儿童故事的重要区别所在。一部小说写得好坏、深浅，最主要的标准是看其塑造的主要人物形象是否成功。对于儿童小说来说，主要人物形象往往是少儿形象，因为少儿读者对作品中的同龄人有一种自然生成的“亲和感”，在思想感情上是沟通的、易理解的，这样作品就具有感染力和吸引力。

儿童小说以塑造少儿形象为主，但也并不排斥塑造成功的成人形象。因为少年儿童的生活中离不开成人，在表现他们的生活时，也必然经常涉及成人，他们的成长也与成人的教育、培养不可分割。因此，儿童小说也同样重视对成人形象的塑造，也丝毫不降低其艺术标准：生动、丰满、可信。形象的生动性要求所塑造的人物形象必须是“活”的，栩栩如生的。如《小兵张嘎》中机智勇敢的侦察员罗金保叔叔。儿童小说中成人形象既要有成人所独具的魅力，又要有能为孩子们所理解和接受的“儿童特点”。

形象的丰满性要求所塑造的人物形象必须有立体感，必须像现实中的人物那样具有丰富的物质与精神两个方面的生活。形象的可信性要求所塑造的人物形象必须是真实的，必须是艺术真实与生活真实的完美结合。

四、准确、精练、通俗的语言运用

语言要精练，首先要求使用语言的人对事物的观察要准确，其次要求有一定的词汇量可供选择，再次要避免晦涩难懂。

准确而精练的语言，也必定是生动的语言。作为儿童小说，让儿童阅读，语言当然还要通俗易懂，因为冷僻、艰涩的语言不可能使少年儿童流畅阅读。

第三节　儿童小说的多样化教学方法探究

儿童小说的教学方法应根据理解儿童小说艺术构成的需要设计和安排，还应该综合考虑学生的年龄、学习方式、欣赏趣味、阅读经验和能力，应不完全等同于其他文学样式的阅读教学模式。儿童小说阅读欣赏的基本教学方法主要包括：

一、作家及作品写作背景介绍

小说作家的创作通常有一定的规模，不同作品可能显示共有的风格和特色，个人的风格特色在不同作品中又会有不同的表现；小说作为反映现实的叙事文学作品，也会渗透特定的时代背景，安排作家及作品写作背景介绍对理解作品及作家创作有重要作用。

二、原作整体阅读

如果教材中的作品文本只是节选，课外完成作品的整体阅读有一定的必要性，经过改编的作品，当然也最好安排原作的阅读。作家的其他作品的拓展阅读可以由学生根据个

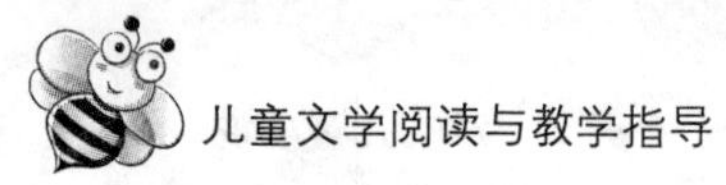

人兴趣自主选择。

三、课堂讨论与阅读分享

在课堂中开展有关作品的讨论是一个自然的过程。讨论的话题可以很广泛，小说的内容及思想深度、作者的感情态度、作品塑造的人物性格、小说的情节与结构、小说的艺术表现手法、作品的细节等，都是有意义的论题。小说阅读是非常个人化的行为，学生反映的深度、广度、灵敏度都存在个体差异，让学生自由发表阅读见解，互相交流分享阅读发现和体会，可以切实有效地锻炼和发展学生的阅读理解能力，提高他们对小说的阅读兴趣。

四、比较阅读

对小说作家作品的艺术特征的认识需要一定的阅读经验作为基础，有意识地开展比较阅读可以提示学生注意阅读经验的整合。比较阅读的方式可以灵活自由，在时代、作家、作品、内容、主题、艺术风格等各个层面，取其相同或相异交互展开，在比较中对所学作品进行思想艺术的鉴别和评判。

五、读写活动

小说的读写活动可以有传统读后感或人物论，但灵活的方式和题目更能激发学生的写作欲望，比如对关键情节做出新的假定或加入新设计的人物，就小说文本中的“空白”，发挥想象加以填充，从而加深对小说人物形象的认知。对小说进行改写往往不只是艺术创作的尝试，还可能引发对作品优长或缺陷的重新认识。

六、其他艺术形式的作品欣赏

一些小说经典名作都有影视作品的拍摄和改编，在课堂教学中安排一些片段的欣赏、组织布置学生课后观看，可以为学生提供直接感受作品的机会，在与影视作品比较后反观作品，也会产生新的阅读感受和体会。

第四节　儿童小说阅读教学设计

一、儿童小说的创作

创作儿童小说应当注意以下几点：

（一）充分熟悉和深刻理解审美对象

写儿童小说，塑造少年儿童形象，就要充分熟悉和深刻理解审美对象，要深入少年儿童的生活，做他们的知心朋友，了解小读者的所喜所厌，从他们身上去获悉多姿多彩的儿童生活。

（二）应该具有创新意识

作品贵在创新。写作要有创新意识，创新主要可以从题材新和手法新上入手。题材新即扩大题材范围，写别人没写过的，或变换写作角度，以新角度写旧题材。手法新即用多元化手法结构小说。

（三）把握主题确立中的分寸感

把握主题确立中的分寸感就是要注意：不能脱离具体的读者对象，全面理解作品的客观效果，淡化一哄而起的赶时髦的创作心态。

（四）突出主要人物形象

儿童小说的主要人物形象不宜多，突出主要人物，如《小兵张嘎》处处突出的是“嘎子”这个主要人物，一切都以他为中心，这样就给读者留下了深刻难忘的印象。

二、作品选读

（一）部编版四年级下册

小英雄雨来（节选）

一

晋察冀边区的北部有一条还乡河，河里长着很多芦苇。河边有个小村庄。芦花开的时候，远远望去，黄绿的芦苇上好像盖了一层厚厚的白雪。风一吹，鹅毛般的苇絮就飘飘悠悠地飞起来，把这几十家小房屋都罩在柔软的芦花里。因此，这村就叫芦花村。十二岁的雨来就是这村的。

雨来最喜欢这条紧靠着村边的还乡河。每到夏天，雨来和铁头、三钻儿，还有很多小朋友，好像一群鱼，在河里钻上钻下，藏猫猫，狗刨，立浮，仰浮。雨来仰浮的本领最高，能够脸朝天在水里躺着，不但不沉底，还要把小肚皮露在水面上。

妈妈不让雨来耍水，怕出危险。有一天，妈妈见雨来从外面进来，光着身子，浑身被太阳晒得黝黑发亮。妈妈知道他又去耍水了，把脸一沉，叫他过来，扭身就到炕上抓笤帚。雨来一看要挨打了，撒腿就往外跑。

妈妈紧跟着追出来。雨来一边跑一边回头看。糟了！眼看要追上了，往哪儿跑呢？铁头正赶着牛从河沿回来，远远地向雨来喊：“往河沿跑！往河沿跑！”雨来听出了话里的意思，转身就朝河沿跑。妈妈还是死命追着不放，到底追上了，可是雨来浑身光溜溜的像条小泥鳅，怎么也抓不住。只听见扑通一声，雨来扎进河里不见了。妈妈立在河沿上，望着渐渐扩大的水圈直发愣。

忽然，远远的水面上露出个小脑袋来。雨来像小鸭子一样抖着头上的水，用手抹一下眼睛和鼻子，嘴里吹着气，望着妈妈笑。

二

秋天。

爸爸从集上卖苇席回来，同妈妈商量：“看见了区上的工作同志，说是孩子们不上学念书不行，起码要上夜校。叫雨来上夜校吧。要不，将来闹个睁眼瞎。”

夜校就在三钻儿家的豆腐房里，房子很破。教夜课的是东庄学堂里的女老师，穿着青布裤褂，胖胖的，剪着短发。女老师走到黑板前面，屋里嗡嗡嗡嗡说话声音立刻停止了，只听见哗啦哗啦翻课本的声音。雨来从口袋里掏出课本，这是用土纸油印的，软鼓囊囊的。

雨来怕揉坏了，向妈妈要了一块红布，包了个书皮，上面用铅笔歪歪斜斜地写了“雨来”两个字。雨来把书放在腿上，翻开书。

女老师斜着身子，用手指点着黑板上的字，念着：

“我们是中国人，

我们爱自己的祖国。”

大家就随着女老师的手指，齐声轻轻地念起来：

“我们——是——中国人，

我们——爱——自己的——祖国。”

三

有一天，雨来从夜校回到家，躺在炕上，背诵当天晚上学会的课文。可是背了不到一半，他就睡着了。

不知什么时候，门吱扭响了一声。雨来睁开眼，看见闪进一个黑影。妈妈划了根火柴，点着灯，一看，原来是爸爸出外卖席子回来了。他肩上披着子弹袋，腰里插着手榴弹，背上还背着一杆长长的步枪。爸爸怎么忽然这样打扮起来了呢？

爸爸对妈妈说：“鬼子又‘扫荡’了，民兵都到区上集合，要一两个月才能回来。”雨来问爸爸：“爸爸，远不远？”爸爸把手伸进被里，摸着雨来光溜溜的脊背，说：“这哪儿有准呢？说远就远，说近就近。”爸爸又转过脸对妈妈说：“明天你到东庄他姥姥家去一趟，告诉他舅舅，就说区上说的，叫他赶快把村里民兵带到区上去集合。”妈妈问：“区上在哪儿？”爸爸装了一袋烟，吧嗒吧嗒抽着，说：“叫他们在河北一带村里打听。”

雨来还想说什么，可是门哐啷响了一下，就听见爸爸走出去的脚步声。不大一会儿，什么也听不见了，只从街上传来一两声狗叫。

第二天，吃过早饭，妈妈就到东庄去，临走说晚上才能回来。过了晌午，雨来吃了点剩饭，因为看家，不能到外面去，就趴在炕上念他那红布包着的识字课本。

忽然听见街上咕咚咕咚有人跑，把屋子震得好像要摇晃起来，窗户纸哗啦哗啦响。

雨来一骨碌下了炕，把书塞在怀里就往外跑，刚要迈门槛，进来一个人，雨来正撞在这个人的怀里。他抬头一看，是李大叔。李大叔是区上的交通员，常在雨来家落脚。

随后听见日本鬼子呜哩哇啦地叫。李大叔忙把墙角那盛着一半糠皮的缸搬开。雨来愣住了：“咦！这是什么时候挖的洞呢？”李大叔跳进洞里，说：“把缸搬回原地方。你就快到别的院里去，对谁也不许说。”

十二岁的雨来使尽气力，才把缸挪回到原地。

雨来刚到堂屋，见十几把雪亮的刺刀从前门进来。他撒腿就往后院跑，背后咔啦一声枪栓响，有人大声叫道：“站住！”雨来没理他，脚下像踩着风，一直朝后院跑去。只听见子弹向他头上嗖嗖地飞来。可是后院没有门，把雨来急出一身冷汗。靠墙有一棵桃树，雨来抱着就往上爬。鬼子已经追到树底下，伸手抓住雨来的脚，往下一拉，雨来就摔在地下。鬼子把他两只胳膊向背后一拧，捆绑起来，推推搡搡回到屋里。

四

鬼子把前后院都翻遍了。

屋子里遭了劫难，连枕头都给刺刀挑破了。炕沿上坐着个鬼子军官，两眼红红的，用中国话问雨来说:“小孩,问你话,不许撒谎!”他突然望着雨来的胸脯,张着嘴,眼睛睁得圆圆的。

雨来低头一看,原来刚才一阵子挣扎,识字课本从怀里露出来了。鬼子一把抓在手里,翻着看了看,问他:“谁给你的?”雨来说:“捡来的!”

鬼子露出满口金牙,做了个鬼脸,温和地对雨来说:“不要害怕!小孩,皇军是爱护的!”说着,就叫人给他松绑。

雨来把手放下来,觉得胳膊发麻发痛,扁鼻子军官用手摸着雨来的脑袋,说:“这本书谁给你的,没有关系,我不问了。别的话要统统告诉我!刚才有个人跑进来,看见没有?”雨来用手背抹了一下鼻子,嘟嘟囔囔地说:“我在屋里,什么也没看见。”

扁鼻子军官把书扔在地上,伸手往皮包里掏。雨来心里想:“掏什么呢?找刀子?鬼子生了气要挖小孩眼睛的!”只见他掏出来的却是一把雪白的糖块。

扁鼻子军官把糖往雨来手里一塞,说:“吃!你吃!你得说出来,他在什么地方?”他又伸出那个戴金戒指的手指,说:“这个,金的,也给你!”

雨来没有接他的糖,也没有回答他。

旁边一个鬼子嗖地抽出刀来,瞪着眼睛要向雨来头上劈。扁鼻子军官摇摇头。两个人叽叽咕咕说了一阵。那鬼子向雨来横着脖子翻白眼,使劲把刀放回鞘里。

扁鼻子军官压住肚里的火气,用手轻轻地拍着雨来的肩膀,说:“我最喜欢小孩。那个人,你看见没有?说啊!”

雨来摇摇头,说:“我在屋里,什么也没看见。”

扁鼻子军官的眼光立刻变得凶恶可怕,他向前弓着身子,伸出两只大手。啊!那双手就像鹰的爪子,扭着雨来的两只耳朵,向两边拉。雨来疼得直咧嘴。鬼子又抽出一只手来,在雨来的脸上打了两巴掌,又把他脸上的肉揪起一块,咬着牙拧。雨来的脸立刻变成白一块,青一块,紫一块。鬼子又向他胸脯上打了一拳。雨来打个趔趄,后退几步,后脑勺正碰在柜板上,但立刻又被抓过来,肚子撞在炕沿上。

雨来半天才喘过气来,脑袋里像有一窝蜂,嗡嗡地叫。他两眼直冒金花,鼻子流着血。一滴一滴的血滴下来,溅在课本那几行字上:

“我们是中国人,

我们爱自己的祖国。”

鬼子打得累了,雨来还是咬着牙,说:“没看见!”

扁鼻子军官气得暴跳起来,嗷嗷地叫:“枪毙,枪毙!拉出去,拉出去!”

五

太阳已经落下去。蓝蓝的天上飘着的浮云像一块一块红绸子,映在还乡河上,像开了一大朵一大朵鸡冠花。苇塘的芦花被风吹起来,在上面飘飘悠悠地飞着。

芦花村里的人听到河沿上响了几枪。老人们含着泪,说:

“雨来是个好孩子!死得可惜!”

“有志不在年高。”

芦花村的孩子们,雨来的好朋友铁头和三钻儿几个人,听到枪声都呜呜地哭了。

六

交通员李大叔在地洞里不见雨来来搬缸。幸好院里还有一个出口，他试探着推开洞口的石板，扒开苇叶，院子里空空的，一个人影也没有，四处也不见动静。忽然听见街上有人吆喝："豆腐啦！"这是芦花村的暗号，李大叔知道敌人已经走远了。

可是怎么不见雨来呢？他跑到街上，看见许多人往河沿跑，一打听，才知道雨来被鬼子打死在河里了！

李大叔脑袋轰的一声，眼泪就流下来了。他一股劲儿地跟着人们向河沿跑。

到了河沿，别说尸首，连一滴血也没看见。

大家呆呆地在河沿上立着。还乡河静静的，河水打着漩涡哗哗地向下流去。虫子在草窝里叫着。不知谁说："也许鬼子把雨来扔在河里，冲走了！"

大家就顺着河岸向下找。突然铁头叫起来："啊！雨来！雨来！"

在芦苇丛里，水面上露出个小脑袋来。雨来还是像小鸭子一样抖着头上的水，用手抹一下眼睛和鼻子，扒着芦苇，向岸上的人问道："鬼子走了？"

"啊！"大家都高兴得叫起来，"雨来没有死！雨来没有死！"

原来枪响以前，雨来就趁鬼子不防备，一头扎到河里去。鬼子慌忙向水里打枪，可是我们的小英雄雨来已经从水底游到远处去了。

【作者简介】

管桦，当代著名诗人、作家。代表作品《小英雄雨来》《听妈妈讲过去的事情》《快乐的节日》等。

【点评】

管桦创作的《小英雄雨来》主要讲述了抗日战争时期，晋察冀边区的少年雨来为了掩护交通员李大叔，机智勇敢地同敌人做斗争，歌颂了雨来热爱祖国、不畏强敌、机智勇敢的品质。小说故事情节紧凑而又丰富多彩、跌宕起伏，将一位热爱祖国、不畏强敌的少年英雄展现在读者面前。

(二)部编版五年级上册

慈母情深

我一直想买一本长篇小说——《青年近卫军》。书价一元多钱。

母亲还从来没有一次给过我这么多钱。我也从来没有向母亲一次要过这么多钱。

但我想有一本《青年近卫军》，想得整天失魂落魄。

我从同学家的收音机里听过几次《青年近卫军》的连续广播。那时我家的破收音机已经卖了，被我和弟弟妹妹们吃进肚子里了。

我来到母亲工作的地方，呆呆地将那些母亲扫视一遍，却没有发现我的母亲。

七八十台缝纫机发出的噪声震耳欲聋。

"你找谁？"

"找我妈！"

"你妈是谁？"

我大声说出了母亲的名字。

“那儿!”

一个老头儿朝最里边的角落一指。

我穿过一排排缝纫机,走到那个角落,看见一个极其瘦弱的脊背弯曲着,头和缝纫机挨得很近。周围几只灯泡烤着我的脸。

“妈——”

“妈——”

背直起来了,我的母亲。转过身来了,我的母亲。褐色的口罩上方,一对眼神疲惫的眼睛吃惊地望着我,我的母亲……

母亲大声问:“你来干什么?”

“我……”

“有事快说,别耽误妈干活!”

“我……要钱……”

我本已不想说出“要钱”两个字,可是竟然说出来了!

“要钱干什么?”

“买书……”

“多少钱?”

“一元五角……”

母亲掏衣兜,掏出一卷揉得皱皱的毛票,用龟裂的手指数着。

旁边一个女人停止踏缝纫机,向母亲探过身,喊道:“大姐,别给他!你供他们吃,供他们穿,供他们上学,还供他们看闲书哇!”接着又对着我喊:“你看你妈这是在怎么挣钱?你忍心朝你妈要钱买书哇?”

母亲却已将钱塞在我手心里了,大声对那个女人说:“我挺高兴他爱看书的!”

母亲说完,立刻又坐了下去,立刻又弯曲了背,立刻又将头俯在缝纫机板上了,立刻又陷入了忙碌……

那一天我第一次发现,母亲原来是那么瘦小!那一天我第一次觉得自己长大了,应该是个大人了。

我鼻子一酸,攥着钱跑了出去……

那天,我用那一元五角钱给母亲买了一听水果罐头。

“你这孩子,谁叫你给我买水果罐头的!不是你说买书,妈才舍不得给你这么多钱呢!”

那天母亲数落了我一顿。数落完,又给我凑足了够买《青年近卫军》的钱。我想我没有权利用那钱再买任何别的东西,无论为我自己还是为母亲。

就这样,我有了第一本长篇小说。

【作者简介】

梁晓声,生于1949年,当代著名作家。中国现当代以知青文学成名的代表作家之一。代表作《天若有情》《人间烟火》《雪神》《慈母情深》等。

【点评】

《慈母情深》是著名作家梁晓声小说《母亲》中的节选。文章记叙了母亲在极其艰难的生活条件下，省吃俭用，支持和鼓励"我"读课外书的故事，表现了慈母对孩子的深情，以及孩子对母亲的敬爱之情。全文篇幅较长，共有35小节。1—3节，交代了少年时的"我"由于家庭经济拮据，想有一本《青年近卫军》，想得失魂落魄。4—28节，写了"我"来到母亲工作的地方，问母亲要钱买书，也是生平第一次目睹了母亲在恶劣的工作环境中辛苦劳累地挣钱，"我"的心为之揪紧了。29—35节，写了"我"不忍心拿母亲的血汗钱买书，而给母亲买了一听水果罐头。母亲数落了"我"后，又为"我"凑钱买书。《青年近卫军》就是这样来的，它是"我"拥有的第一本长篇小说，包含着慈母深情，也成为"我"今后踏入文学殿堂的动力。

（三）部编版五年级下册

祖父的园子

我家有一个大花园，这花园里蜜蜂、蝴蝶、蜻蜓、蚂蚱，样样都有。蝴蝶有白蝴蝶、黄蝴蝶。这种蝴蝶小，不太好看。好看的是大红蝴蝶，满身带着金粉。蜻蜓是金的，蚂蚱是绿的。蜜蜂则嗡嗡地飞着，满身绒毛，落到一朵花上，胖乎乎，圆滚滚，就像一个小毛球似的不动了。

花园里边明晃晃的，红的红，绿的绿，新鲜漂亮。

据说这花园，从前是一个果园。祖母喜欢养羊，羊把果树给啃了，果树渐渐地都死了。到我有记忆的时候，园子里还有一棵樱桃树、一棵李子树，因为樱桃和李子都不大结果子，所以觉得它们并不存在。小的时候，只觉得园子里边就有一棵大榆树。这榆树在园子的西北角上，来了风，榆树先呼叫，来了雨，榆树先冒烟。太阳一出来，榆树的叶子就发光了，它们闪烁得和沙滩上的蚌壳一样。

祖父整天都在园子里，我也跟着他在里面转。祖父戴一顶大草帽，我戴一顶小草帽；祖父栽花，我就栽花；祖父拔草，我就拔草。祖父种小白菜的时候，我就在后边，用脚把那下了种的土窝一个一个地溜平。哪里会溜得准，不过是东一脚西一脚地瞎闹。有时不但没有把菜种盖上，反而把它踢飞了。

祖父铲地，我也铲地。因为我太小，拿不动，祖父就把锄头杆拔下来，让我单拿着那个锄头的"头"来铲。其实哪里是铲，不过是伏在地上，用锄头乱钩一阵。我认不得哪个是苗，哪个是草，往往把谷穗当作野草割掉，把狗尾草当作谷穗留着。

祖父发现我铲的那块地还留着一片狗尾草，就问我："这是什么？"

我说："谷子。"

祖父大笑起来，笑够了，把草拔下来，问我："你每天吃的就是这个吗？"

我说："是的。"

我看祖父还在笑，就说："你不信，我到屋里拿来给你看。"

我跑到屋里拿了一个谷穗，远远地抛给祖父，说："这不是一样的吗？"

祖父把我叫过去，慢慢讲给我听，说谷子是有芒针的，狗尾草却没有，只是毛嘟嘟的，很像狗尾巴。

我并不细看，不过马马虎虎承认下来就是了。一抬头，看见一个黄瓜长大了，我跑过去摘下来，吃黄瓜去了。黄瓜还没有吃完，我又看见一只大蜻蜓从旁边飞过，于是丢下黄瓜追蜻蜓了。蜻蜓飞得那么快，哪里会追得上？好在一开始我也没有存心一定要追上，跟着蜻蜓跑了几步就又去做别的了。采一朵倭瓜花，捉一个绿蚂蚱，把蚂蚱腿用线绑上，绑了一会儿，线头上只拴着一条腿，而不见蚂蚱了。

玩腻了，我又跑到祖父那里乱闹一阵。祖父浇菜，我也过来浇，但不是往菜上浇，而是拿着水瓢，拼尽了力气，把水往天空一扬，大喊着："下雨啰！下雨啰！"

太阳在园子里是特别大的，天空是特别高的。太阳光芒四射，亮得使人睁不开眼睛，亮得蚯蚓不敢钻出地面来，蝙蝠不敢从黑暗的地方飞出来。凡是在太阳下的，都是健康的、漂亮的。拍一拍手，仿佛大树都会发出声响；叫一两声，好像对面的土墙都会回答似的。

花开了，就像睡醒了似的。鸟飞了，就像在天上逛似的。虫子叫了，就像在说话似的。一切都活了，要做什么，就做什么。要怎么样，就怎么样，都是自由的。倭瓜愿意爬上架就爬上架，愿意爬上房就爬上房。黄瓜愿意开一朵花，就开一朵花，愿意结一个瓜，就结一个瓜。若都不愿意，就是一个瓜也不结，一朵花也不开，也没有人问它。玉米愿意长多高就长多高，它若愿意长上天去，也没有人管。蝴蝶随意地飞，一会儿从墙头上飞来一对黄蝴蝶，一会儿又从墙头上飞走一只白蝴蝶。它们是从谁家来的，又飞到谁家去？太阳也不知道。

天空蓝悠悠的，又高又远。

可是白云一来，一大团一大团的，从祖父的头上飘过，好像要压到祖父的草帽了。

我玩累了，就在房子底下找个阴凉的地方睡着了。不用枕头，不用席子，把草帽遮在脸上就睡了。

【作者简介】

萧红，中国近现代女作家，"民国四大才女"之一，被誉为"20 世纪 30 年代的文学洛神"。代表作《生死场》《呼兰河传》《小城三月》等。

【点评】

《祖父的园子》节选自萧红的回忆性长篇小说《呼兰河传》，讲述的是"我"童年时代跟随祖父在园子里劳动的情景，表现了祖父的园子是"我"童年快乐、自由的家园，表达了作者对童年生活的眷恋和对亲人的回忆。句句童心四溢，贴近儿童的生活。文章的语言非常有特色：平和、朴实、充满童趣，毫无刻意雕饰的痕迹，整齐而优美。

（四）人教版六年级上册

最后一头战象

西双版纳曾经有过威风凛凛的象兵。所谓象兵，就是骑着大象作战的士兵。士兵骑象杀敌，战象用长鼻劈敌，用象蹄踩敌，一大群战象，排水倒海般地扑向敌人，势不可当。

1943 年，象兵在西双版纳打洛江畔和日寇打了一仗。战斗结束后，鬼子扔下了七十多具尸体，我方八十多头战象全部中弹倒地。人们在打洛江边挖了一个巨坑，隆重埋葬阵

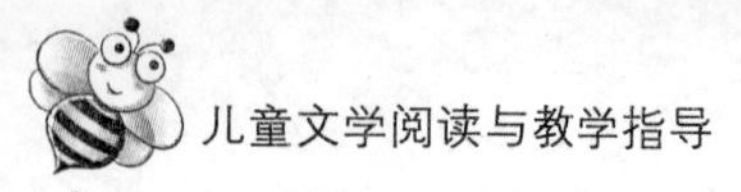

亡的战象。

在搬运战象的尸体时，人们发现一头浑身是血的公象还在喘息，就把它运回寨子，治好伤养了起来。村民们从不叫它搬运东西，它整天优哉游哉地在寨子里闲逛，到东家要串香蕉，到西家喝筒泉水。

它叫嘎(gǎ)羧(suō)，负责饲养它的是波农丁。

二十多年过去，嘎羧五十多岁了。它显得很衰老，整天卧在树阴下打瞌睡。有一天，嘎羧躺在地上拒绝进食，要揪住它的鼻子摇晃好一阵，它才会艰难地睁开眼睛，朝你看一眼。波农丁对我说："太阳要落山了，火塘要熄灭了，嘎羧要走黄泉路啦。"

第二天早晨，嘎羧突然十分亢奋，两只眼睛烧得通红，见到波农丁，呦呦地轻吼着，象蹄急促地踏着地面，鼻尖指向堆放杂物的阁楼，像是想得到阁楼上的什么东西。

阁楼上有半箩谷种和两串玉米。我以为它精神好转想吃东西了，就把两串玉米扔下去。嘎羧用鼻尖钩住，像丢垃圾似的甩出象房，继续焦躁不安地仰头吼叫。破篾席里面有一件类似马鞍的东西，我漫不经心地一脚把它踢下楼去。没想到，嘎羧见了，一下子安静下来，用鼻子呼呼吹去上面的灰尘，鼻尖久久地在上面摩挲着，眼睛里泪光闪闪，像是见到久别重逢的老朋友。

"哦，原来它是要自己的象鞍啊。"波农丁恍然大悟，"这就是它当年披挂的鞍子，给它治伤时，我把象鞍从它身上解下来扔到小阁楼上了。唉，整整二十六年了，它还记得那么牢。"

象鞍上留着弹洞，似乎还有斑斑血迹，混合着一股皮革、硝烟、战尘和血液的奇特气味；象鞍的中央有一个莲花状的座垫，四周镶着一圈银铃，还缀着杏黄色的流苏。二十六个春秋过去，象鞍已经破旧了，仍显出凝重华贵；嘎羧披挂上象鞍，平添了一股英武豪迈的气概。

波农丁皱着眉头，伤感地说："它要离开我们去象冢了。"

大象是一种很有灵性的动物，每群象都有一个象冢，除了横遭不幸暴毙荒野的，它们都能准确地预感到自己的死期，在死神降临前的半个月左右，会独自走到遥远而又神秘的象冢里去。

嘎羧要走的消息长了翅膀似的传遍全寨，男女老少都来为嘎羧送行。许多人泣不成声。村长在嘎羧脖子上系了一条洁白的纱巾，四条象腿上绑了四块黑布。老人和孩子捧着香蕉、甘蔗和糯米粑粑，送到嘎羧嘴边，它什么也没吃，只喝了一点水，绕着寨子走了三圈。

日落西山，天色苍茫，在一片唏嘘声中，嘎羧开始上路。

我和波农丁悄悄地跟在嘎羧后面，想看个究竟。嘎羧走了整整一夜，天亮时，来到打洛江畔。它站在江滩的卵石上，久久凝望着清波荡漾的江面。然后，它踩着哗哗流淌的江水，走到一块龟形礁石上亲了又亲，许久，又昂起头来，向着天边那轮火红的朝阳，呦——呦——发出震耳欲聋的吼叫。这时，它身体膨胀起来，四条腿皮肤紧绷绷地发亮，一双眼睛炯炯有神，吼声激越悲壮，惊得江里的鱼儿扑喇喇跳出水面。

"我想起来了，二十六年前，我们就是在这里把嘎羧抬上岸的。"波农丁说。

原来嘎羧是要回到当年曾经浴血搏杀的战场！

太阳升到了槟榔树梢，嘎羧离开了打洛江，钻进一条草木茂盛的箐(qìng)沟。在一块平缓的向阳的小山坡上，它突然停了下来。

"哦，这里就是埋葬八十多头战象的地方，我记得很清楚，喏，那儿还有一块碑。"波农丁悄悄地说。

我顺着他手指的方向望去，荒草丛中，果然竖着一块石碑，镌刻着三个金箔剥落、字迹有点模糊的大字：百象冢。

嘎羧来到石碑前，选了一块平坦的草地，一对象牙就像两支铁镐，在地上挖掘起来。它已经好几天没吃东西了，又经过长途跋涉，体力不济，挖一阵就喘息一阵。嘎羧从早晨一直挖到下午，终于挖出了一个椭圆形的浅坑。它滑下坑去，在坑里继续挖，用鼻子卷着土块抛出坑；我们躲在远处，看着它的身体一寸一寸地往下沉。

太阳落山了，月亮升起来了，它仍在埋头挖着。半夜，嘎羧的脊背从坑沿沉下去不见了，象牙掘土的冬冬声越来越稀，长鼻抛土的节奏也越来越慢。鸡叫头遍时，终于，一切都平静下来，什么声音也没有了。

我和波农丁耐心地等到东方吐白，走到坑边查看。土坑约有三米深，嘎羧卧在坑底，侧着脸，鼻子盘在腿弯，一只眼睛睁得老大，凝望着天空。

它死了。它没有到祖宗留下的象冢。它和曾经并肩战斗的同伴们躺在了一起。

【作者简介】

沈石溪，生于1952年，擅长动物小说，被称为"中国动物小说大王"。代表作品有《猎狐》《斑羚飞渡》《最后一头战象》等。

【点评】

《最后一头战象》是中国作家沈石溪写的一篇悲壮、感人的动物小说。文章记叙了曾经在抗日战争中幸存下来的最后一头大象自知生命已到尽头，便再次配上象鞍来到打洛江畔缅怀往事，凭吊战场，最后在埋葬着战友们的"百象冢"刨开一个土坑庄严的把自己掩埋的故事。故事以时间为序，扣住四个感人的场面——"英雄垂暮""重披战甲""凭吊战场""庄严归去"，把嘎羧生命的最后庄严与辉煌记叙下来，尤其是对嘎羧的动作、神态的描写细致入微，将嘎羧的灵性刻画得淋漓尽致。

（五）部编版六年级上册

少年闰土

深蓝的天空中挂着一轮金黄的圆月，下面是海边的沙地，都种着一望无际的碧绿的西瓜。其间有一个十一二岁的少年，项带银圈，手捏一柄钢叉，向一匹猹尽力地刺去。那猹却将身一扭，反从他的胯下逃走了。

这少年便是闰土。我认识他时，也不过十多岁，离现在将有三十年了；那时我的父亲还在世，家景也好，我正是一个少爷。那一年，我家是一件大祭祀的值年。这祭祀，说是三十多年才能轮到一回，所以很郑重。正月里供像，供品很多，祭器很讲究，拜的人也很多，祭器也很要防偷去。我家只有一个忙月(我们这里给人做工的分三种：整年给一定人家做工的叫长工；按日给人做工的叫短工；自己也种地，只在过年过节以及收租时候来给一定的人家做工的称忙月），忙不过来，他便对父亲说，可以叫他的儿子闰土来管祭器的。

我的父亲允许了；我也很高兴，因为我早听到闰土这名字，而且知道他和我仿佛年纪，闰月生的，五行缺土，所以他的父亲叫他闰土。他是能装弶捉小鸟雀的。

我于是日日盼望新年，新年到，闰土也就到了。好容易到了年末，有一日，母亲告诉我，闰土来了，我便飞跑地去看。他正在厨房里，紫色的圆脸，头戴一顶小毡帽，颈上套一个明晃晃的银项圈，这可见他的父亲十分爱他，怕他死去，所以在神佛面前许下愿心，用圈子将他套住了。他见人很怕羞，只是不怕我，没有旁人的时候，便和我说话，于是不到半日，我们便熟识了。

我们那时候不知道谈些什么，只记得闰土很高兴，说是上城之后，见了许多没有见过的东西。

第二日，我便要他捕鸟。他说："这不能。须大雪下了才好，我们沙地上，下了雪，我扫出一块空地来，用短棒支起一个大竹匾，撒下秕谷，看鸟雀来吃时，我远远地将缚在棒上的绳子只一拉，那鸟雀就罩在竹匾下了。什么都有：稻鸡，角鸡，鹁鸪，蓝背……"

我于是又很盼望下雪。

闰土又对我说："现在太冷，你夏天到我们这里来。我们日里到海边捡贝壳去，红的绿的都有，鬼见怕也有，观音手也有。晚上我和爹管西瓜去，你也去。"

"管贼吗？"

"不是。走路的人口渴了摘一个瓜吃，我们这里是不算偷的。要管的是獾猪，刺猬，猹。月亮地下，你听，啦啦地响了，猹在咬瓜了。你便捏了胡叉，轻轻地走去……"

我那时并不知道这所谓猹的是怎么一件东西——便是现在也不知道——只是无端地觉得状如小狗而很凶猛。

"它不咬人吗？"

"有胡叉呢。走到了，看见猹了，你便刺。这畜生很伶俐，倒向你奔来，反从胯下窜了。它的皮毛是油一般的滑……"

我素不知道天下有这许多新鲜事：海边有如许五色的贝壳；西瓜有这样危险的经历，我先前单知道它在水果店里出卖罢了。

"我们沙地里，潮汛要来的时候，就有许多跳鱼儿只是跳，都有青蛙似的两个脚……"

啊！闰土的心里有无穷无尽的稀奇的事，都是我往常的一朋友所不知道的。闰土在海边时，他们都和我一样，只看见院子里高墙上的四角的天空。

可惜正月过去了，闰土须回家里去。我急得大哭，他也躲到厨房里，哭着不肯出门，但终于被他父亲带走了。他后来还托他的父亲带给我一包贝壳和几支很好看的鸟毛，我也曾送他一两次东西，但从此没有再见面。

【作者简介】

鲁迅，原名周树人，著名文学家、思想家、革命家，中国现代文学的奠基人。代表作品《狂人日记》《阿Q正传》《呐喊》《彷徨》《朝花夕拾》等。

【点评】

《少年闰土》是"我"对三十年前和闰土之间的一段生活的回忆，刻画了一个知识丰富、聪明能干、活泼可爱的海边农村少年的形象，反映了两人之间儿时真诚的友谊，表达了“我”对闰土的喜爱、佩服和怀念的情感。

三、教学设计案例

儿童的小说自主阅读大致开始于小学中高年级阶段，而小说原作进入教材到中学阶段才较普遍。小说在小学教材中出现，一般经过故事化改编，往往并不具有典型的小说艺术形态。目前选入教材的小说比较侧重于作品的经典性和文学性，对学生来说，课堂中的小说阅读不同于课外的小说欣赏。让学生了解并感受小说这一文学样式的基本艺术特征是小说阅读教学的基本目标。

《小英雄雨来》教学设计

【教材分析】

《小英雄雨来》选自管桦的同名中篇小说，有改动。课文记叙了抗日战争时期，晋察冀抗日根据地的儿童雨来掩护交通员李大叔，和日本鬼子勇敢斗争的故事，歌颂了抗日根据地儿童热爱祖国、勇敢机智地和敌人斗争的优秀品质。这篇课文篇幅比较长，共有六个部分，各部分都是紧紧地围绕课文中的主要人物雨来的斗争事迹展开描述的。

【学情分析】

通过这篇课文的学习，让学生在阅读中了解战争年代人们的生活，学习小英雄雨来勇敢机智的品质，从中受到爱国主义教育。本文篇幅较长，对学生的阅读速度要求较高。四年级的学生以前从没有接触过篇幅如此长的课文，教给学生浏览课文并快速地捕捉有价值的信息的方法尤其重要。化整为零、分散难点、分工合作的方法或许能给学生一点帮助。

【教学目标】

1. 认识“晋、絮”等13个生字，读准“吧、塞、哇”三个多音字，会写“晋、炕”等15个生字，会写“芦花、发愣”等16个词语。

2. 快速默读课文，思考“为什么说雨来是小英雄”。

3. 能简要复述课文主要内容，照样子给课文每个部分拟小标题。

4. 抓细节描写或相关文段诵读，了解雨来掩护李大叔与鬼子做斗争的事例，感悟英雄机智、勇敢、爱国的可贵品质。

5. 以课文为例，对英雄有新的认识，深化对时代英雄的理解。

【教学重难点】

1. 重点：快速默读课文，准确把握课文内容，能给每部分内容拟小标题。

2. 难点：交流体会相关的情节内容或文段，感悟英雄的可贵品质，获得对英雄的个性认识与理解。

【教学过程】

一、话说英雄

1. 交流：你心中的英雄是怎样的？

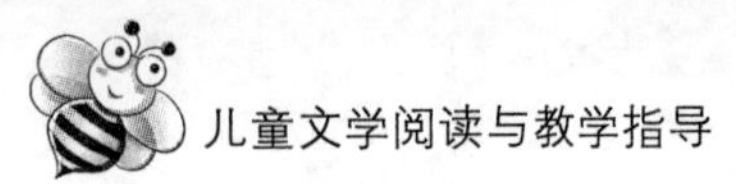

（助人为乐的、与敌人战斗到底的、爱国的、勇敢的、机智的、见义勇为的、关心别人的……）

2. 教师引导学生质疑，提炼学习课问题：同学们，你们从不同的角度来理解，得到的认识是多元的，正所谓“一千个读者，有一千个哈姆雷特”啊！那么，到底作为一个真正的英雄应该具备什么样的条件呢？这个条件在不同时代不同国家不同民族中会不会发生改变呢？

3. 揭示学习内容，今天，我们来学习一篇关于“英雄”的文章，对这个问题进行探讨交流，相信你们会得到很好的答案的。（板书课题：小英雄雨来）

（**设计意图**：紧扣“英雄”这个题眼，从学生的生活经验积累建构有关英雄的话题，在多元的交流理解中扣住“英雄”这个词语，提出“到底作为一个真正的英雄应该具备什么样的条件呢？这个条件在不同时代、不同国家、不同民族中会不会发生改变呢？”辐射教学全程的主问题，刺激学生学习探索阅读的欲望，达到学生挑战问题的目的。）

二、品读英雄

1. 提出要求：自己默读课文，勾画出不认识的字，查字典读一读。

2. 指名读生字新词。

着重指导：“笤帚”中的“帚”要念轻声。根据学生的认读情况进行读音上的强调。

3. 教师出示生字新词，全班齐读，读中巩固，掌握生字新词。

芦花　发愣　铅笔　枪栓　胳膊　劫难　炕沿　鬼脸　戒指　柜板　绸子　枪声　敌人　尸首　防备　慌忙

4. 学生齐读课题，教师启发提问：到底这个故事讲了主人公的哪些事？现在请同学们快速默读课文，待会我们来交流大家的自学情况。

5. 交流初学情况：

(1) 故事发生的时间、地点是什么？故事中的主人公是谁？

(2) 试说课文主要内容：主要讲了抗日战争时期，在晋察冀边区北部的芦花村有个少年叫雨来，他掩护交通员李大叔，同鬼子做斗争的故事。

(3) 分清课型与结构：教师从内容结构上提示学生比较本课与前面学习课文的相同与不同之处，了解小说及隔行分部分的特征。

（相同的是：自然隔行分段；不同的是：本课的每部分都有序号；小结：这是章节小说的内容结构特征。）

6. 快速浏览课文交流：课文写了雨来的几件事，你感受最深的内容是什么？

(1) 交流事件并给每部分取小标题；

a. 鼓励学生口头大概说出每部分的简要内容；

b. 讨论每部分小标题：出示课后习题第一部分、第二部分小标题，小结拟小标题的基本方法（先读懂内容再根据内容拟定），然后让学生讨论其他小标题：

游泳本领高
上夜校读书
掩护李大叔

与鬼子做斗争

雨来"牺牲"了

雨来没有死

(2) 交流自己感受最深的文段：

a. 学生说出自己感最深的部分，并简单讲讲为什么喜欢。

b. 过渡：刚同学们都各自交流了感受最深的部分，而且大家认为第三、第四部分是我们集体认为感受最深的内容，现在我们来进行深入的阅读交流吧。

重点指导交流：

第三部分第 23 自然段：齐读第 23 自然段，交流雨来掩藏好李大叔后就往后院跑，你怎样看这个细节？（引生联系上文中李大叔的身份来谈雨来的机智与勇敢、爱国）

第四部分第 24—40 自然段：这个部分围绕一个"问"字来写了哪些内容？敌人对雨来采取了哪些手段？雨来是怎样面对的？你从中体会到了什么？

A：默读交流：问人——问课本——再问人——三问人——四问人——毒打；
　　　　　（凶）　（吓）　（哄）　（骗）　（诱）　（残）

B：体会敌人——阴险、狡诈、凶残；雨来——机智、勇敢、坚强；

C：朗读第 23—40 自然段，说说雨来是怎样的人？除了这些文段，还有哪些地方可以看出？

① 机智、勇敢、爱国；

②"从敌人枪下脱险""学习识字课本内容""为李大叔把缸搬回原位"等。（板书：机智、勇敢、爱国）

（**设计意图：**尊重学生自主学习，收获阅读快乐思想，让学生在阅读和思考的基础上进行概括归纳训练，进行语言与思维表达的提升。尊重学生阅读体验，在个体认识感受的基础上找出共性体验进行以"点"带"面"的深入阅读学习，从学生交流、表达中探索出人物的可贵品质，实现了问题在学生中来又回到阅读体验中得到解决，为下面环节中讨论英雄的条件做好认知性铺垫。）

三、感悟英雄

1. 学了课文，你觉得雨来算不算是一位英雄？你认为一个真正的英雄应该具备什么样的条件呢？这个条件在不同时代不同国家不同民族中会不会发生改变呢？（结合板书说）

2. 你从影视节目里或生活中知道哪些英雄？

（**设计意图：**学生阅读回归主问题，联系学生生活经验，认识形成英雄的基本条件不会因时代、地域和民族的差异而改变，从而丰富自己对英雄的认识理解。）

四、寻找英雄

1. 启发：是啊，踏遍青山人不老，只把英雄找。从古至今，人们都在追逐英雄、谈论英雄的话题，那么到底一个能经得起时间检验的真正英雄是什么样的呢？（学生进行讨论）

2. 教师引用毛泽东的《沁园春·雪》：惜秦皇汉武，略输文采；唐宗宋祖，稍逊风骚。

一代天骄，成吉思汗，只识弯弓射大雕。俱往矣，数英雄人物，还看今朝。同学们，这里的"风流人物"就是我们今天所讲的英雄。那么，到底今天的哪些人可以称得上是英雄？他们共有的特征是什么呢？

（提示学生：举例国家领导人、抗洪抢险抗震救灾的人民解放军、为国家科技发展的航天科技工作者、维护世界和平的人们等。）

（板书英雄特征：为人民谋福利、毫无私心杂念。）

3. 活动：讲英雄故事，读英雄诗篇，唱英雄赞歌，找身边英雄。

（**设计意图：**拓展学生对英雄外延的理解，获得对英雄共性特征的认识，在活动中对英雄的向往，实践着英雄的精神，实现对学生进行人文情感的熏陶，落实教学的"三维目标"。）

【板书设计】

小英雄雨来

机智勇敢坚强不屈
- 游泳本领高
- 上夜校读书
- 掩护李大叔
- 与鬼子做斗争
- 雨来"牺牲了"
- 雨来没有死

【思考与练习】

1. 儿童小说与成人小说的主要区别在哪里？
2. 儿童小说与儿童故事的主要区别是什么？
3. 阅读魏滨海的小说《诺言》，分析其主题的现实性及积极意义。

诺　言

魏滨海

刚刚进入五月，天就这么热。

办公室里的老师也在说，从没见过五月份就这么热，刚脱下冬装，就换上单衣，用写作的词汇说，连个"过渡"也没有。大自然也跳级了，一下子从冬天跳进夏天，跨过整整一个春天。

课间休息，一个女生奔进教室，挺神秘地对围着聊天的女同学说："新闻！二班有四个女生穿裙子了，陈子琴、王芳……"

一个同学说："这有什么大惊小怪，是该穿了，这么热的天。"

"人家二班多活跃，多有生气。我们呢？哼，谁第一个穿准被讽刺嘲笑。"另一个矮个子同学说。

金苹是一班的文娱委员，她不服气地说："谁会嘲笑！你明天带个头试试，谁敢讽刺？除非她以后不穿裙子。"

那个矮个子同学说:“我算什么?人家陈子琴是中队长,她带头,大家才穿的。”

金苹说:“又不是中队活动,再说,我们的中队长是宋斌,难道叫他也……”她咯咯笑起来了,大家都笑了。

那矮个子同学说:“让生活更美好么,金苹,你是班干部,明天你穿,我也穿,怎么样?”

“我也穿。”

“我也响应。”……

其实谁不想穿,只是没有人带头,都不好意思第一个穿。

在这热烈的气氛中,只有坐在第二排的陈素玉没有吭声。她正在把课上没有做完的功课加紧补上。当听到大家在“将金苹军”的时候,也停下笔观察着“事态发展”。

你要知道,金苹曾在全校晚会上一连唱了8支歌,带头穿裙子对她来说根本不算一回事。她果断地一挥手:“穿就穿,明天我穿,全班女生也都要穿,带头总要有人跟嘛。”

“同意!”一齐噼噼啪啪鼓掌。有的还说:“明天把最好看的裙子穿来,不能让一班丢丑。”“特别是出操,嘿,让二班那‘四条裙子’目瞪口呆吧。”……

几个男生听了直撇嘴,嚷道:“不得了,我们班要搞时装展览了。”女同学涨红了脸,白了他们几眼。

“不过——”谁在这热烈的当儿来了个转折词,未免有点煞风景。噢,是一直不吭声的素玉,她吞吞吐吐,欲言又止。金苹有点不耐烦:“你有什么困难?”顿了一下,又补一句,“这次也可以说是一项集体活动。”

素玉低声说:“我只有一条旧裙子,穿了好几年,颜色淡了,还短了一截。妈妈答应给我买条新的,可明天来不及……”

好几个女生几乎同时讲:“那你就穿旧的,不一定要新的。”

金苹紧说:“不要紧,只要是裙子就可以。”

“可是……我……”

一个女生说:“素玉,你一个人不穿,会影响集体的。”

素玉说:“出操时,我排在后面好么?”

金苹又一挥手:“好的。”

其实,在大家心中,素玉穿不穿漂亮裙子是无关紧要的,她既不是班里的活跃分子,也不是学习尖子,大家不太注意她。她瘦瘦的身体,眼睛有点眯,说实话,即使明天她没穿来,也没有人计较。人们总是把注意力集中在几个聪明活泼的同学身上。

叮铃铃……上课了。金苹再三叮嘱:“别忘了,明天上午。”

这么重要的事还能忘了?谁也没想到,傍晚还是好端端的天,到了晚上淅淅沥沥下起了雨。春雨绵绵,一直到天亮还不息。早热的天气被浇凉了。

今天素玉来得特别早。清晨,路上行人少,她怕被人看见她穿着裙子。去年,整个夏天她才穿了不到10天的裙子。

颜色暗淡的裙子下摆被打湿了,湿漉漉地贴在腿胫上。这种鬼天气谁能料到,昨天谁也没想到看看天气预报。她自己也觉得有点滑稽可笑,再一想,反正大家都穿。

“嘭!”门被撞开了。两个愣头愣脑的男生冲了进来,一见素玉,故意瞪起眼珠打量她的裙子,夸张地叫起来:“呦,陈素玉出风头罗,穿跳舞裙罗!”“天热不穿,降了温偏穿来,真耐寒。"

素玉不屑一顾:"乱嚷嚷什么,再过些时辰女生都来了,看看吧,不把你嗓子喊破才怪呢。"

她打开单词薄,喃喃默念,两眼却不时扫一眼门外。雨渐渐稀了,小了,无声无息地停了。小塔松和草叶上挂着亮晶晶的水珠。有节奏的檐水像敲木鱼,滴答滴答……

听,那不是金苹的笑声?笑得那么清脆、响亮,准是穿上那条湖蓝色的条纹褶裙了。去年她穿着参加夏令营,像只美丽的蝴蝶,活泼轻盈。

不一会儿,金苹和三个女生出现在门口了,她们都笑吟吟的。咦,怎么都没穿裙子?金苹还是穿那条淡青长裤,素玉心里猛地一沉,莫非她们都忘了?这,这是怎么回事?

金苹对素玉淡淡地点点头,忽然不无惊讶地说:"哟,你穿上了裙子,你不怕凉么?"

另一个女生开玩笑地说:"你是我班第一个穿裙子的人,冠军属于你。"

"你呀,不会灵活点,这天气……"

这些随意说出的话,一字一句刺痛着素玉的心。她惶恐地说:"昨天……不是讲好的么!今天……"她觉得很委屈,她不想穿的倒第一个穿来了,而她们却那么轻易地改变了郑重作出的决定。她想,或许别的女生会穿的,否则,孤零零一人……

她怀着强烈的希冀盯着门口,只要有一个人也好呀。一个又一个进了门,差不多都来了,她失望了。

大家围在素玉的周围,这在平时是少见的,围着一个平平常常的同学,今天全为了这条淡红的旧裙子。她们嘻嘻哈哈和素玉开玩笑、打趣,讨论着。

素玉笑不出来,她呆呆坐着,委屈、羞辱、失望在心中交织、搅腾,每句话听来都像是故意嘲弄她。她实在想不通,胸中的酸楚直往上涌。她猛地趴在桌沿上,头伏在胳膊上,肩膀剧烈抽动,发出低低的抽泣声。她哭了!

教室一下子静得出奇。檐水吧嗒、吧嗒地滴着。大家你望望我,我看看你,有的一下子还不明白。几个刚才说趣话的慢慢垂下头,她们意识到自己的话语无意中伤害了一个同学的心,一颗多么真诚、对人们抱着多大信任的心呵。唉,太不应该了。她们慌忙弯下腰柔声轻词地劝慰,一下子又找不到恰当的话,只是抚着她的肩背,有的还递上一块手帕……

金苹的心震颤了,被这平时不起眼的同学震颤了。在诺言面前,自己显得多么渺小啊!她深深内疚,并要请素玉谅解:"早上,我那条湖蓝的裙子已经穿上了,可妈妈非让我换上长裤,还说我想出风头,我,我只好顺从了她……"

"我也是,刚从箱子里翻出来,妹妹吵着要,我只好让她,她小嘛。"这女生讲完还噘着嘴,好像挺委屈似的。

"我早上去买点菜,一忙就忘了,路上才想起来已来不及了。"

"人家二班又有几个人穿上了,比昨天还多……"

谁也没有把原因归咎于天气凉,有意无意回避这一点。

素玉不再哭泣了。她的头还伏在胳膊上,可从这一句句看似推脱责任实则请求谅解的话里,她理解了同学们的心。诺言是重要的,可天气突变,她们没穿也不是完全没有道理,况且和我开开玩笑,又不是存心……她悄悄将泪迹擦去了。

叮铃铃……上课了。金苹沉静地看着每位女同学，低低地吐出几个字："明天，风雨无阻！"每一双眼睛都默默答应了。

第二天早上，还是细雨蒙蒙。金苹穿着湖蓝的褶裙，打着一把细花红布伞特地上素玉家去，约她一起上学。

一班出现奇迹了，教室里如百花争艳，五彩缤纷，春意盎然。办公室里老师奇怪了，这个班的女生怎么了？

第十二章
儿童散文

儿童散文是现代散文的一个分支，归属于儿童文学范畴。因此，它既有散文的一般特征，又突显着其作为儿童文学的特性。

第一节　儿童散文概说

散文有广义、狭义之分。广义的散文原是相对于韵文而言的，在我国古代，人们习惯地将诗词曲赋以外的文章统称为散文，此所谓“非韵非骈即散文”。狭义散文是在五四时期确立了文学的“四分法”后发展起来的。“四分法”即诗歌、小说、戏剧、散文。狭义的散文指诗歌、小说、戏剧以外的文学作品。我们所说的儿童散文，就是指狭义散文中的那些专为儿童所创作，或虽不专门为儿童所创作但儿童能阅读欣赏的散文。

儿童散文是五四运动以后从现代散文中分化出来的，从独自登上文学殿堂开始便偏重于艺术散文，即以记叙真人真事、真情实景为主要内容，抒发作者真实的心灵感受和生命体验，结构形式“形散神聚”，篇幅简短，注重意境表现等为特征。如冰心的《一只小鸟——偶记前天在庭树下看见的一件事》、刘半农的《雨》、郑振铎的《纸船》以及陆依言的《太阳出来了》等堪称中国现代儿童散文佳篇。在其后的二十多年间，由于社会、经济、文化等多方面的历史原因，儿童散文数量很少，作家除了严文井、贺宜、陈伯吹、郭凤等几位老作家，几乎没有新人出现，中华人民共和国成立后儿童散文的发展仍然很缓慢。

直到20世纪80年代以后，随着改革开放的深入、人们生活水平的提高和教育观念的改变，儿童散文才开始崛起。特别是新时期儿童散文发展极为迅速，不仅数量多，而且题材广泛，艺术形式多种多样，作家队伍日渐扩大，除了老一辈的作家葛翠琳、徐青山外，金波、望安等更多作家加入这一行列。儿童散文虽然真正崛起的时间不长，但在对儿童进行情感教育和语言熏陶方面的作用越来越突出，使儿童散文这种文体成为深受孩子们喜爱的儿童文学文体。

儿童散文由于其读者对象是少年儿童，因此，它也必然具备儿童文学的特殊性，即“儿童特点”，作者在叙事写景，抒发心灵感受、生命体验时必然要考虑到儿童的视角，儿童的审美感受、审美能力以及不同层次儿童的特点。

第二节　儿童散文的特征

儿童散文具有一般散文的特点，题材广泛，形式灵活自由；意境优美，语言凝练等。由于读者是儿童，必然要求儿童散文具有自己独特的艺术特征。

一、跳动的童心和贯穿全篇的童趣

优秀的儿童散文无不让人感觉到天真的、纯洁的、令人忍俊不禁的童趣。它像诗，靠传达一种情绪和意境来叩开儿童读者的心扉。这就决定了儿童散文特别重视字里行间要有一颗跳动的童心和贯穿全篇的童趣，以此来与儿童读者进行情感交流。

童心与童趣在儿童散文中的体现主要有两种情形：一是作者有意识地从儿童的视角来写，作品表现的是儿童独有的心理、情绪、思维方式和情感指向。如丰子恺的《华瞻的日记》，作品始终都以一个儿童的眼光来看世界，以儿童的口吻来说世界，以儿童的思维来想世界，作品充满着浓郁的儿童趣味。另一种情形是成人作者对儿童生活（或童年生活）做了客观的描写，将儿童所固有的童心与童趣表现出来，反映了儿童的好奇与思考、情感与追求。如任大霖的《我的朋友容容》描写的是一个三岁小女孩的四段日常生活趣事，文中对容容的语言、行动刻画稚趣天然，充满儿童情味，非常贴近儿童的真实生活。因此，判断一篇散文是不是儿童散文，关键就在于是否童趣盎然。

二、优美的语言营造优美的意境

儿童散文之所以能为孩子们所接受、喜爱、欣赏，主要在于那优美的语言所营造的优美的意境。特别是以散文诗形式出现的抒情散文尤其注重意境的创造。好的儿童散文诗，其意境的深邃优美耐人寻味，绝不亚于成人诗歌。如郭风的《我听见小提琴的声音》中是这样描述的：

> 那小提琴拉得多么好呀，我静静地听着，听着。
>
> 那琴声，一会儿好像是泉水从山谷里流到溪中来了。
>
> 一会儿好像是给一位小姑娘唱的一首儿歌，拉着一支伴奏曲。
>
> 我静静地听着，听着。一会儿又好像是一阵细雨打在竹林里的声音。

作品以诗一般凝练的语言创作出一个月夜听琴（蟋蟀鸣叫声）的意境，让人心旷神怡。

三、抒发着儿童认同的感情

儿童散文的形式活泼多样，表现手法不拘一格。但无论哪种形式都离不开浓烈的抒情。作者必须饱蘸自己感情的汁液，写出激动、喜悦、思虑和悲愁的真情，正是“有什么可乐的事，不妨写出来，让天下小孩子一同笑笑；有什么可悲的事情，也不妨说出来，让天下小朋友陪着哭哭”（冰心）。情真写文真，情低俗则文无高格。许多儿童散文以其抒情浓烈而感动了小读者，使之情感上产生共鸣。比如任大霖的《芦鸡》似乎只重记人叙事，不重情感的渲染，很少插入主观的抒写情怀；其实，情感就渗透在对于客观事物的叙述中，文中有这样一段文字："那时候，燕子在我们的檐下做了一个窠，飞进飞出地忙着。只有当燕子在檐下'吉居、吉居'叫着的时候，小芦鸡才比较安静，它往往循着这叫声，侧着头，停住脚，仔细听着，燕子叫过一阵飞出去了，小芦鸡却还呆呆地挺在那好一会儿。它是在回想那广阔河边的芦苇丛，回想在浅滩草窠中的妈妈吗？"这是在叙写小动物酷爱自由的天性，也浸透着作者对于人类社会某种追求的联想。以平实朴素的叙述吸引读者、感染读者、沟通读者和作者的情感。

第三节　儿童散文的分类

儿童散文的表现形式丰富多样，自由灵活。按叙事方式分，可分为叙事型散文、状物型散文和议论型散文三大类，还可借鉴其他文体的表现形式来写散文。如以诗体形式写的散文是散文诗；以书信体写的散文叫书信体散文；以日记体形式写的散文就成了日记体散文，还有诸如小说体散文、传记体散文等。习惯上按艺术手法来分，可分为记叙和抒情两大类，下面我们重点来介绍一下这两类散文。

一、记叙类散文

记叙类散文包括记人、叙事、状物、写景。其共同点都是以记叙和描写为主要表现手段，相异处在于记叙描写的侧重点不同。由于现实生活中的人、事、景、物是相互交融的，因此就决定了记人、叙事、状物、写景这四类散文都不会是绝对独立的。如冰心的《小桔灯》，本来重点在于写人，文章却又完整地叙述了一件夜访小姑娘的事。还有对山村夜景及小桔灯的描绘，可见一篇记人散文中的人、事、景、物是不可分割地渗透在一起的。

二、抒情类散文

抒情类散文包括以抒情为主和以议论为主的两种。抒情散文又可从抒情的角度分为两类：一类是以儿童为抒情主体，即从儿童自身的角度抒发对生活的感触；一类是以成人为抒情主体，从成人的角度表现作者对儿童的思想感情，包括对自己孩提时代生活的追忆和缅怀之情。前一类如刘半农的抒情散文《雨》；后一类如冰心的《寄小读者》和泰戈尔的《新月集》中的大部分作品。

抒情散文中还有一类是以议论为主要表现手段的。但是议论常常藏匿于记叙和描写之中，记叙描写为外、议论为内，作品的主题蕴含于议论之中。如秦牧的《菱角的喜剧》等。

第四节　儿童散文的多样化教学方法探究

小学语文教材中散文的教学十分重要。从数量上看，散文在小学语文教材中占有相当多的篇目，而且每篇散文在它所在的年级或单元，都占有相当重要的位置，是教学的重点，也是教学的难点。本书重点分析写景散文和抒情散文的教学方法。

一、写景散文

在小学教材写景散文中，可以窥见作者走进自然风光，感悟心性融通。那一篇篇文质兼美的写景散文，处处洋溢着浓郁的诗情。

（一）推敲传神的词语

一般来说，诗人和作家都十分注重用词的传神，它的精妙之处就在于既形象又包含丰富的内容。

（二）欣赏优美的句子

生动的语言总是依靠优美的句式来表现。有的句式对称，讲究工整美；有的句式参差，讲究段落美。

（三）诵读感人的段落

我们引导学生反复诵读课文，就是要使学生在语言文字的训练中，更好地获得学习语文的能力，并且使学生受到思相情感的陶冶。

1. 范读。教师的范读作用是不可低估的，它能引发学生情感，使学生—老师—作者之间产生情感共鸣。同时，通过范读，学生也会模仿教师的一些朗读技巧，提高学生的朗读水平。

2. 自读。听了范读后，学生模仿自读，去揣摩作者的情感，使他们进一步受到文中的情感熏陶。

3. 引读。对一些特殊的、说明问题或表达文章主旨的句、段引读，能直接抒发作者与读者的真和美情感。

4. 议读。通过评议朗读，让学生自己体会怎样诵读更能体验文章的情感。

二、抒情散文

小学语文教材中，有不少语言优美、情感真挚的儿童抒情散文。它们短小精练，或托物抒怀，或景中寄情，或叙事寓理，具有很高的审美价值。

（一）整体阅读，理清文路

叶圣陶先生指出："作者思有路，遵路识斯真。"因为散文具有形散神不散的特点，所以理清文路有助于领会作者的立意。应教给学生整体阅读法，让他们抓住文章线索，并顺着线索层层领会。

1. 从题眼入手，展示全文脉络。如在《可爱的草塘》一文的教学中，一开始就抓住题眼"可爱"设问：草塘的"可爱"在哪里？接着引导学生迅速而有序地捕捉到草塘的"可爱"表现在：景色之美丽，物产之丰富，风光之奇特。然后让学生根据这三方面划分课文层次，让学生明白这是以作者所见所闻为线索组织材料的。

2. 抓过渡句式，理清作者思路。借物喻人的抒情散文《白杨》一文虽然只有 900 多字，但状物、写人、抒情、论理的内容很大，因此教此文时可直奔过渡句："爸爸是在向孩子们介绍白杨树吗？不是的，他也在表白着自己的心。"这句话是全文的线索，贯穿了全篇。

（二）抓住重点，品析词句

抒情散文中有许多词句用得非常准确、贴切，教师应该“咬”住这些词句，让学生在语言环境中领会文章的思想感情，从而在情感上与作者产生共鸣。

1. 抓重点词语的理解。词语是语言的基础，而语言是思想感情的表达。

2. 分析修辞手法的妙用。由于作者在生动准确使用语言文字的前提下积极修辞，散文的语言具有特殊的审美效应，教师应该引导学生加以品析。

了解拟人句的妙用。“每棵树都在微风中炫耀着自己的鼎盛时代，每一朵花都在枝头显示着自己的喜悦心情。”作者在这里已经赋予海棠花以人的动作、神态，他已将树和花人格化了。

理解比喻句。“有风，花在动；无风，花也潮水一般地动。”“在阳光的照射下，每一个花瓣都有它自己的阴影，就仿佛多少波浪在大海上翻腾。”作者把花的动态比作潮水，比作大海上的波浪，可见海棠树之多，海棠花之美。教学这两个比喻句，首先要指导学生掌握作者将什么比作什么，然后着重体会为什么“无风，花也潮水一般地动”。作者这里要表现的是生命力很强的海棠花蕴含着勃勃生机。

品析排比句的作用。作者“淹没”在“红海”中，除了看到的以外，还听到了多种声音交织在一起的潮声。文中三个“也许”和一个“还有”，构成了一个排比句式，再一次揭示了海棠花的勃勃生机。教学时，应该指导学生反复朗读、品味。

3. 品味中心句的含义。散文中有些重点句子具有言外之意，含而不露，留给我们想象的余地。如袁鹰的《白杨》。

（三）读出感情，品出情理

有感情地朗读，读的是作者的语言，同时包含了学生的主观感受。他们往往用恰当的语调、语速、语气来抒发对作品中人物、景物热爱的或者是憎恨的，喜悦的或者是悲伤的，同情的或者是厌恶的，留恋的或者是憧憬的情感。而所有这些，必须依靠教师在朗读方面加强指导和训练。

1. 有感情朗读，读出“神韵”。诵读课文，历来讲究领悟语言的神韵，“读悟其神”，这是由汉语言本身丰富的神采所决定的。教师要使学生在老师的引导和本身的情感驱动下，全神贯注地注意那些深浸着作者情感的词句。因此，在精读时，要引导学生更深地了解语言的色彩，使他们已激起的情感深化。如老舍的《趵突泉》。

2. 有感情朗读，读出真情。指导学生有感情朗读的过程，其实也是学生感情由内到外的变化、显现的过程。因为只有动了真情，才能读出真情。如吴瑛的《十里长街送总理》。

（四）读写结合，加深体会

对于抒情散文，不光教会学生有感情朗读，从中体会作者的思想感情，更要训练学生会写抒情散文。当然，一开始就要求学生达到名家的程度，那是不可能的。对于小学生的作文，尤其是记叙文，最好能够做到散文化、抒情化。即使学生一下子达不到要求，教师起码也要告诉他们这是个发展方向。

第五节　儿童散文阅读教学设计

一、儿童散文的创作

冰心说过："我认为给儿童写作，对象虽小，而意义却不小，因为，儿童是大树的幼芽，为儿童服务的作品，必须激发他们高尚美好的情操，而描写的又必须是他们的日常生活中所接触关心，而能够理解、接受的事情。"在所有的文体里面，散文恐怕是最需要投入真生命的。如果没有"真"的精髓，散文便不成其为散文，因此有人视散文为"最具文学性的"。这是一般散文所应具备的特质。进行儿童散文的创作，当然就是写给儿童看的散文，必须注意到儿童的特点。为此，在创作时应注意以下两个方面的问题：

(一) 情趣与诗意

法捷耶夫说："散文是有翅膀的。"儿童散文的翅膀就是情趣和诗意。没有了这两只翅膀，毫无诗一般的轻灵因素，散文就飞不起来，它所描绘的生活多半是粗糙乏味的。一定要有有趣的故事，情绪渗透在字里行间，乏味的文字怎么可能吸引小读者呢？

用发现的眼睛去描绘与孩子有关的生活。给孩子看的散文，必须是有鲜明色调的，作家用初次的眼光准确地观察和记忆，然后充满新鲜感地用文字去表现，带着孩子式的天真去描写让孩子感到有趣的生活。

儿童散文的文字浅显、准确、有特色，在最浅白的语言里，要能看到生活的趣味与提炼诗意的想象。

(二) 亲和与平等

这是一种写作的姿态，也是对题材的取舍。千万不要低估了孩子。我们的小读者和我们是平等的。儿童散文的题材也很广泛，除了日常生活的故事，还可以用他们能够理解和接受的方式，谈谈人生、爱情、失去、背叛等等所谓深层次的话题，这里面有些是他们经历过的，有些没有，却是他们将来的人生必经的。一位作家去幼儿园采访他们关于幸福和快乐的问题。孩子们给出的回答，出其不意："幸福是一口很深很深的井，快乐是一桶水。""快乐是嘴唇在哈哈大笑，心在微笑；幸福是嘴唇在哈哈大笑，心也在哈哈大笑。"如此精确和深刻，连大人都自叹不如。

二、作品选读

(一) 部编版三年级上册

秋天的雨

秋天的雨，是一把钥匙。它带着清凉和温柔，轻轻地，轻轻地，趁你没留意，把秋天的大门打开了。

秋天的雨，有一盒五彩缤纷的颜料。你看，它把黄色给了银杏树，黄黄的叶子像一把把小扇子，扇哪扇哪，扇走了夏天的炎热。它把红色给了枫树，红红的枫叶像一枚枚邮票，飘哇飘哇，邮来了秋天的凉爽。金黄色是给田野的，看，田野像金色的海洋。橙红色是给果树的，橘子、柿子你挤我碰，争着要人们去摘呢！菊花仙子得到的颜色就更多了，紫红的、淡黄的、雪白的……美丽的菊花在秋雨里频频点头。

秋天的雨，藏着非常好闻的气味。梨香香的，菠萝甜甜的，还有苹果、橘子，好多好多香甜的气味，都躲在小雨滴里呢！小朋友的脚，常被那香味勾住。

秋天的雨，吹起了金色的小喇叭，它告诉大家，冬天快要来了。小喜鹊衔来树枝造房子，小松鼠找来松果当粮食，小青蛙在加紧挖洞，准备舒舒服服地睡大觉。松柏穿上厚厚的、油亮亮的衣裳，杨树、柳树的叶子飘到树脚下。它们都在准备过冬了。

秋天的雨，带给大地的是一曲丰收的歌，带给小朋友的是一首欢乐的歌。

【作者简介】

陶金鸿，生于1969年，现任浙江教育学院教授。

【点评】

历来描写秋雨的文章大多以悲秋为主题，而《秋天的雨》一文通篇洋溢着诗情画意，充盈着童真童趣，是一篇行文活泼、意蕴隽永、引人遐想、纸短情浓的散文。该文名为写秋雨，实则写秋天。作者陶金鸿从生活出发，用童心感受，以其饱蘸浓情的笔墨，清新自然、典雅优美的艺术语言，为我们描绘了一个多姿多彩的秋天，给予我们以形、声、色、香等多层面的审美愉悦。

（二）部编版四年级上册

走月亮

秋天的夜晚，月亮升起来了，从洱海那边升起来了。

是在洱海里淘洗过吗？月盘是那样明亮，月光是那样柔和，月亮照亮了高高的点苍山，照亮了村头的大青树，也照亮了，照亮了村间的大道和小路……

这时候，阿妈喜欢牵着我，在洒满月光的小路上走着。走啊走，啊，我和阿妈走月亮！

细细的溪水，流着山草和野花的香味，流着月光。灰白色的鹅卵石，布满河床。呦，卵石间有多少可爱的小水塘啊，每个小水塘，都抱着一个月亮！哦，阿妈，白天你在溪里洗衣裳，而我，用树叶做小船，运载许多新鲜的花瓣……哦，阿妈，我们到溪边去吧，我们去看看小水塘，看看水塘里的月亮，看看我采过野花的地方。

啊，我和阿妈走月亮！

村道已经修补过，坑坑洼洼的地方，已经填上碎石和新土。就要收庄稼了，收庄稼前，要把道路修一修，补一补，这是村里的风俗。秋虫唱着，夜鸟拍打着翅膀，鱼儿跃出水面，泼剌声里银光一闪……从果园那边飘来了果子的甜香。是雪梨，还是火把梨？还是紫葡萄？都有，月光下，在坡头上那片果园里，这些好吃的果子挂满枝头。沟水汩汩，很满意地响着。是啊，旁边就是它浇灌过的田地。在这片地里我们种过油菜，种过蚕豆。我在豆田里找过兔草。我把蒲公英吹得飞啊，飞，飞得好高。收了豆，栽上水稻，看，沉甸甸的，稻穗低着头。现在稻谷就要成熟了，稻田像一片月光镀亮的银毯。哦，阿妈，我们到田埂上去吧！你不是说中秋节放假了，阿爸就要回来了吗？我们用哪一塘新谷招待阿爸呢？

啊，我和阿妈走月亮。

有时，阿妈给我讲月亮的故事，讲古老的传说；有时，却什么也不讲，只是静静地走着，走着。阿妈温暖的手拉着我，我嗅得见阿妈身上的气息。走过月亮闪闪的溪岸，走过石拱桥；走过月影团团果园，走过庄稼地和菜地……啊，我在仰起脸看阿妈的时候，我突然看见，美丽的月亮牵着那些闪闪烁烁的小星星，好像在天上走着走着……

多美的夜晚啊，我和阿妈走月亮！

【作者简介】

吴然，原名吴兴然。1946 年生，云南宜成县人。出版有散文、散文诗集《歌溪》《凉山的风》《风雨集》《珍珠雨》《小鸟在歌》《走月亮》等。

【点评】

读着这篇文章，使人不由得走进一幅如诗、如梦、如世外田园般的画卷中：明亮而柔和的月光下，阿妈牵着“我”的小手，走啊走，走过村头，走过大道和小路，走过小溪和水塘，走过溪岸和拱桥，走过果园和菜地……山之高，村之静，水之香，塘之趣，果之甜，虫鸣、鸟飞、溪流、人语，无不充盈着温馨、甜美之情。

“我们走过月光闪闪的溪岸，走过石拱桥；走过月影团团的果园，走过庄稼地和菜地…… 在我仰起脸看阿妈的时候，我突然看见美丽的月亮牵着那些闪闪烁烁的小星星，好像也在天上走着，走着……”

这些句子勾画出了一幅如诗、如梦、如画的画卷。那柔美的语调、动情地朗读，情、景、物的融合，构成了一幅静谧、清凉的月夜美景图。

（三）部编版五年级上册

桂花雨

中秋节前后，正是故乡桂花盛开的季节。

小时候，我无论对什么花，都不懂得欣赏。父亲总是指指点点地告诉我，这是梅花，那是木兰……但我除了记些名字外，并不喜欢。我喜欢的是桂花。桂花树的样子笨笨的，不像梅树那样有姿态。不开花时，只见到满树的叶子；开花时，仔细地在树丛里寻找，才能看到那些小花。可是桂花的香气，太迷人了。

故乡靠海，八月是台风季节。桂花开，母亲就开始担心了：“可别来台风啊！”母亲每天都要在前后院子走一回，嘴里念着：“只要不来台风，我就可以收几大箩。送一箩给胡家老爷爷，送一箩给毛家老婆婆，他们两家糕饼做得多。”

桂花盛开的时候，不说香飘十里，至少前后十几家邻居，没有不浸在桂花香里的。桂花成熟时，就应当“摇”。摇下来的桂花，朵朵完整、新鲜。如果让它开过了，落在泥土里，尤其是被风雨吹。落，比摇下来的香味就差多了。

摇花对我来说是件大事。所以，我总是缠着母亲问：“妈，怎么还不摇桂花呢？”母亲说：“还早呢，花开的时间太短，摇不下来的。”可是母亲一看天上布满阴云，就知道要来台风了，赶紧叫大家提前摇桂花。这下，我可乐了，帮大人抱着桂花树，使劲地摇。摇哇摇，桂花纷纷落下来，我们满头满身都是桂花。我喊着：“啊！真像下雨，好香的雨呀！”

桂花摇落以后，挑去小枝小叶，晒上几天太阳，收在铁盒子里，可以加在茶叶里泡茶，过年时还可以做糕饼。全年，整个村子都浸在桂花的香气里。

我念中学的时候，全家到了杭州。杭州有一处小山，全是桂花树，花开时那才是香飘十里。秋天，我常到那儿去赏桂花。回家时，总要捡一大袋桂花给母亲。可是母亲说："这里的桂花再香，也比不上家乡院子里的桂花。

于是，我又想起了在故乡童年时代的"摇花乐"，还有那摇落的阵阵桂花雨。

【作者简介】

琦君(1917—2006)，原名潘希真，浙江温州市瓯海区人。当代台湾女作家、散文家。著有《橘子红了》《水是故乡甜》《桂花雨》等作品。

【点评】

作者琦君以细腻的笔触回忆了童年时与桂花相关的生活场景，以"桂花雨"为题，以"桂花"为主线贯穿始终，主要描写了"桂花香"和"摇花乐"两个生活场景。语言清新自然，意味隽永，作者童年的快乐和思乡思亲之情像桂花的香气一样浓郁，溢满字里行间，读后让人回味绵长。

珍珠鸟

真好！朋友送我一对珍珠鸟。放在一个简易的竹条编成的笼子里，笼内还有一卷干草，那是小鸟儿舒适又温暖的巢。

有人说，这是一种怕人的鸟。

我把它挂在窗前。那儿还有一大盆异常茂盛的法国吊兰。我便用吊兰长长的、串生着小绿叶的垂蔓蒙盖在鸟笼上，它们就像躲进深幽的丛林一样安全；从中传出的笛儿般又细又亮的叫声，也就格外轻松自在了。

阳光从窗外射入，透过这里，吊兰那些无数指甲状的小叶，一半成了黑影，一半被照透，如同碧玉，斑斑驳驳，生意葱茏。小鸟的影子就在这中间隐约闪动，看不完整，有时连笼子也看不出，却见它们可爱的鲜红小嘴儿从绿叶中伸出来。

我很少扒开叶蔓瞧它们，它们便渐渐敢伸出小脑袋瞅瞅我。我们就这样一点点熟悉了。三个月后，那一团越发繁茂的绿蔓里边，发出一种尖细又娇嫩的鸣叫。我猜到，是它们有了雏儿。我呢，决不掀开叶片往里看，连添食加水时也不睁大好奇的眼去惊动它们。过不多久，忽然有一个更小的脑袋从叶间探出来。哟，雏儿！正是这小家伙！它小，就能轻易地由疏格的笼子钻出身。瞧，多么像它的父母：红嘴红脚，灰蓝色的毛，只是后背还没生出珍珠似的圆圆的白点；它好肥，整个身子好像一个蓬松的球儿。

起先，这小家伙只在笼子四周活动，随后就在屋里飞来飞去，一会儿落在柜顶上，一会儿神气十足地站在书架上，啄着书背上那些大文豪的名字，一会儿把灯绳撞得来回摇动，跟着逃到画框上去了。只要大鸟儿在笼里生气地叫一声，它立即飞回笼里去。

我不管它。这样久了，打开窗子，它最多只在窗框上站一会儿，决不飞出去。

渐渐地它胆子大了，就落在我的书桌上。

它先是离我较远，见我不去伤害它，便一点点挨近，然后蹦到我的杯子上，俯下头来喝茶，再偏过脸瞧瞧我的反应。我只是微微一笑，依旧写东西，它就放开胆子跑到稿纸上，绕着我的笔尖蹦来蹦去；跳动的小红爪子在纸上发出“嚓嚓”响。

我不动声色地写，默默享受着这小家伙亲近的情意。这样，它完全放心了，索性用那涂了蜡似的、角质的小红嘴，“嗒嗒”啄着我颤动的笔尖。我用手抚一抚它细腻的绒毛，它也不怕，反而友好地啄两下我的手指。

白天，它这样淘气地陪伴我；天色入暮，它就在父母再三的呼唤声中，飞向笼子，扭动滚圆的身子，挤开那些绿叶钻进去。

有一天，我伏案写作时，它居然落到我的肩上。我手中的笔不觉停了，生怕惊跑它。呆一会儿，扭头看，这小家伙竟趴在我的肩头睡着了，银灰色的眼睑盖住眸子，小红脚刚好给胸脯上长长的绒毛盖住。我轻轻抬一抬肩，它没醒，睡得好熟！还咂咂嘴，难道在做梦？

我笔尖一动，流泻下一时的感受：

信赖，往往创造出美好的境界。

【作者简介】

冯骥才，生于 1942 年，当代作家。著有《义和拳》《铺花的歧路》《雕花烟斗》《高女人和她的矮丈夫》等作品。

【点评】

这是一篇描写生动、富有诗情画意的状物散文，以细腻亲切的语言写出了小鸟由“怕”人到“信赖”人的变化过程。珍珠鸟为什么怕人呢？文章前半部分写了两件事，细腻地表现了作者对小生灵真诚的、无微不至的爱。后半部分，生动地记叙了小珍珠鸟与作者之间逐渐挨近，直至熟睡在他的肩头，对作者真诚信赖的变化过程。我们从中感悟到：无论是人与鸟，还是人与人之间，都需要真诚的信赖。信赖，是创造美好境界的基础。

（四）部编版五年级下册

梅花魂

故乡的梅花又开了。那朵朵冷艳、缕缕幽芳的梅花，总让我想起飘泊他乡、葬身异国的外祖父。

我出生在东南亚的星岛，从小和外祖父生活在一起。外祖父年轻时读了不少经、史、诗、词，又能书善画，在星岛文坛颇负盛名。我很小的时候，外祖父常常抱着我，坐在梨花木大交椅上，一遍又一遍地教我读唐诗宋词。每当读到“独在异乡为异客，每逢佳节倍思亲”“春草明年绿，王孙归不归”“自在飞花轻似梦，无边丝雨细如愁”之类的句子，常会有一颗两颗冰凉的泪珠落在我的腮边、手背。这时候，我会拍着手笑起来：“外公哭了！外公哭了！”老人总是摇摇头，长长地叹一口气，说：“莺儿，你还小呢，不懂！”

外祖父家中有不少古玩，我偶尔摆弄，老人也不甚在意。唯独书房里那一幅墨梅图，他分外爱惜，家人碰也碰不得。我五岁那年，有一回到书房玩耍，不小心在上面留了个脏手印，外祖父顿时拉下脸。有生以来，我第一次听到他训斥我妈：“孩子要管教好，这清白的梅花，是玷污得的吗？”训罢，便用保险刀片轻轻刮去污迹，又用细绸子慢慢抹净。看见慈祥的外祖父大发脾气，我心里又害怕又奇怪：一枝画梅，有什么稀罕的呢？

有一天，妈妈忽然跟我说："莺儿，我们要回唐山去！"

"干吗要回去呢？"

"那儿才是我们的祖国呀！"

哦！祖国，就是那地图上像一只金鸡的地方吗？就是那拥有长江、黄河、万里长城的国土吗？我欢呼起来，小小的心充满了欢乐。

可是，我马上想起了外祖父，我亲爱的外祖父。我问妈妈："外公走吗？"

"外公年纪太大了……"

我跑进外祖父的书房，老人正躺在藤沙发上。我说："外公，您也回祖国去吧！"

想不到外祖父竟像小孩子一样，"呜呜呜"地哭了起来……

离别的前一天早上，外祖父早早地起了床，把我叫到书房里，郑重地递给我一卷白杭绸包着的东西。我打开一看，原来是那幅墨梅，就说："外公，这不是您最宝贵的画吗？"

"是啊，莺儿，你要好好保存！这梅花，是我们中国最有名的花。旁的花，大抵是春暖才开花，她却不一样，愈是寒冷，愈是风欺雪压，花开得愈精神，愈秀气。她是最有品格、最有灵魂、最有骨气的！几千年来，我们中华民族出了许多有气节的人物，他们不管历经多少磨难，不管受到怎样的欺凌，从来都是顶天立地，不肯低头折节。他们就像这梅花一样。一个中国人，无论在怎样的境遇里，总要有梅花的秉性才好！"

回国的那一天正是元旦，虽然热带是无所谓隆冬的，但腊月天气，也毕竟凉飕飕的。外祖父把我们送到码头。赤道吹来的风撩乱了老人平日梳理得整整齐齐的银发，我觉得外祖父一下子衰老了许多。

船快开了，妈妈只好狠下心来，拉着我登上大客轮。想不到泪眼蒙眬的外祖父也随着上了船，递给我一块手绢——一色雪白的细亚麻布上绣着血色的梅花。

多少年过去了，我每次看到外祖父珍藏的这幅梅花图和给我的手绢，就想到，这不只是花，而且是身在异国的华侨老人一颗眷恋祖国的心。

【作者简介】

陈慧瑛，生于1946年，当代作家、诗人。著有《梅花魂》《无名的星》《月是故乡明》《南方的曼陀林》《一花一世界》等作品。

【点评】

本文是一篇叙事散文，作者用真挚的感情，细腻的语言，以梅花为线索，通过回忆，将一位华侨老人的思乡之情、赤子之心展现在我们面前。

（五）部编版六年级下册

匆匆

燕子去了，有再来的时候；杨柳枯了，有再青的时候；桃花谢了，有再开的时候。但是，聪明的，你告诉我，我们的日子为什么一去不复返呢？——是有人偷了他们罢：那是谁？又藏在何处呢？是他们自己逃走了罢：现在又到了哪里呢？

我不知道他们给了我多少日子；但我的手确乎是渐渐空虚了。在默默里算着，八千多日子已经从我手中溜去；像针尖上一滴水滴在大海里，我的日子滴在时间的流里，没有声音，也没有影子。我不禁头涔涔而泪潸潸了。

去的尽管去了，来的尽管来着；去来的中间，又怎样地匆匆呢？早上我起来的时候，小屋里射进两三方斜斜的太阳。太阳他有脚啊，轻轻悄悄地挪移了；我也茫茫然跟着旋转。于是——洗手的时候，日子从水盆里过去；吃饭的时候，日子从饭碗里过去；默默时，便从凝然的双眼前过去。我觉察他去的匆匆了，伸出手遮挽时，他又从遮挽着的手边过去，天黑时，我躺在床上，他便伶伶俐俐地从我身上跨过，从我脚边飞去了。等我睁开眼和太阳再见，这算又溜走了一日。我掩着面叹息。但是新来的日子的影儿又开始在叹息里闪过了。

在逃去如飞的日子里，在千门万户的世界里的我能做些什么呢？只有徘徊罢了，只有匆匆罢了；在八千多日的匆匆里，除徘徊外，又剩些什么呢？过去的日子如轻烟，被微风吹散了，如薄雾，被初阳蒸融了；我留着些什么痕迹呢？我何曾留着像游丝样的痕迹呢？我赤裸裸来到这世界，转眼间也将赤裸裸地回去罢？但不能平的，为什么偏要白白走这一遭啊？

你聪明的，告诉我，我们的日子为什么一去不复返呢？

【作者简介】

朱自清(1898—1948)，中国近代散文家、诗人、学者、民主战士。著有《春》《绿》《背影》《荷塘月色》《匆匆》等作品。

【点评】

《匆匆》是现代著名作家朱自清写的一篇脍炙人口的散文。文章紧扣“匆匆”二字，细腻地刻画了时间流逝的踪影，表达了作者对时光流逝的无奈和惋惜。文章的特点：一是结构精巧，层次清楚，转承自然，首尾呼应；二是文字清秀隽永，纯朴简练；三是情景交融，无论是燕子、杨柳、桃花，还是写太阳，都与“我们的日子为什么一去不复返呢”的感叹融为一体，处处流露出作者对时光流逝感到无奈和惋惜。

三、教学设计案例

散文是中小学语文教材的基本体式，依据散文作品的题材、主题、结构、语言、风格等设计阅读教学的主体框架是传统散文教学的基本思路。新理念散文教学同样依据题材特征建构，但不再在所有散文课程中都采用基本板块叠加的偏重阅读能力训练的教学模式，而趋向于针对教材文本的具体品质，重点选择 1～2 个层面进行有特色、偏重于散文艺术鉴赏的教学。

《桂花雨》教学设计

【设计理念】

新课标指出：学生是语文学习的主体，教师是学习活动的组织者和引导者。语文教学应在师生平等对话的过程中进行。在阅读教学中，教师应加强对学生阅读的指导、引领和点拨，要珍视学生独特的感受、体验和理解。真正实现阅读是“教师、学生和文本的对话”。

通过创设情境、想象画面等途径，把学生引入课文具体的情境中，拉近读者与作者的距离，使学生潜移默化地受到感染，与作者产生共鸣，感受文章中的语言文字和语文魅力。

【教材分析】

《桂花雨》是部编版小学语文五年级上册第一单元的一篇课文。这一单元是围绕“万物有灵”这一主题选编课文的。《桂花雨》是一篇回忆童年生活的叙事散文，“桂花雨”为题，以“桂花”为主线贯穿始终，语言清新质朴，意味隽永，作者童年的快乐和思乡思亲之情像桂花的香气一样浓郁，溢满字里行间，读后让人回味绵长。通过对本文的学习，使同学们体会作者对童年生活的留恋和对家乡的怀念，感受作者那浓浓的思乡情。

【学情分析】

《桂花雨》这篇课文，情韵绵绵，意味深长，作者没有深入地刻画人物形象，没有直接抒发散落的思亲之情、思乡之情，但那份浓浓的思乡情却渗透到字里行间。这对于五年级的孩子来说，缺乏情感体验，理解起来有一定的难度。因此，本文的教学就需要教师以人为本，深入教材，引导学生静静地读，细细地品。采用“以读激情、以言传情、以情悟文”的“知情合一”的教学方法。帮助学生加深对本文的理解，从而达到教学上“以情感人、以情育人”的效果。

【教学目标】

1. 认识“箩、杭”2 个生字，会写“懂、兰”等 10 个字，会写“桂花、懂得”等 4 个词语。

2. 能正确、流利、有感情地朗读课文。能说出桂花给“我”带来的回忆。

3. 通过品词、朗读、想象等方法，体会桂花香、摇花乐两个生活场景，并理解文中含义深刻的句子。

4. 借助相关资料，感受课文的语言美，体会母亲和“我”的浓浓思乡情，以及作者对童年生活的眷恋。

【教学重难点】

1. 重点：有感情地朗读课文，梳理课文主要内容，说说桂花给“我”带来的回忆。

2. 难点：结合相关语句，体会作者借桂花表达的感情。

【教学方法】

朗读指导法、创设情景法、自主学习法、合作探究法。

【课时安排】

2 课时。

【教学过程】

第一课时

一、谈话导入，揭示课题

1. 同学们你们见过桂花吗？说说你了解的桂花！学生汇报后，教师出示桂花图片，补充介绍桂花的相关资料。

2. 今天，让我们一起走近作家琦君奶奶，一起重温她美好的童年往事，一起欣赏桂花雨，感受那份浓浓的情。（板书课题）

3. 齐读课题。

4. 出示课件资料，介绍作者琦君。（这就是作者琦君，她是当代台湾著名的作家，她的作品深受海内外读者的欢迎，被誉为“台湾文坛上闪亮的恒星”。）

（**设计意图：**让学生回忆自己的相关生活经验来丰富他们的情感体验，调动阅读的积极性，激发学生学习的兴趣。）

二、初读课文，整体感知

1. 学生自由朗读课文，要求：(1) 读准字音，认清字形。(2) 边读边想，联系上下文读懂生字，理解词语意思。

2. 检查自学效果。

(1) 课件出示生字词，指名读生字词，及时正音。

桂花　懂得　糕饼　茶叶　木兰　沉浸　杭州　欣赏　姿态　几大箩

3. 全班齐读生字及带生字的词语。

4. 自由交流对词语的理解。

5. 指名分段朗读课文，指导读好长句。

6. 要求默读课文，边读边思考：课文主要写了一件什么事？

（**设计意图：**帮助学生养成良好的预习习惯，提升自学能力。）

三、再读课文，初闻桂花香

1. 读完课文，此时此刻，桂花留给你最深刻的印象是什么？

【预设】香（板书：桂花香）

2. 桂花的香气味儿弥漫了整篇课文。课文中还有哪些句子描写桂花的香呢？请同学们快速默读课文，划出课文中描写桂花香的句子。

3. 指名交流描写桂花香的句子。

4. 同学们刚才找到了许多描写桂花香的句子，其中这两句特别值得我们好好去品味。

课件出示句子：

(1) 花开得最茂盛时，不说香飘十里，至少前后左右十几家邻居，没有不浸在桂花香里的。

(2) 全年，整个村庄都沉浸在桂花香中了。

5. 提问：在这两句话中，哪个字用得最好，最能让你感受到桂花的香？

6. 引导学生理解“浸”的意思，品味“浸”字。

过渡语：推开窗户，闻到的都是桂花香，关上门窗，还能够闻到桂花香。这就是“浸”在桂花香里了。

7. 思考：桂花明明是开在秋季，为什么会香了全年呢？你能不能在课文中找找？

【预设】（因为我们已经把桂花晒干了，加在茶叶中泡茶，过年时做成糕饼。）

引读：是呀，喝一口桂花茶，尝一口桂花饼，唇齿留香，难怪——

一日日，一年年，桂花香弥久不散，难怪——

一家家，一户户，人们都离不开桂花香了呀，难怪——

桂花香在了身上，甜在了心里，乡亲们的生活都沉浸在桂花香中了呀，难怪——

8. 老师小结：一个“浸”字，形象地写出了桂花的香气浓郁，向四周弥漫，这芳香足以让十几家邻居一同分享。同时让我们感受到了桂花香味儿弥散的时间长，范围广。

（**设计意图**：引导学生从一个词、一句话来感受语言文字的生动灵性，学生在细细品读的同时，深入体会文本，从中体会作者的情感。）

四、指导书写生字

重点指导：懂、浸、缠 3 个字。

第二课时

一、直接导入

1. 同学们，上节课我们已经品尝了浓浓的桂花香，作者除了写家乡桂花香之外，还写了一件怎样的趣事呢？这节课让我们一起跟随琦君，走进她的童年，去感受她笔下奇妙的（全班齐读：桂花雨）这雨多奇妙呀！让我们再美美地读一遍课题。（全班齐读：桂花雨）

二、想象朗读，感受“摇花乐”

1. 请同学们快速阅读课文，看一看课文第 5、6 自然段，这一段是按照摇花前、摇花时和摇花后的顺序，具体讲述了摇桂花的情景，待会老师分别请同学读一读。

2. 分别指名让学生朗读摇花前、摇花时、摇花后的部分。

3. 同学们说说看，听了他们的朗读，你仿佛看见了怎样的画面呢？

【预设 1】我看见了琦君在摇桂花时笑的非常的开心，高兴的飞蹦起来。

【预设 2】我仿佛沐浴在芳香四溢的桂花雨里。

【预设 3】我仿佛看见摇完桂花后，大家都忙着剪桂花，晒桂花，忙的热火朝天。

（**设计意图**：新课程标准指出：阅读是学生的个性化行为。教师应加强对学生的阅读指导、引领和点拨，要珍视学生的独特感受、体验和理解。所以，在这段教学环节中，教师让学生畅谈他们读后的感受，很好地体现了新课程标准中的要求。）

三、情境创设，享受“摇花乐”

1. 其实在摇桂花的过程中，课文不仅写了“我”做了些什么，说了些什么，字里行间更饱含着“我”的心情，再次请同学们默读 5、6 自然段，看看作者在摇花前、摇花时、摇花后的心情是怎样的，用几个字概括，并写在旁边。（欢呼雀跃、喜笑颜开、手舞足蹈、心花怒放、心急）

2. 现在，咱们一起来交流交流，谁来说说看，摇花之前，我的心情是怎样的呢？

【预设】摇花之前，作者是很心急的。

心急？你为什么会说她心急呢？你是从哪一句话体会到“我”的心急呢？

课件出示：摇花对我来说是件大事。所以，我总是缠着母亲问：“妈，怎么还不摇桂花呢？”

3. 是呀，桂花都开这么久了，到底什么时候才能摇桂花了嘛！真是急死人了，在这句话中，从哪个字我们能看出作者的心急呢？（全班齐说：缠）

4. 那谁再来迫不及待缠着母亲问一问，把那种心急读出来，请多名学生来进行朗读。

5. 好的，现在终于要摇桂花了，你体会出“我”摇桂花时的心情了吗？

【预设】作者在摇桂花时是快乐的。

这里给你传达的是快乐的心情，那请你带着快乐的心情来读一读摇花时的部分。

课件出示：桂花纷纷的落下来，我们满头满身都是桂花。我喊着："啊！真像下雨，好香的雨啊！"

6. 孩子们，这桂花纷纷落下来，我就喊，是喊出来的，谁有没有信心再来喊一喊，让多名同学来喊一喊、同桌互相喊一喊。

7. 还有哪些语句向你传达出了快乐呢？再找找。

课件出示：这下，我可乐了，帮大人抱着桂花树，使劲地摇。

8. 让学生谈谈自己的感受，并有感情的朗读。

9. 提问学生"使劲地摇"是怎样的摇啊？

【预设 1】用力地摇。

【预设 2】狠狠地摇。

（师生共同表演，感受小琦君在摇花时的欢乐）

10.（播放音乐《安妮的仙境》），现在，让我们在音乐当中，一起去摇落那芬芳的桂花吧！闭上你们的眼睛来想象。（老师伴乐读：摇桂花咯！孩子们，快来快来，快来使劲地摇啊。听，桂花纷纷地落下来啦，落在我的头发上，香了我的每一根发丝；落在我的小鼻子尖尖上，我耸起鼻子嗅呀嗅，哟，好香呀；哎呀，这桂花还钻进我的衣领里，痒痒的，香香的；咦，它还落在我的身上、脚丫子上了，不一会儿，我满头满身都是桂花了。）孩子们，你们感受到了吗？来说说看，在这么美妙的时刻，你最想做什么？最想说什么？

【预设 1】我的感受是桂花好美好香啊。

【预设 2】我想把桂花都收藏在我的文具盒里，让我们的教室都是香香的。

【预设 3】我肯定会一直待在树下，不想回家，躺在满地的桂花里睡个"桂花觉"。

（**设计意图：**新课程标准要求：各个学段的阅读教学都要重视朗读和默读。要让学生在朗读中通过品味语言，体会作者及其作品中的情感态度，学习用恰当的语气语调朗读，表达自己对作者及其作品情感态度的理解。所以，这一部分教学就是引导学生自读自悟，再通过朗读表现出自己对文本的理解。）

四、回忆经典，体会"思乡情"

1. 过渡语：看来，同学们都感受到浓浓的花香和摇花的乐趣了，这是一场盼望已久的桂花也终于摇落了。然而，琦君十二岁时就和母亲离开了老家也离开了欢乐她整个童年的桂花树。摇花的快乐与幸福也只能在心中珍藏着，回忆着。

2. 每当桂花盛开，满树生香时，她回家总要捧一大袋桂花给母亲。可是母亲说：（课件出示）"这里的桂花再香，也比不上家乡院子里的桂花。"同学们，说说看，真的是所有的花都比不上家乡院子里的桂花香吗？

【预设】不是，母亲这样说是因为非常想念家乡的桂花，想念家乡的一草一木。

3. 是啊！母亲把对家乡的思念都融入这桂花香中了，多么朴实的情感啊！母亲用最朴实的语言一个"再"，一个"比不得"把对家乡的思念表达的淋漓尽致，让我们带着这份思念再来读读这句话。

4. 母亲对故乡充满了无限怀念，"我"又何尝不是如此呢？作者在她的《家乡味》中这样说到（播放《穿越时空的思念》老师引读）：恋乡的人，终于忍不住喊出（全班齐读）"故乡，我们哪一天回去？家乡味，我们哪一天能再尝呢？"

5.（小练笔训练）的确，思乡的人无时无刻都在怀念家乡的味道，假如你是身在异乡的游子，你又会怀念家乡的哪些味道呢？就用文中这个："______________再______________，也不得家乡______________。"的句式来抒发我们对故乡的思念之情。

【预设1】这里的饼再好吃，也比不得家乡饼的酥。

【预设2】这里的鱼再美味，也比不得家乡鱼的肥美。

【预设3】这里的水再清，也比不得家乡水的清甜。

6.（播放《穿越时空的思念》轻音乐音频）没错，同学们都说的精彩极了，就像在母亲心中一样，最香的还是（全班一起说：家乡桂！）难怪我每次回家捧一大袋桂花给母亲时，母亲总是说（全班齐读）："这里的桂花再香，也比不上家乡院子里的桂花"，金秋十月，丹桂飘香时，身在异乡的母亲又会说（全班齐读）："这里的桂花再香，也比不上家乡院子里的桂花。"当我已是满头白发重回故里时，沐浴在芳香扑鼻的桂花雨里时，我仿佛再一次听到母亲说（全班齐读）："这里的桂花再香，也不上家乡院子里的桂花。"

7. 孩子们，学到这里，桂花香飘溢了我们的整个课堂；沁溢了我们的心田；洋溢了作者的童年时光，你觉得桂花雨还仅仅是当年摇桂花时落得我们满头满身的桂花吗？

【预设】是对故乡的赞美和思念。

8. 没错，在母亲和"我"的记忆里，桂花不再是桂花，它已成了家乡的味道，思乡的情结。每当听到母亲朴实的话语，就会勾起我对童年时光的美好怀念，让我们一起深情地朗读最后一个自然段。

（**设计意图：**通过情境创设，在情景中指导学生朗读，多读多悟多体会。把"体味、品味、感悟"交还给学生。更重要的是我们要把它"演"出来，面部激情高涨，语言抑扬顿挫，肢体也随之起伏，和文本一起哭，一起乐，这便是充满生机的课堂。）

【板书设计】

【思考与练习】

1. 儿童散文有哪些基本特征？它可以分为哪些类型？

2. 以你阅读过的作品为例，说说儿童散文的作用。

3. 参考儿童散文选读中简析的写法，自选一篇儿童散文，写一段200字左右的简评。

第十三章 儿童戏剧文学

第一节　儿童戏剧文学概说

戏剧是一门综合性的艺术，它以舞台表演为中心，融合了文学、音乐、美术、舞蹈、建筑等多种艺术成分。戏剧文学是戏剧的基本组成部分，它为舞台提供脚本，同时也是一种可供阅读的文学体裁。

儿童戏剧和成人戏剧一样，具有戏剧的一般特征：在戏剧矛盾冲突中展开情节，塑造鲜明的舞台艺术形象，反映现实生活，通过视觉和听觉给观众以思想教育和艺术享受。由于少年儿童观众的年龄的特点，使儿童戏剧有别于成人戏剧。儿童戏剧是适于儿童接受能力和欣赏趣味的戏剧。

儿童戏剧出现在五四时期，但发展较为缓慢。黎锦辉是我国儿童戏剧的开拓者。他创作的《麻雀与小孩》《葡萄仙子》《三蝴蝶》等优秀儿童剧，题旨高尚、词句清新、趣味性强，成为当时全国各小学音乐和唱游的主要题材。中华人民共和国成立后，儿童戏剧取得可喜成就。张天翼的《大灰狼》，包蕾的《小熊请客》《三个和尚》，乔羽的《果园姐妹》等一大批优秀儿童戏剧深受孩子喜爱，柯岩、孙毅、方园等都以自己的创作丰富了儿童戏剧。

戏剧艺术历来为儿童所喜爱。因为戏剧是一种表演艺术，是把剧本中的故事通过演员在舞台上表演出来。而爱模仿、爱表演、爱幻想、爱建造，可谓孩子们的天性。在儿童的真实的生活中，时时处处可以见到戏剧的存在，他们的许多游戏都带有戏剧的因素：小男孩们手握冲锋枪、指挥坦克等战车进行的“战争”；小女孩们抚弄布娃娃等玩偶，像模像样地“过家家”。他们全身心地投入“戏剧情景”之中，惟妙惟肖地扮演着各个角色。在这些富于戏剧色彩的游戏中，孩子们不仅体味到成人社会化的生活，而且使自己对于模仿、表演、幻想、建造的爱好和需要得到满足，同时也使这些才能得到施展和发挥。可见儿童戏剧与儿童游戏之间有着紧密联系。

儿童戏剧以其多样化的表现形式给孩子们带来极大的乐趣，使孩子受到感染，充实了他们的精神世界，儿童戏剧的直观性和形象性使之成为教育儿童的最生动有效的课堂。在内容上，儿童戏剧塑造真善美的正面形象，能够给孩子们树立可以模仿的榜样，以剧中人物来引导他们培养优秀品质。如观赏任德耀的童话剧《马兰花》可以让孩子们去感受劳动人民的勤劳、勇敢、善良、友爱的美德，认清自私、贪婪、狡诈、懒惰的丑恶。

儿童剧以鲜明生动的舞台形象还可帮助儿童认识生活、明辨是非，使孩子从中得到教

育。如柯岩的《小熊拔牙》,作者运用极其夸张的手法,把小熊贪吃甜食以致拔牙的过程写得惟妙惟肖,童趣四溢,在热闹的喜剧氛围中收场,显示了挑食和不讲口腔卫生的坏习惯一定要改的题旨。

可见,儿童戏剧对儿童的影响是其他艺术形式所无法代替的。因此,应该重视儿童戏,大力提倡创作和出版儿童戏剧剧本。

第二节　儿童戏剧文学的分类

儿童戏剧文学依照不同的标准,有多种不同的分类:按其容量大小、场次多寡分类,可分为独幕剧、多幕剧、无场次多情景剧;按艺术表现形式分,有话剧、歌剧、舞剧、歌舞剧、哑剧、木偶剧、皮影戏等多种;从题材内容分,有现代剧、历史剧;按戏剧冲突的性质分,有正剧、喜剧、悲剧(较少),等等。在此,我们重点认识几种常见的儿童戏剧种类。

(1) 儿童话剧。这是一种以人物对话为主,以动作、表情为表现手段的儿童戏剧。它主要是通过人物对话展开戏剧冲突,揭示主题思想。对话大都具有鲜明的个性化、动作化和儿童化的特点。像刘厚明的《小雁起飞》、方圆的《"妙乎"回春》等都是难得的儿童话剧.

(2) 儿童歌舞剧。这是以唱歌和舞蹈为主要表演形式的戏剧:它剧情单纯、舞蹈语言简单,演出气氛热烈、欢快。宋捷闻、黄予彤合著的《孔雀羽毛为什么美》,耿延秋的《小蝌料找妈妈》,都是优秀的儿童歌舞剧。

(3) 儿童戏曲。这是儿童地方戏剧的总称,是一种以人物的唱、念、做、打为主要表现手段的儿童戏剧。其唱腔、道白、舞蹈动作都具有特定的民族、地方色彩。像齐铁雄的儿童京剧《寒号鸟》等。

(4) 木偶剧。这是由木偶来进行表演的一种儿童戏剧。它是假"人"演真戏,给儿童留下的印象非常强烈。木偶的造型可以夸张,表演也可惟妙惟肖,既给人以真实感,又有浓烈的虚幻色彩,特别适合表演剧情起伏跌宕的具有童话色彩的戏剧,因此特别受低龄儿童的欢迎。如《阿凡提》《神笔马良》等。

(5) 儿童戏剧学校剧。这是指迅速反映校园生活,表现当代儿童的情绪、观念、演出方式简单,适合于儿童自已表演的儿童剧本。这类剧短小单纯,但因写的是儿童身边的事,时代气息浓烈,生活情趣益然,真实亲切,再加上表演极其简便,非常适合儿童参与愿望与欣赏趣味。

学校剧也被称为"戏剧游戏","寓教于乐"是它的重要属性,它可以配合小学语文教学,选择故事性强,人物形象鲜明的作品,稍加改变后,安排让学生回答、对话、设计适当的动作,在课内表演,这种立体式、形象化的表演,能活泼课堂教学,加深儿童对作品的兴趣和理解。学校剧也可以作为第二课堂的内容,丰富学生的课外生活,推动学校文娱活动的开展,促进少年儿童德、智、体、美全面发展。除了以上几种重点剧种,近几年来,动画形式的读本和影视片拥有了越来越多的小读者,这一品种的文学剧本的创作引起了儿童文学界的高度重视。

第三节　儿童戏剧文学的特征

儿童戏剧文学是整个戏剧文学的一个组成部分，它具有一般戏剧文学的艺术特征，遵循一般戏剧创作的普遍规律，但又具有自己的特殊性，这些特殊性来自观众的年龄、心理特征以及由此产生的独特审美需求。具体而言，其艺术特征表现在以下几个方面。

一、结构单纯，主线清晰

儿童戏剧的观众是少年儿童，所以儿童戏剧的结构主线要单纯，不能像成人剧那样有主线、副线、明线、暗线，当然，线索单纯并不是说可以单调。而且各个环节要紧凑，层次要清晰，悬念不宜过多，以便让小观众一看就懂，一听就明白。例如荣曜编剧的独幕儿童剧《妈妈在你身边》，结构比较典型：全局只有一条线索，一个头绪，一个悬念，即一个擦皮鞋男孩被抓，一个女孩营救，从始至终，一贯到底，层次清楚，一目了然。但是从幕起到幕终，小观众始终都在戏剧特定的情境中，和剧中人物一同悲喜。情节张弛有度，有密有疏，安排得非常恰当、巧妙。正是该剧结构的巧妙，使这出戏获得成功。

二、戏剧冲突尖锐

戏剧冲突是戏剧艺术的生命，“没有冲突就没有戏剧”。儿童戏剧的矛盾冲突的选择、设置，要考虑不同年龄儿童的特点，也就是戏剧冲突要在他们的生活经验范畴和审美期待视野之中去展开。成功的儿童戏剧往往是开始就提出矛盾冲突，使小观众产生了关注矛盾的发展和结局的浓厚的兴趣。而平淡的情节、缓慢地展开矛盾，是儿童戏剧的大忌，因此儿童戏剧矛盾冲突必须是尖锐的。如童话剧《“妙乎”回春》，紧紧围绕小猫“妙乎”几次误诊，把“妙乎”不懂装懂的特点鲜明、生动地表现了出来。剧情很简单，但矛盾冲突尖锐突出，戏味浓郁，有小猫“妙乎”和其他来就诊的小动物之间的尖锐矛盾冲突，更有小猫不肯老老实实地学本领，又要自以为聪明的自身性格心理冲突。这些戏剧冲突从幼儿的日常性格行为和内在心理特点出发设计构思，符合幼儿的审美心理特点，因此，能够牢牢吸引小观众、小读者。

三、舞台形象的塑造要真实可信，个性鲜明

戏剧中的矛盾冲突、常常表现为一定情节中人物性格的冲突。儿童剧同样要致力于创造典型环境中的典型人物，通过戏剧的矛盾冲突来展现人物的形象。儿童剧中的主人公可以是儿童，也可以是成人，但无论是谁，人物性格特征必须鲜明，人物形象必须鲜活感人。事实证明，许多优秀的儿童剧之所以有强大的艺术生命力，其根本原因就在于成功地塑造了真实感人的舞台艺术形象。以话剧《报童》为例，此剧栩栩如生地塑造了一群不同经历、不同性格的小报童形象，其中最突出的是《新华日报》报童草莽和小流浪儿蛐蛐两个人物形象。剧中的草莽个性鲜明，浑身是“戏”，他勇敢大胆，面对国民党宪警的打、骂、抓无所畏惧；他疾恶如仇，但想法简单，看到流浪儿蛐蛐替国民党

卖报，沿街叫卖、十分卖力，就不问青红皂白，骂他“汉奸”，蛐蛐不服，怒火冲天，结果两人大打出手。同伴石雷遭国民党扣押，关进监牢，草莽冒着危险，巧妙打进戒备森严的国民党监狱和石雷相会，结果营救未成，双双被关进牢房，但身在牢房，毫不惧色，满怀希望，憧憬未来，甚至幻想将来他们做爸爸时的情景，这一系列情节中，独特性格的少年形象，给小观众留下难忘的印象。

四、戏剧要有浓郁的儿童情趣

作家写儿童剧很可能是为了教育孩子，而孩子看戏多半是为了娱乐。他们这个年龄阶段，特别需要欢笑，需要感动，需要新鲜感。走进剧场，只有在获得愉快感受的同时才能接受感染、熏陶和教育，儿童剧只有充满儿童情趣才能达到此目的。在儿童戏剧文学中，趣味性首先体现在语言的设计上，因为儿童戏剧文学是通过人物的语言来表现矛盾冲突、塑造艺术形象的，因此人物语言——台词必须浅显易懂、短小活泼、富于情趣，符合儿童口语习惯等特点。如张天翼儿童剧《大灰狼》写狼想吃羊，有这样一段台词：

谁都对我不怀好意，连我的肚子也不跟我好了，只要我躺下，我的肚子就“咕咕咕”地叫，把我吵醒，我对它还是挺和气的，我问它：“肚子肚子，你闹什么？”我肚子说：“哼，还问呢，你不摸摸，看我瘪成什么样儿！我要吃羊，没羊，我要吃牛，没牛。跟你当肚子可真倒了霉，还不如去跟小耗子当肚子了哩。”

这段独白既表现了狼的凶残性格，又符合孩子的心理，富有儿童情趣。

儿童戏剧文学还可以利用道具、场景设计等去体现儿童情趣。比如独幕剧《“妙乎”回春》中开幕式的场景是芭蕉叶盖的房子，灯笼辣椒形的椅子、豆荚形的长凳，苹果和香蕉拼成的电话，迅速把小观众带到趣味盎然的童话世界。因此儿童戏剧要调动多种艺术手段，创造浓郁情趣。

第四节　小学语文课本剧教学模式的构建

小学语文课程标准指出：学生是学习的主体，语文课程必须根据学生身心发展和语文学习的特点，爱护学生的好奇心、求知欲，鼓励自主阅读、自由表达，充分激发他们的问题意识和进取精神，关注个体差异和不同的学习需求，积极倡导自主、合作、探究的教学模式，而课本剧就是落实课程标准的重要语文综合实践活动。

课本剧不能简单等同于角色扮演，它是由一系列环节组成的有机整体。

一、选择适宜改编的作品

小学语文教材中有多种多样的内容，但不是每篇课文或一篇课文的全部内容都适合排演课本剧，师生要根据一定的原则共同筛选，必须选那些故事性强，人物形象鲜明，矛盾冲突较为紧张，结构线索单纯，让小读者能够受到感染、觉得有趣的作品来改编。筛选结果也因文而异：根据篇幅，可分为全部改编、片段改编；根据剧情，可分为独幕剧和多幕剧；根据内容，可分为课文直接改编成剧本、新增创编、想象续编等。

二、通过朗读深入理解文本

教师采用“教师整篇范读—教师单句范读—学生单句跟读—学生整篇朗读”的模式，使学生在朗读中进一步熟悉课文。如《手术台就是阵地》一文中，白求恩婉拒撤离时说的话——“我同意撤走部分伤员。至于我个人，要和战士们在一起，不能离开”，既要读出思考后的坚决，又要读出大义凛然的淡定，教师和学生要在揣摩中反复朗读，在朗读中反复揣摩。只有熟悉了文本，才能更好地理解文本和演绎文本。

三、组建分工合作的剧组

教师经过平时的观察交流，发掘若干有一定语言素养、表达欲望、表演天分的学生。请这些学生作为核心，组建若干剧组，优化结构；组员要在组长的指挥下分工合作；出现问题时，教师要及时引导，帮助学生提高与他人沟通、合作的能力。

四、灵活创作剧本

改编时，要依据戏剧的特点去构思作品，包括设计情节场面、设计台词、设计戏剧冲突，安排布景等，要从接近冲突的高潮地方开始切入，尽快地“入戏”。台词要符合人物的身份、性格，具有动作性，能够推动剧情不断发展，交代清楚事情的来龙去脉。

设计台词是剧本的核心，教师既要提供必要的指导，又要敢于放手让学生发挥。譬如，《狼牙山五壮士》第 2 节中，对五位战士战斗表现的描写没有直接引用语言，所以需要师生为人物设计台词。文中提到“班长马宝玉沉着地指挥战斗，让敌人走近了，才命令狠狠地打”，教师应围绕提示词语“指挥”和“命令”来增加和设计台词，而修饰班长台词的提示语可以参考“沉着”和“狠狠”两个词语。到这里，教师的任务就完成了，接下来就要由学生在剧组里讨论台词的设计了。

五、为学生提供培训和指导

教师对学生进行表演培训的内容包括说话语气、面部表情、肢体动作。再细一点，语气还可包括愤怒、喜悦、悲哀、抱怨等；表情还可包括热情、紧张、生气、着急、自豪等；肢体动作还可包括耸肩、摆手、挽臂、舀水等。如《爸爸和书》一文中，“爸爸点了点头，用他的上衣把我裹得严严实实的”一句中的“裹”字，教师可带领学生们一起做动作，并且要做到位，即衣服要包得很紧，密不透风，让学生在动作中理解“裹”的意思，通过“裹”这一动作体会父爱的深沉。

六、给学生充分的表演时间

在课堂上，正式表演的时段大致分为四种。一是课初表演片段，用于导入激趣。如《律师林肯》中，可先表演福尔逊诬告阿姆斯特朗，交代案情背景。二是课中表演片段，设置情境，辅助理解，可使学生保持注意力。如《跳水》中，船长用开枪逼迫孩子跳海的片段。三是课末表演片段，用于升华对文本的理解。如《武松打虎》，在讲读后表演武松打虎，体会动词的准确和人物的勇猛。四是专门利用一个课时或班会课、六一联欢会等进行各个

剧组课本剧的汇演，即专场演出。

第五节　儿童戏剧阅读教学设计

一、戏剧的创作

戏剧的创作主要包含三个基本要素，即冲突、行动、语言。首先冲突是指两种力量的对抗，分为外在力量的冲突和人物内心的冲突，莎士比亚的“性格悲剧”主要表现内心冲突，如曹禺的《雷雨》主要表现为有着不同伦理价值的人物之间的冲突，其核心是周朴园与繁漪之间的冲突，通过这一冲突揭露了周朴园人性的险恶。其次是行动，戏剧和小说都属于叙事性文本。就“叙事性”这一特点而言，戏剧和小说都要讲述一个故事，在小说中展现为“情节”，而在戏剧中表现为人物的“行动”。行动是戏剧故事情节的组构方式，西方戏剧以“回溯式”方式集中展开戏剧冲突，中国传统戏曲的情节按时间顺序展开，如王实甫的《西厢记》、汤显祖的《牡丹亭》等；最后是语言，这里的语言指的是戏剧人物的唱词和台词，直接表现人物的内心冲突与情感，具有性格化和角色化特征。如《雷雨》第二幕周朴园与侍萍相见那场戏，当周朴园还不知道站在他面前的就是侍萍时，表现出一种眷念、忏悔之情，当认出侍萍后，露出了资产阶级伪君子的真相。他严厉地责问：“你来干什么？”“谁指使你来的？”这两句话表现了周朴园虚伪的性格特征，当他认出侍萍之后，全然没有忏悔之情，更多的是害怕侍萍的出现会威胁他的名誉和社会地位。

二、作品选读

（一）人教版五年级下册

半截蜡烛

时间：第二次世界大战期间

地点：法国，伯诺德夫人家中

人物：伯诺德夫人（法国的一位家庭妇女）

　　杰克（伯诺德夫人的儿子）

　　杰奎琳（伯诺德夫人的女儿）

　　三个德国军官（一个少校，两个中尉）

[一个初冬的夜晚，屋外的风猛烈地吹着。伯诺德夫人家里，昏暗的光线，一张孤零零的长桌，坐在桌边的伯诺德夫人正小心翼翼地将一个小金属管封在一小截蜡烛中。]

伯诺德夫人：看来，只有这地方是安全的，不至于被该死的德国佬发现。

杰奎琳：（一边嚼着糖果，一边天真地问）妈妈，这是什么啊？

伯诺德夫人：（面容严肃）非常重要的一个秘密，亲爱的，所以对谁也不能讲。

杰克：我知道，在下星期二米德叔叔来之前，我们得保证那东西完好无损。对吧？（有点儿得意地看了妹妹一眼）

杰奎琳：（嘟起了嘴）我当然也知道。米德叔叔最喜欢我了，今天他还给我带来了糖果。可是妈妈，米德叔叔为什么穿着德国佬的衣服呢？

[伯诺德夫人这时已经把那半截蜡烛插在一个烛台上，摆在餐桌最显眼的地方。]

伯诺德夫人：杰克，杰奎琳，有些事情以后给你们慢慢解释。现在你们两个要好好地记着：这支蜡烛是一个非常重要的东西，从现在开始，我们得为它的安全负责。为了有一天能把德国佬赶出去，我们得不惜代价守住它，懂吗？

杰克：（像个男子汉似的挺挺胸脯）放心吧，妈妈。

杰奎琳：（点点头）妈妈，我懂。我真讨厌德国佬。

伯诺德夫人：（凝视着烛台喃喃自语）不惜一切代价，包括我们的生命。

[过了不久，嘭嘭嘭嘭，一阵粗暴的敲门声，三个德国军官例行检查来了。很奇怪，检查完了，他们都没有要走的意思，也许是因为外面风太大了。]

中尉甲：好黑的屋子，为什么不点蜡烛呢？（点燃了那个藏有秘密的蜡烛）

伯诺德夫人：（急忙取出一盏油灯）太对不起了，先生们，忘了点灯。瞧，这灯亮些，可以把这个昏暗的小蜡烛熄了。（吹熄了蜡烛）

中尉甲：（不耐烦地）晚上这么黑，多点支蜡烛也好嘛。（又把那个快要烧到金属管的蜡烛点燃）更亮了一些，不是吗？

杰克：（若无其事地走到桌前，端起烛台）天真冷。先生们，我去柴房抱些柴来生个火吧。

中尉乙：（厉声）难道你不用蜡烛就不行吗？（一把夺回烛台）

[杰克无奈地去柴房，下。]

伯诺德夫人：（不动声色地慢慢说道）先生，要知道，柴房里很黑……

中尉乙：（瞥了她一眼，不满地）夫人，在自己家里，应该相信您的儿子有足够的能力应付那了如指掌的小柴房。难道他会从柴房里搬来一窝兔子吗？

[蜡烛越燃越短。杰奎琳打了个懒懒的哈欠，走到少校面前。]

杰奎琳：司令官先生，天晚了，楼上黑，我可以拿一盏灯上楼睡觉吗？（她宝石般的眼睛在烛光下显得异常可爱）

少校：（看着她那粉嘟嘟的小脸蛋，笑了）当然可以，美丽的小天使。我也有一个像你这么大的女儿，和你一样可爱，她叫玛琳娜。

杰奎琳：（笑容像百合花一样纯洁）我觉得她一定非常想您，司令官先生。和您聊天真有趣，可是我实在太困了。

少校：那么，晚安，小姑娘。

杰奎琳：晚安，各位先生。晚安，妈妈。

伯诺德夫人：（温柔地）晚安，亲爱的。

[杰奎琳慢慢端着蜡烛走上楼去。在踏上最后一级楼梯时，蜡烛熄灭了。]

【作者简介】

玛克西姆·高尔基（1868—1936），苏联作家、诗人、评论家、政论家、学者。代表作品《海燕》《母亲》《童年》《在人间》《我的大学》等。

【点评】

这是一个短小的剧本，反映的是发生在第二次世界大战期间法国某城市的故事。女主人伯诺德夫人的家是反法西斯组织的一个联络点，为安全起见，伯诺德夫人把一份秘密文件藏在半截蜡烛里。在蜡烛被例行前来检查的德国鬼子点燃的危急关头，为保住蜡烛里的秘密，伯诺德夫人、杰克、杰奎琳用自己的智慧和勇敢与敌人展开了惊心动魄的斗争。故事的精彩之处就体现在他们与敌人的对话中，最后，杰奎琳巧妙伪装出来的可爱和天真、毫无破绽的理由打动了德国少校，终于保住了蜡烛里的秘密。剧本赞扬了法国人民为了国家利益不惜牺牲一切的献身精神，以及他们机智勇敢的优良品质。

（二）苏教版四年级下册

公仪休拒收礼物

（独幕剧）

时间：两千多年前的一天下午

地点：公仪休家的客厅内

人物：公仪休（鲁国的宰相）

子明（公仪休的学生）

鲁国某大夫的管家

[幕启。子明正坐在席上读书。公仪休由内室上。]

公仪休：子明，你已经来了好久了吧？

子明：（忙起身向老师行礼）老师，我刚来一会儿，您吃过饭了吧？

公仪休：嗯，刚吃过。（回味似的）鲤鱼的味道实在是鲜美呀！我已经很久没吃鱼了，今天买了一条，一顿就吃光了。

子明：是的，鱼的确好吃。

公仪休：只要天天有鱼吃，我也就心满意足了。

[幕后有人高喊：有一位管家求见！]

公仪休：子明，烦你去看一下，是谁来了？

[子明下，一会儿工夫领管家上。管家手提两条大鲤鱼。]

管家：（满脸堆笑地）大人，我家主人说，您为国为民日夜操劳，真是太辛苦了！特叫小人送两条活鲤鱼，给大人补补身子。

公仪休：谢谢你家大人的盛情，可这鱼我不能收哇！你不知道，现在我一闻到鱼的腥味就要呕吐。请你务必转告你家大人。

[子明不解地望了望公仪休。管家无可奈何地摇了摇头，提着鲤鱼下场。]

子明：老师，您不是很喜欢吃鱼的吗？现在有人送鱼来，您却不接受，这是为什么呢？

公仪休：正因为我喜欢吃鱼，所以才不能收人家的鱼。你想，如果我收了人家的鱼，那就要照人家的意思办事，这样就难免要违犯国家的法纪。如果我犯了法，成了罪人，还能吃得上鱼吗？现在想吃鱼就自己去买，不是一直有鱼吃吗？

子明：（恍然大悟地）老师，您说得对，今后我一定照着您的样子去做。

[幕落]

【点评】

这是两千年前鲁国宰相公休仪的故事，选自《史记·循吏列传》，古人公休仪爱吃鱼又拒收鱼，事情何其小，却折射出廉洁自律的大事，是自我道德的一种修练，是高尚人格的体现。剧中通过公休仪与他的学生子明之间的对话，赞扬了公休仪清正廉洁的品格。

(三) 话剧苏教版六年级上册

负荆请罪

时间：战国时代

地点：蔺相如的府邸

人物：蔺相如(赵国的上卿)

　　廉颇(赵国的大将军)

　　韩勃(蔺相如的门客)

第一幕

[幕启。蔺相如正在聚精会神地读书，旁边站着的韩勃气呼呼的，好像受了许多委屈。]

韩勃：(气愤地)大人，别怪我多事，廉将军一再挡我们的道，太欺负人了，我实在咽不下这口气！

蔺相如：(笑笑)韩勃，干吗这么生气？

韩勃：大人，您是赵国的上卿，职位比廉将军高，为什么那么怕他呢？

蔺相如：(依然笑笑)我并不是怕他。

韩勃：刚才在路上，大人不是有意避让廉将军的车子吗？要是我呀，才不让他呢！

蔺相如：还是以和为贵嘛。

韩勃：(不满地)我真不明白，大人您为什么变得这样怕事。想当年，秦王那么厉害，您毫不惧怕，针锋相对地跟他斗，唇枪舌剑，寸步不让，多解气！

蔺相如：既然秦王我都不怕，我会怕廉将军吗？

韩勃：(不解地)那么大人为什么好几天不敢上朝？分明就是怕见到廉将军嘛！

蔺相如：韩勃，你要知道，秦王不敢侵犯我国，就是因为我们赵国武有廉颇，文有蔺相如。要是我跟廉将军闹翻了，后果将会怎么样？这一点你想过没有？

韩勃：(若有所悟地)唔，原来是这样！对，对，大人您做得对！

[幕落]

第二幕

[幕启。几天以后。蔺相如在客厅踱步。一会儿，韩勃匆匆走上。]

韩勃：(紧张地)大人！大人！

蔺相如：什么事？

韩勃：廉将军来了！

蔺相如：(奇怪地)什么，廉将军来找我？

韩勃：廉将军他没穿上衣，还背着一根荆条呢。

蔺相如：快请廉将军进来！

韩勃：是！

[韩勃下，一会儿工夫领廉颇上。]

蔺相如：（迎上去）廉将军！

[廉颇赶忙跪下来。]

蔺相如：（吃惊地）哎呀，廉将军，您这是——

廉颇：蔺大人，请您用这根荆条狠狠地抽我一顿吧。

蔺相如：（连忙取下荆条扔在一边，伸手去扶廉颇）廉将军，别这样，快请起，快请起。

廉颇：（不肯起来）蔺大人，我实在对不住您。

蔺相如：（双手扶起廉颇）请起来，廉将军，请起来吧。

廉颇：蔺大人，请您宽恕我这个老迈昏庸的人吧！我常常在别人面前侮辱您。现在，我知道，那完全是我的过错。

蔺相如：过去的事就别提了。

廉颇：蔺大人，最初我还以为您怕我哩，后来经人提醒，才明白您这样做完全是为我们赵国着想。您真是一个深明大义、宽容大度的人啊！

蔺相如：哈哈哈，廉将军，您能明白我的心思，我实在太高兴了！韩勃，快叫人准备筵席，我要跟廉将军痛痛快快地饮几杯！

[韩勃应声下。蔺相如拿了一件衣服替廉颇披上，两人紧紧地拉着手，坐下来亲密地交谈着。]

[幕落]

【点评】

《负荆请罪》是一个历史小话剧，是一个两幕剧，出自《史记·廉颇蔺相如列传》。第一幕讲述了蔺相如的门客不满蔺相如在廉颇面前表现的懦弱，蔺相如解释了自己不与廉颇计较的原因，不想因为私人的误会而影响赵国的安危，表现出蔺相如是一个深明大义、宽容大度的人。第二幕讲的是廉颇明白蔺相如的良苦用心，背着荆条去蔺府登门谢罪的事，通过语言、动作刻画了廉颇勇于改过的爽直磊落的性格特点，其知错能改、心系祖国的形象跃然纸上。

（四）北师大版六年级下册

甘罗十二为使臣

时间：公元前237年

地点：赵国都城邯郸郊外迎宾亭

人物：赵王　甘罗　庞暖　李陶　甘福　兵丁若干

[秋末黄昏，赵王领大夫李陶、大将庞暖在迎宾亭正襟危坐，表情严肃。庭后有一口大鼎，热水沸腾。此时，亭外传呼：秦国使臣觐见。声起。甘罗从容而上。老仆甘福奉节随上。]

甘罗：（施礼）秦国使臣甘罗拜谒大王。

赵王：（傲慢地）嗯。

甘罗：大王，甘罗奉我国君之命，为贵我两国和睦交好而来。这是敝国国君的国书，恭请大王认可。

[甘罗由怀中掏出国书，递与李陶，李陶转呈赵王。]

赵王：（愤然打落国书）你问问他今年几岁了？

李陶：（捡起国书，走近甘罗）请问甘先生贵庚？

甘罗：甘罗今年十二岁。

赵王：天下哪有派十二岁的孩子办国交的？真是无礼之极。

甘罗：大王，天下的事情，往往内外不一。纸扎的人儿虽大，经不起手指一戳；铁打的秤砣虽小，却可以压住千斤。

赵王：哼！小小年纪，未免把自己看得太重了吧？

甘罗：大王，甘罗自幼听说，有志不在年高，无志空长百岁。甘罗一向用这句天下家喻户晓的格言鞭策自己。

赵王：（一时语塞）唔！

李陶：（拱手施礼）甘先生这次来到敝国，志在哪里？

甘罗：志在两国交好，四海统一，让天下百姓脱离战祸，安居乐业。

赵王：甘罗，你到我面前来！

[甘罗一怔，昂然不动。]

甘罗：（环顾四周，突然地）大王，你到我面前来！

庞暖：（扑向甘罗）你竟敢如此放肆！

众武士：（吆喝）杀！

甘罗：甘罗虽小，任使臣则代表一国；国王虽大，岂可仗势压人？再说，我这样做，正是为大王着想啊！

李陶：你是为大王着想？

甘罗：大王，甘罗请命前来邯郸，中原各国上下都在注视。大王如能亲自下位，接近甘罗，天下人一定会赞扬大王礼贤下士，尊重读书人，从而在各国之中赢得好名声。这不是为大王着想吗？

赵王：我倒问你，国王尊贵，还是读书人尊贵？

甘罗：读书人尊贵。

赵王：此话有何根据？

甘罗：当年姜太公在渭水河边，隐姓埋名，刻苦读书。周文王不但登门拜访，而且亲自为他拉车，请他进城。周武王才能继承文王遗志，顺应民心，会合诸侯，打败了强大的暴君纣王，一统天下。这难道不是历史事实吗？

赵王：你妄读史书，不明周礼，身为使臣，在国君面前，狂妄自大，谈古论今，为犯上之罪。

甘罗：据甘罗所知，列国之中，大王会见使臣，按周礼要下位三拜。唯有大王，高高在上，打落国书，迫使小臣不得已而再三陈述。甘罗如有失礼之处，实在是大王之罪。

赵王：啊！小小年纪，好大的胆！

甘罗：家祖父有言，胆小鬼当不得使臣。

赵王：难道你就不怕死？

甘罗：甘罗以为，死并不难，难的是死得其所！

赵王：（怒吼）来人，把铜鼎掀开！

众武士：是！

［亭后一阵骚动。武士们掀开鼎盖，热气腾腾。］

赵王：甘先生，你看这是什么？

甘罗：只不过是一锅烧开的沸水罢了。

赵王：那就请你跳下去洗个澡吧！殿前武士！

［四武士冲向甘罗。］

甘罗：（威武地）不用，甘罗自己下锅。

甘福：（扑向甘罗）公子，公子！（老泪纵横）你，你……

甘罗：（倏地解开外衣，脱下官服，露出一身童装）老人家，别哭。拿好衣帽，捧回秦国。

甘福：（抱住甘罗）公子，可怜你才十二岁呀！

甘罗：老人家，甘罗为了赵国不致灭亡，为了使他们的黎民百姓不受灾难，才力排众议，请命而来。既然他赵国君臣不识贤愚，不明利害，那就等着瞧吧！来，跟我一起向东一拜。（拉甘福下跪）

甘福：公子，我们的国家在西面呢！

甘罗：不，我是为赵国的黎民百姓对天一拜。苍天在上，请听甘罗祈祷，想不到出过廉颇、蔺相如的赵国，却出了一个不明大义、不顾大局、不管百姓死活的国君。甘罗死不足惜，只怕我死之后，秦国立刻发兵，燕国马上响应，两面夹攻，赵国的山河土地，宗庙人民，全部都要毁了！上天啊，救救他们吧！（叩首祷告）

李陶：（焦急不安）大王，甘罗虽小，来自丞相幕府，熟知大势，言之有理。请大王收回成命吧！

赵王：不要信他鬼话吓人，我已做好决战的准备！

甘罗：（仰天大笑）哈哈哈哈！

赵王：你笑什么？

甘罗：我笑大王自欺欺人。长平一战，赵国已损失了四十万人马。现在十五岁以上的男子都应征入伍了。田园荒芜，黎民困苦，后方空虚，国交混乱。这样的赵国，百姓是不愿为他打仗，也没有能力为他打仗的。倘若大王强行开战，他们会怨恨，会反抗，会逃亡，会背井离乡，投奔别国。堂堂赵国就将在你的手里灭亡了！大王，甘罗话已讲完，请看我下鼎！

［赵王离位起立。］

李陶：（高呼）且慢！（扑倒在赵王前面）大王，甘罗所言，动人心肺，请收回成命吧！

庞暖：甘罗方才透露，秦燕两国合围，情势有变呀！

赵王：这……

甘罗：（大声地）甘福，快来助我下鼎！

甘福：公子……

赵王：（冲下座位）慢！你说秦燕两国合伙用兵，有何为证？

甘罗：燕王为取得秦国信任，不惜派太子为人质，大王不知道吗？

赵王：知道。

甘罗：秦国将派大将张唐去统帅燕国的兵将，大王不知道吗？

赵王：知道。

甘罗：秦燕交好，其目的就是为了攻打赵国，大王不知道吗？

赵王：（狞笑）哈哈哈哈，甘罗小子，你往鼎里跳吧！那张唐不经过赵国是去不了燕国的。

甘罗：大王，战国七雄，虽说广阔无边，但高山可平，长城可造，张唐难道就不能开出另外一条到燕国的去路？

赵王：（震惊）什么，张唐已经到达燕国？

庞暖：（大叫）大王，我们上当了！为了对付秦国，末将已将全部人马都集中到西线去了。

李陶：如今东西合围，如何抵挡？

赵王：快把人马调一半回来！

李陶：恐怕来不及了，大王，张唐到了燕国，赵国危在旦夕。

赵王：（颓然坐下）唉！

甘罗：请大王、大夫、大将军放心，张唐现今还在秦国。是甘罗向国君请命，在张唐动身之前，赶来邯郸，两国会商，消除旧仇。使张唐不去燕国，而秦赵和睦相处，这是甘罗的夙愿，也是贵我两国百姓日夜盼望的情势。

赵王：这么说，张唐并没有到燕国去？

甘罗：为此，敝国国君特奉书陛下。

赵王：（急切地）国书，国书。

［甘罗取国书，拂去灰尘。赵王长揖，接国书。］

赵王：（边看国书边下令）快给甘先生看座。

［甘福捧衣冠走近甘罗，为甘罗穿戴。］

赵王：（看毕国书）呵，太好了！（拱手施礼）甘先生，孤王原以为贵国派先生来，有心侮辱赵国。不料先生年少有为，才识过人，使我眼界大开。真所谓有志不在年高，无志空长百岁。佩服！佩服！

甘罗：大王过奖了。甘罗年幼无知，言语冒犯，还望大王多多原谅。

赵王：为了酬谢先生的好意，明日会商之时，我要备一份厚礼，奉献贵国。李大夫，传我旨意。大摆酒宴，为甘先生接风！

［乐声起。甘罗与赵王互相施礼，缓步而下。］

［幕落］

【作者简介】

宋捷文，生于1945年，一级编剧。著有《甘罗十二为使臣》《三毛和他的儿子》《特别中队》等作品。

【点评】

《甘罗十二为使臣》是一部儿童话剧，讲述了公元前 237 年，秦国 12 岁的甘罗出使赵国不辱使命的故事。12 岁的甘罗出使赵国，舌战赵王，化解两国矛盾，实现了秦赵两国友好的愿望。话剧塑造了甘罗少年有为，才识过人的形象。赞扬了甘罗机智勇敢、忧国忧民的思想品质，表现了甘罗不顾个人安危，勇替国家承担安危的责任感。

（五）语文 S 版三年级上册

阿凡提的故事

第一幕

时间：某日上午

人物：阿凡提、喀孜老爷、饭店店主阿木提、外地商人阿地力、众衙役、看热闹的人若干

一个小城镇的衙门里。

喀孜：谁在外面喧哗？

衙役：老爷，是告状的！

喀孜：哈哈！左眼跳，有吉兆。盼财神，财神到！快叫进来！

阿木提拽着阿地力走进来，阿凡提和一群看热闹的跟在后面。

喀孜：谁告状啊？快快讲来！

店主：小人状告阿地力欠债不还！

商人：大人，小人冤枉啊！

喀孜：那他为什么告你？

商人：小人是外地商人。三年前在他店里吃了一只鸡、两个鸡蛋。当时说好下次来时还他饭钱。今天过来还钱时，他竟然开口要二百块银元，这不是敲诈吗？求大人为小人做主！

喀孜：大胆！一只鸡、两个鸡蛋竟然敢要二百块银元。

店主：大人……

喀孜：（厉声）有话快说！

店主：大人，这是我的状纸，求大人为小人做主！

店主走到喀孜身边，悄悄掏出一个布包，递了过去。喀孜抓着布包，轻轻捏了捏里边的银元，脸上顿时乐开了花。他装模作样地看了看状纸。

喀孜：嗯，从状纸上看，你要二百块银元还是有道理的。这样吧，你再给大家说说你的理由吧！

店主：（得意地）大人，他是在三年前吃的我那只母鸡和两个鸡蛋。您想，三年来，那只母鸡每年至少要下一百个蛋；这些蛋又可以孵出一百只小鸡；小鸡长大后再下蛋，再孵小鸡，三年能孵多少只鸡，现在该是多大一群哪！小人就是一只鸡收他一块银元，现在收他二百块银元也不多呀！

喀孜：（捋着胡须，点了点头）有理，有理！不多，不多！（转过头呵斥商人）你都听到了吗？人家只收你二百块银元，够便宜的了！还不快把钱付给人家，不然，我就把你关起来！

阿凡提：（上前）等一等，大人！阿地力是冤枉的，我愿意替他辩护。不过，我想请大人

三天后再审理这个案子。

喀孜:今天判和三天后再判有什么区别吗?

阿凡提:(面向众人)大人,如果你能等三天再判,我们就相信你是公正无私的!

喀孜:(犹豫了一下)好吧,那就三天后再判。不过,他要是跑了怎么办?

阿凡提:那就由小人替他偿还债务!

喀孜:好,一言为定!

第二幕

时间:三天后的上午

地点、人物:同第一幕

喀孜:(不耐烦地)太阳都老高了,阿凡提怎么还不来?

店主:大人,阿凡提肯定不敢来了,您现在就判吧!

阿凡提气喘吁吁地跑上来。

喀孜:你怎么现在才来?本官都等你半天了!再不来,本官就要宣布判决结果了。

阿凡提:(喘气)请不要生气,大人。是这样的,我和邻居说好合伙种麦子,如果今天不把麦种炒熟,明天就来不及播种了!因为赶着炒麦种,所以我来晚了。

喀孜:(忍不住大笑起来)胡说八道,这不是天大的笑话吗?聪明的阿凡提竟然想用炒熟的麦种播种!你也不想想,炒熟的麦种能出苗吗?

阿凡提:大人,既然炒熟的麦种不能出苗,那么煮熟的鸡能下蛋吗?

喀孜:(顿时面红耳赤)这个……这个……

阿凡提:相信大人一定会做出公正的判决。

看热闹的人喧哗起来。喀孜在大堂上踱来踱去,犹豫再三,最终无可奈何地开始宣判。

喀孜:店主阿木提诉商人阿地力付二百块银元一案,本官不予支持,判商人阿地力付店主一只鸡和两个鸡蛋的饭钱两块银元!

店主:大人,我那天给你的……

喀孜:(不等店主说完)退堂!

[幕落]

画外音:骑上我的小毛驴,乐悠悠,乐悠悠;歌声伴我乘风走,乘风走;只因人间事不平,我把世界来周游,来周游……

【作者简介】

艾克拜尔·吾拉木,生于1952年,著有《被雨水冲刷的爱》《阿凡提传奇》《赛福鼎回忆录》等作品。

【点评】

《阿凡提的故事》改编自上海美术电影制片厂于1980年发行的一部木偶动画电影。西域风格的情景,夸张的造型,幽默的对白,使这个山羊胡子的传奇人物一下子妇孺皆知。阿凡提是智慧的象征,他疾恶如仇,爱打抱不平,而且风趣幽默。他让一切丑恶的东西得

到出其不意,哭笑不得的惩罚和报应,是新疆地区流传已久的传奇人物,深受欢迎。

三、教学设计案例

戏剧阅读开始于小学高年级,戏剧在小学教材中出现一般经过故事化改编。因为戏剧是一种表演艺术,是把剧本中的故事通过演员在舞台上表演出来。而爱模仿、爱表演、爱幻想,是孩子们的天性。他们全身心地投入"戏剧情景"之中,惟妙惟肖地扮演着各个角色。在这些富于戏剧色彩的游戏中,孩子们不仅体味到成人社会化的生活,而且使自己对于模仿、表演、幻想爱好和需要得到满足,同时也使这些才能得到施展和发挥。可见儿童戏剧教学中应注意游戏元素的加入。

《半截蜡烛》教学设计

【教材分析】

《半截蜡烛》是人教版语文五年级下册的一篇课文。课文通过描写二战期间伯诺德夫人一家三口为保护藏有情报的"半截蜡烛",与德国官兵周旋,最终一家人通过沉着、机智有惊无险地保护了情报、保住了生命,战胜了敌人。赞扬了伯诺德夫人一家人的机智勇敢及对祖国的热爱之情。

【学情分析】

文章描写的是二战期间的故事,距离学生生活太遥远,学生没有生活体验,难以产生共鸣。教学时应该充分利用网络资源、现代化技术手段,引导学生查阅相关资料,让学生感受到一家人伟大的同时,体会战争的残酷。本课是一则短小的剧本,适合采用表演的方式来揣摩体会故事中人物的内心活动及情感变化。

【教学目标】

1. 读读记记"解释、负责、小心翼翼、完好无损、不惜代价"等词语。

2. 正确、流利、有感情地朗读课文。

3. 通过对人物语言、动作、神情、心理活动等的读读、悟悟,体会伯诺德夫人一家在危急关头和敌人做斗争时的机智勇敢和热爱祖国的思想感情。

4. 通过合作的形式,把故事编成课本剧演一演,初步了解剧本的语言特点。

【教学重点】

理解课文主要内容,明白伯诺德夫人一家在危机关头是如何与德军周旋的。

【教学难点】

通过朗读,把握剧情,通过人物的对话,体会人物的机智勇敢和爱国情怀。

【教学准备】

多媒体课件。

【课时安排】

1 课时。

【教学过程】

一、设疑导入,揭题读题

1. 板书课题,齐读课题,提出质疑:课文为什么以"半截蜡烛"为标题?这半截蜡烛有什么特殊之处吗？今天，让我们走进剧本——《半截蜡烛》，从文中找找答案。

（**设计意图：**由课题入手，设置悬念，激发学习兴趣。）

二、初读课文，感知内容

1. 检查预习情况，认读生字词。

2. 说一说本文围绕“半截蜡烛”写了一个什么故事。（要求讲清时间、地点、人物和事情的大致情况。）

（明确：课文围绕半截蜡烛这一线索，主要写了第二次世界大战期间，伯诺德夫人一家在装着情报的半截蜡烛被点燃的危急关头，千方百计地保护秘密情报的故事。）

3. 请大家快速浏览课文，对照我们之前学过的课文，想一想：剧本和一般写人记事的文章有什么不同？

【预设】

(1) 剧本开头列出了时间、地点和人物。

(2) 整篇剧本是对话的形式。剧本主要是通过人物对话或唱词来推进情节，刻画人物。

(3) 课文的中间用括号的形式提示当时的情景、人物的动作、神态等。

（教师随机概括课文的特点，引导学生认识一种新的文体—剧本。）

（**设计意图：**戏剧对学生而言，是一种新的文体，在理解课文大意的基础上，要帮助学生认识戏剧，丰富文化生活，同时有利于创编课本剧。）

三、走进文本，赏析人物形象

1. 默读课文，思考：为了保护蜡烛中藏着的秘密，伯诺德夫人一家究竟是怎样与德军周旋的呢？勾画描写伯诺德夫人一家人动作、神态、语言、心理活动的有关词句，想象他们在危急关头是怎样与德军周旋的，并做批注。

2. 自由交流，相机点评指导。

【预设】

伯诺德夫人（急忙取出一盏油灯）太对不起了，先生们，忘了点灯。瞧，这灯亮些，可以把这个昏暗的小蜡烛熄了。（吹熄了蜡烛）

（明确：伯诺德夫人在这么危急的情况下想到用油灯换下蜡烛，说明她镇定、机智。）

（板书：点燃油灯）

过渡语：伯诺德夫人用一盏油灯暂时化解了危机，文中还有哪些地方让我们可以感受到伯诺德夫人的沉着、机智？

伯诺德夫人：（不动声色地慢慢说道）先生，要知道，柴房里很黑……

（明确：从“不动声色”“慢慢说道”两个词语中，也可以看出伯诺德夫人的镇定自若。）

过渡语：同学们，从伯诺德夫人的两次说话当中我们可以看出她是镇定、平静的，但是戏剧暗含着巨大的冲突，此时伯诺德夫人的表面平静，内心实则（十分紧张）。

品析“急忙”“吹熄”两个动作

交流想象内心活动，朗读体会伯诺德夫人的内心世界

引读：一旦蜡烛燃烧到金属管处，就会熄灭，秘密就会暴露，情报站就会受到破坏，他们一家三口也将走向生命的终结。

既然这么危险，为什么他们愿意冒着生命危险守护情报呢？相机补充二战资料。

（明确：为了有一天能把德国佬赶出去，我们得不惜代价守住它。）

(3) 杰克（若无其事地走到桌前，端起烛台）天真冷。先生们，我去柴房抱些柴来生个火吧。

a. 杰克用什么办法与德军周旋？

（明确：借去柴房抱些柴来生火拿走蜡烛。看来杰克也很机智。）

（板书：抱柴生火）

过渡语：杰克的请求被无情的拒绝，在这令人快要窒息的时刻，传来了小女儿杰奎琳娇弱的声音。

(4) 蜡烛越燃越短。杰奎琳打了个懒懒的哈欠，走到少校面前。司令官先生，天晚了，楼上黑，我可以拿一盏灯上楼睡觉吗？（她宝石般的眼睛在烛光下显得异常可爱）

杰奎琳：（笑容像百合花一样纯洁）我觉得她一定非常想您，司令官先生。和您聊天真有趣，可是我实在太困了。

（板书：端走上楼）

杰奎琳慢慢端着蜡烛走上楼去。在踏上最后一级楼梯时，蜡烛熄灭了。

（明确："打了个懒懒的哈欠""慢慢端着蜡烛走上楼去"——动作的漫不经心说明她的镇定。）

她宝石般的眼睛在烛光下显得异常可爱、粉嘟嘟的小脸蛋、笑容像百合花一样纯洁——在令人憎恨的德国军官面前巧妙地伪装出天真可爱，德军不会怀疑她，说明她非常聪明。

杰奎琳称少校为司令官先生，还说"和您聊天真有趣"，极大地满足了德国少校的虚荣心。

过渡语：多么可爱的小姑娘啊！在生死危急关头，在妈妈和哥哥的办法都没能成功的紧急时刻，她最小，却以自己的聪明机智战胜的德军。

3. 小结：在那个特殊的年代，伯诺德夫人一家，最终凭借自己的机智和勇敢，化险为夷，是什么力量支撑着他们一直坚持下来呢？

（板书：爱国）

四、拓展延伸，升华情感

1. 小练笔："正当杰奎琳踏上最后一级楼梯时，蜡烛熄灭了。"

蜡烛熄灭了，此时此刻，心有余悸的一家人肯定有话要说，她们会说些什么？请你写一写，和同学分享交流。

2. 自由交流，相机点评。

五、作　业

1. 和家人讲述《半截蜡烛》的故事。

2. 小组合作，分角色表演课本剧。

【板书设计】

半截蜡烛

伯诺德夫人	点燃油灯	沉着　冷静　机智（爱国）
杰　　克	抱柴生火	
杰奎琳	端走上楼	

参考文献

[1] 方卫平，王昆建. 儿童文学教程[M]. 北京：高等教育出版社，2004.

[2] 孔宝刚. 儿童文学理论与实践[M]. 上海：复旦大学出版社，2007.

[3] 黄云生. 儿童文学教程[M]. 杭州：浙江大学出版社，1996.

[4] 王晓玉. 儿童文学引论[M]. 北京：高等教育出版社，1997.

[5] 王晓玉. 儿童文学作品选读[M]. 北京：高等教育出版社，1997.

[6] 韦苇. 韦苇与儿童文学[M]. 合肥：安徽少年儿童出版社，2000.

[7] 王泉根. 现代中国儿童文学主潮[M]. 重庆：重庆出版社，2000.

[8] 王泉根. 儿童文学名著导读[M]. 长春：东北师范大学出版社，2002.

[9] 人民教育出版社中学语文室. 幼儿文学(试用本)[M]. 北京：人民教育出版社，2000.

[10] 韩进. 儿童文学课程学习指导书[M]. 北京：高等教育出版社 2000.

[11] 金波. 中国当代最佳儿歌选[M]. 北京：作家出版社，2005.

[12] 韦苇. 世界童话史[M]. 福州：福建教育出版社，2002.

[13] 郑光中. 幼儿文学精品导读[M]. 成都：四川民族出版社，2002.

[14] 李莹，肖育林. 学前儿童文学[M]. 上海：复旦大学出版社，2008.

[15] 张美妮. 世界儿童文学名著大典[M]. 北京：中国文史出版社，1991.

[16] 任大霖. 儿童小说创作论[M]. 上海：少年儿童出版社，1990.

[17] 吴秋林. 寓言文学概论[M]. 沈阳：辽宁少年儿童出版社，1991.